秘密调查师

永城。著

湖南文艺出版社
HUNAN LITERATURE AND ART PUBLISHING HOUSE

图书在版编目（CIP）数据

秘密调查师 / 永城著. —长沙： 湖南文艺出版社，2011.2
ISBN 978-7-5404-4781-6

Ⅰ.①秘… Ⅱ.①永… Ⅲ.①长篇小说—中国—当代
Ⅳ.①I247.5

中国版本图书馆CIP数据核字(2010)第262558号

上架建议：文学·畅销书

秘密调查师

作　　者： 永　城
出 版 人： 刘清华
责任编辑： 邓映如
策划编辑： 蔡明菲　窦　妮
营销支持： 闫　硕
版式设计： 利　锐
封面设计： 蒋宏工作室
出版发行： 湖南文艺出版社
（长沙市雨花区东二环一段508号 邮编：410014）
网　　址： www.hnwy.net
印　　刷： 北京京都六环印刷厂
经　　销： 新华书店
开　　本： 787×1092 1/16
字　　数： 168千字
印　　张： 16
版　　次： 2011年2月第1版
印　　次： 2011年2月第1次印刷
书　　号： ISBN 978-7-5404-4781-6
定　　价： 26.80元

自 序

提笔之时，我正坐在跨越亚欧大陆的航班上。

机舱安静而昏暗，有几分类似小说开篇的情景。不同的是，此行的目的是休假，与调查无关，因此无需特别在意谁，也无需试图得到谁的秘密。

但自己是不是别人的目标，就不得而知了。

其实扪心自问，我是缺乏调查价值的。并非身处要位，亦非腰缠万贯。但螳螂捕蝉，黄雀在后，谁都不知道，背后到底有谁的目光。

度假而已，难得从忙碌的工作中抽身。我时刻告诫自己，尽量放松，不要多心。但调查的职业，加之作者的敏感，多心在所难免。

从事这一职业，已经四年有余。一个理工科出身，却又梦想以写作为生的人，在飘泊多年之后，回到故里，再次择业，难免有些小的尴尬。机缘巧合，进入京城某高端写字楼，每天和众多白领金领挤在电梯里，用星巴克的咖啡作为道具，扮演着某外企领导的角色。

然而这家公司，却是整个 CBD 独一无二，鲜为人知的。就算在全中国，也找不出几个同行。

正如小说里所说的：我们的产品，是秘密。

企业的秘密，老板们的秘密，员工的秘密……

大多数时候，我们把这种工作，称之为商业背景调查。调查企业和企业家的背景，以便客户判断与其合作的风险。还有一些时候，我们调查公司内部的员工，看他们干了什么不该干的事情。

但千万别太注重“企业”和“商业”这些字眼。因为说到底，企业是由人组成的。企业的秘密，离不开人的秘密。而人的秘密，归根结底，无非是七情六欲。

秘密不可虚构，事实真相来源于蛛丝马迹，蛛丝马迹则来源于生活中经意与不经意的点点滴滴：QQ，MSN，博客，短信，电话，身边出现的陌生或者熟悉的人……

谁能保证，你的秘密，就只有你自己知道?

常对新入行的同事说，我们的工作，就像拼图游戏。这里找到一片，那里找到一片。总有找不到的那一片，但有了大部分，也能看出个端详。

所以，当你发表一篇博客或微博，或者跟谁多聊了两句，或许就为拼图解密多贡献了一片。仅此一片，自然看不出什么，但别人手里，难道仅此一片?

当然，小说里的故事是虚构的。

但类似的事情，其实每天都在发生，而且就在你我身边。只不过，你发现不了。

因此提笔创作这故事的时候，我的心情依然忐忑。行有行规。老板就是师傅，是更资深的调查专家，对我的底细自然了如指掌，对各行各业的收益也很清楚。知道犯不上为了写一个故事泄漏天机，失去优厚的待遇。他却未曾料到，有人格外固执。信息时代，技术日新月异，骗术越来越高明，调查也要水涨船高。所以区区一个故事，未必能给行业带来重大损失。

常有人问：你是做调查的，必然知道，如何把一件事做得天衣无缝?

以我数年的工作经验，可以再写几本书来仔细回答这个问题。但归根到底，答案其实只有一句，也是我这些年来学习到的真理：

若要人不知，除非己莫为。

临了再重申一遍：小说的内容纯属虚构。如有雷同，请勿对号入座。

不过有些事情，是无法臆造的，比如感情。异乡风雪的街头，和北京阑珊的夜色，是我今生难忘的。

祝您阅读愉快。

永城

2010 年 12 月

于飞往莫斯科的航班上

人物表

燕子 海归美女博士，GRE初级调查师

Steve GRE执行董事，GRE北京负责人

Tina GRE中级调查师

老方 GRE高级调查师

高翔 燕子曾经的恋人

老谭 燕子的老公

Linda GRE秘书

更多人物

The

Investigator

— 叶永福 —

— 刘玉玲 —

— 张　红 —

— 黄建刚 —

— 刘满德 —

— Ted Lau —

他们是谁？

调查正在一步步展开……

0.1

世事皆有缘由，只不过事中之人未必知晓；
世事亦皆有结果，只不过事中之人未必想去了解罢了。
若要人不知，除非己莫为。这道理每个调查师都知道。

秋末冬初。晴空万里。

燕子站在停车场边上，抬头仰望大厦，大厦背后是深远的天空。

转瞬间，燕子眼角的余光里，一团黑影从天而降。

紧接着一声闷响，从一辆白色金杯车后传出来。

有人在尖叫。保安们朝着金杯车跑过去。

燕子也跟着跑过去，以曾做过医生的本能。

那男人侧着头趴在水泥地面上，雪白的衬衫塞在黑色西裤里。

皮鞋掉了一只，另一只还在脚上。漆黑明亮，一尘不染。

殷红的血，从白衬衫下蔓延开来。

是他!

0.2 燕子手脚冰凉，脑中一片空白。

.1

一周以前。

大韩航空 758 次航班，正穿越赤道的夜空。758 的目的地，是远在南半球的岛国——斐济。

航班的乘客以黄种人居多。韩国人，日本人，也有不少中国人。五百美金一晚的海边度假酒店，对不少中国人而言，早已无关痛痒。

758 的乘客中有这样一位中国人：徐涛，华夏房地产公司的财务处长。他四十岁上下，国字脸，戴金丝边的近视眼镜，儒雅而忠厚。

徐涛周围的乘客都睡了，只有他头顶的阅读灯还亮着。他正专心凝视着邻座的小女孩。她叫丫丫，是他三岁的女儿。丫丫睡得正熟，嘴角微微带着笑意，那笑意令他心碎。他爱女儿，可他也爱菊，那个将他拖入迷途的女人。

菊是妖精变的。他已没有回头的余地，从他第一次把公司的现金汇入百慕大注册的公司开始。

那是登记在徐涛名下的公司，他和菊共同拥有。除了他们俩，没有第三个人知道这件事。就算到百慕大的公司注册部门去调查，也查不出那公司的股东到底是谁，这就是百慕大的好处。

他是个老实人，但那是在遇到菊之前。

当今的社会并不纯洁，徐涛原本没打算同流合污。他的父母都是老师，他们胆小怕事，几近迂腐。他就像他的父母。但爱情对于老实人，就是毒药。

菊是他的领导，华夏房地产公司的副总，万人企业的二把手。她漂亮、干练，但没有爱情，这是她告诉他的。她爱他。她不许他叫她赵总。她说，叫我菊，我的小名。只有你知道。

菊不想继续周旋在领导和老总们之间，因为遇到了他。菊要和他终老一生，在一个不为人知的角落。但在此之前，菊需要他的帮助。那些老总和老板们都是狡猾而贪婪的狐狸，他们把国家财产和职工的血汗塞进自己的腰包。菊曾是他们的帮凶，现在她要抽身而退，带着属于她的那部分——属于她和他的，因为她遇到了他。

菊和他的合作天衣无缝。几千万的承包工程款，已经汇入百慕大的账户。只不过那些承包工程的公司，在地球上并不存在，就如同由他和菊经手的另外几个“大项目”。下次审计，是三个月之后，那时他们早就消失了。他对不起他的妻子和女儿。

徐涛的妻子也是老师。高中化学老师，班主任。她戴着深度近视眼镜，和他过着白开水一样的生活。徐涛的父母更喜欢她一些。但徐涛爱女儿，他是公认的好爸爸。曾经是。但事已至此，回头是不可能的。他发过誓，要给丫丫一切。除了完整的家庭。最近他心中常常会绞痛。

他瞒着菊给丫丫买了机票。妻子在外地开会，他不想把丫丫丢到外婆家。他的时间不多了。菊正陪着领导打高尔夫。明天她将搭乘同一次航班，从北京经首尔飞往斐济。只有在万里之外的小岛上，他们才能像真正的恋人一般。但不能当着丫丫。菊会生气么？她的脾气并不好。丫丫只有三岁，或许尚不具备泄密的能力。菊还从没见过丫丫。她们会彼此喜欢么？其实这丝毫不重要。

他关了头顶的阅读灯，顿时落入一片黑暗中。

并非所有的乘客都睡了。

在徐涛斜后方，有位年轻的女乘客，正在黑暗中默默注视着徐涛的一举一动。她已经这样观察他十几个小时了，从首都机场的候机厅开始。大约还有两个多小时就要降落了，她却尚未得到多少有价值的东西。这是她的第一次秘密任务，一次求之不得的机会。

她就只剩下 48 小时了。

.2

758 次航班于清晨抵达斐济。

海关的黑皮肤斐济男人们穿着褐色的长裙，使用着上个世纪 80 年代的电脑，脸上洋溢着热情的笑容。不远处，行李传送带则用更古老的声音呻吟着。

徐涛领着丫丫站在传送带边，人流迅速在他和女儿周围蔓延。清晨的阳光洒在丫丫的童花头上，美得让他不忍心去看。

女儿头顶的阳光突然消失了。

随着一连串交替的“对不起”和“excuse me”，有个身材苗条的中国女孩，正顽强地穿过人群，胜利抵达丫丫身后那一点点小得可怜的空间。

她戴一副黑框眼镜，穿发白的牛仔裤和起皮的运动鞋，好像暑假出门旅游的大学生。徐涛想起妻子年轻的时候。她远比妻子漂亮。

徐涛把女儿向自己身边拉了拉。那女孩顺势站稳脚跟，回头向他微微一笑。她摸摸丫丫的头，弯下身说：“谢谢你给阿姨让地方！小妹妹，要小心哦，阿姨的箱子很大的！”

那是个巨大的老式黑色皮箱，因为塞着过多的东西而过度鼓胀着，看上去简直比她还要重一些。她探身抓住箱子，狠命拉了两下，却力不从心。徐涛帮她把箱子从传送带上拎下来。她说了一声谢谢，脸上洋溢着真诚而灿烂的笑容。

“阿姨有好吃的，你要不要？”她从提包里取出一大块巧克力。

“她不要。”徐涛忙拦着。

“没事的，你看还没开封呢！”她冲他眨眨眼。

“不是…… 她牙齿不好，不能吃太多。”

“那就先拿着吧，好吗？我们等一会儿再吃。”她把巧克力塞进丫丫手里。

徐涛的行李到了。巧克力已经咬了个缺口。

“小妹妹，阿姨先走啦，拜拜！”

她摸摸丫丫的头，顺便向徐涛莞尔一笑。

“阿姨别走！”丫丫噘起嘴。徐涛抓住女儿的手：“丫丫听话！阿姨有事。”

徐涛目送着“阿姨”走向机场大门。她的牛仔外衣脱掉了，剩下一件白色的T恤衫。她的身体小巧而妩媚。黑边眼镜，没有名牌，没有化妆，没有佩戴任何饰物。她好像生活在二十年前。他们萍水相逢，几分钟之后就会彼此忘记。

几分钟之后，他们却在机场门口再次相见。徐涛领着女儿茫然地站在路边，“阿姨”则坐在旅行社安排的车里，而徐涛预约的那一辆车坏在半路了。

她摇下窗玻璃向他招手。

原来，他们住在同一家酒店。其实这也不能算巧，因为全北京的斐济自由行都是由同一家旅行社包办的，可供选择的酒店并不多。

她说她是某外企的秘书。老板要来斐济会见客户，她提前一天来做些安排。这就巧了，因为徐涛的老板也是明天来，不过不是来开会的。徐涛当然没告诉她这些。那是他和菊的秘密。她坐在前座，徐涛和女儿坐在后座。他通过后视镜看见她。她的确漂亮，但由于眼镜和发型而打了折扣，不再出众。她涉世未深，偶尔碰倒他的目光，还会脸红。

酒店有一大片私人海滩。他们预订的房间都是朝向大海的豪华客房，但分处两座不同的小楼里。这样最好。徐涛不想让她看见菊，更不想让菊看见她。

他们在她门外分手。丫丫拉着她的衣角不肯放，徐涛把女儿硬抱回自己的房间。如果女儿也这么喜欢菊就好了。

下午，他们在沙滩上再次相见。丫丫看腻了他手提电脑里的动画片，闹着要到沙滩上来。丫丫玩沙子，徐涛则躺在躺椅上。和煦的阳光让他很快又有了睡意。在半梦半醒之际，他听见丫丫甜甜地叫阿姨。

他把眼睛睁开一条缝，看见女孩脑后左右跳动的马尾。夕阳西下，海面是金色的。

徐涛起身抱起女儿，高高地举过头顶，有些细沙落进他眼睛里。丫丫尖声喊着："我飞起来了！爸爸，我飞起来了！"更多沙子落到他头上和脸上，他突然有种想哭的冲动。他的手机就在这时响了。

电话是菊打来的。菊正在机场等待登机。徐涛揉着含沙的眼，告诉菊他把女儿带来了。电话里寂静无声。他立刻意识到自己是多么幼稚。他硬着头皮试图解释，电话却挂断了。五分钟之后，菊又打过来。她定好了另外一家酒店。在岛的另一侧。过不过来随他的便，但她不想见到他的女儿。

他们在沙滩上一直待到深夜。"阿姨"给丫丫讲仙女的故事，直到丫丫睡着。徐涛把丫丫抱回房间，再回到沙滩上。

"阿姨"身边多了两瓶啤酒。徐涛索性又去买了一打。

他们一言不发，看着星光下的大海。她突然唱起歌来，歌词是英文的。徐涛听不懂，但旋律非常柔美。他抬头看着满天的星星，它们随着歌声闪烁。

他们开始有一句没一句地聊天，直到徐涛把啤酒都喝光。他的意识一直是清醒的，并没说什么不该说的话。他只告诉她，他的老板明天要见他，可他不能丢下丫丫不管。他没解释为何不能带着丫丫去见老板。

女孩流露出为难的表情。她说她明天也要工作，不然也许可以帮忙。徐涛原本没打算求她帮忙，所以也没在意她的话。可第二天一早，他却被门铃声吵醒。女孩微笑着站在门外：“公司的会议推迟了一天。是老天要帮你的忙，不是我。”

一个小时之后，徐涛在岛的另一侧见到菊。出乎他的意料，菊是一副兴高采烈的样子。菊给了他一个热烈的拥抱：“你怎么没把女儿带来？”

又过了一个小时，徐涛和菊乘坐出租车回到酒店。菊留在车里。徐涛在沙滩上见到丫丫和“阿姨”。他们回到她的房间，取走他的手提电脑。那里有丫丫爱看的动画片，不过今天没用上，因为她们一直在沙滩上搭城堡。

徐涛退了房，骗丫丫说阿姨一会儿就来。

在出租车上，丫丫再次提起阿姨。菊再次问这“阿姨”是谁。他已经向菊解释过的。徐涛心里突然有些不安，努力回忆曾经跟“阿姨”说过些什么。他确信他没说什么不该说的，内心也随即平静下来。

他们只是萍水相逢。他都没问过她的名字，她也没问过他的。

徐涛却不知道，此时此刻，那位可爱的“阿姨”正在斐济机场办理登机手续。她的黑框眼镜不见了，换作 Chanel 的墨镜，遮住大半张脸。牛仔裤和运动鞋也不见了，换作套装和高跟鞋，都是今夏欧洲最新的款式。她略施脂粉，使原本白细的皮肤更加光嫩。她出示的是美国护照，她从骨子里透着洋气。她走出酒店时，没人认出她就是昨天早晨入住的那个土里土气的中国女孩。她并没办理退房手续。即便有人打电话到酒店，接线员也只会说：那位小姐不在房间里。谁也不知道，那位小姐已经提前离开斐济。尽管按照原来的计划，她还有一天的时间。

她获得的信息并不多，但至关重要：徐处长来斐济和某人会面。他说那是他的老板，晚一天到达斐济。他不能带着女儿去赴约，但后来改变了主意。她昨晚就已经把这些信息通过她的黑莓手机发回北京。她的同事此刻已经开始排查检索，目标就是昨天从北京飞往斐济的所有乘客。

除了这些信息，她还有一样更有价值的东西：徐处长手提电脑的硬盘。在他离开酒店的短短两个小时里，她用她所携带的特殊设备，快速复制了一个内容完全相同的硬盘。她取出手提电脑的硬盘，装进复制品。除了专业电脑技术员，没人能看出硬盘是更换过的。她的动作熟练而且麻利。这一切都是在搭建城堡的间歇进行的。她回到北京之后，徐处长的硬盘将被火速送往香港，并在专业硬盘分析室里进行分析，把那些没删的或已经删除的文档、信件、网页，甚至网络聊天对话都找出来——电脑从来都不是一种值得信赖的工具。

她把硬盘用牛仔裤裹着，放在那只老式的黑箱子里。黑箱子外面又套了一个绿色的套子，因此显得更加沉重。连航空公司办理机票的黑小伙都忍不住问她要不要帮忙。她却微笑着拒绝，自己把箱子搬到行李托运柜台上去了。

当飞机离开跑道的瞬间，黑莓手机在她精致的 Hermes 皮包中震动了两下。她皮包里还有一只手机，那是她的私人电话，起飞前就关机了。但黑莓不同，它只能沉默，不能关机。

起飞十分钟之后，她拿着她的小皮包走进厕所，锁好门，取出黑莓手机，敲进密码。邮件是 Steve 发来的，她的老板。内容就只有一句话："Yan，Great job！（燕，干的好！）"

她微微一笑。Steve 英俊而威严。他对工作的苛刻要求，在 GRE 是出了名的。她加入 GRE 不足两个月，以前从未有过任何调查经验。谈到商业调查，她还只是个没入门的新手。

GRE，Global Risk Management Experts Lnc.，全球风险管理专家有限公司，世界知名的商业调查公司。它的缩写和美国研究生资格考试相同。那场考试曾让她吃了不少苦头，将近十年之后，GRE 公司却给她带来新的希望。

她将成为一名出色的调查师，一个自食其力的人。

.3

“Yan！”

那叫声紧贴在燕子颈后，短促而诡秘。

燕子拉着箱子，从机场大厅的洗手间里走出来。她打算直接去公司，所以换掉了一身高档洋装。Hermes 的皮包同样不能在公司出现。

燕子猛一回头。一个矮胖的中年男人，正笑眯眯地看着她。他的额头和腮帮子上都有些汗意，微微打卷儿的头发上泛着油光。

“老方？你怎么在这儿？”

老方是 GRE 公司的高级调查师，北京最早的员工之一。以他的举止和穿着，没人当他是外企白领，国企领导的司机也许更贴切些。

“您是大功臣，当然得有人来接您了！”老方嘻嘻笑着。

燕子心中暗暗吃惊。老板 Steve 曾经说过，斐济的行动需严格保密，家人和同事一概不能透露。老方却显然已经知道了。可老方并非公司的骨干，平时就只干些跑腿的杂活。

“老板说你首战大捷，一准儿累坏了，得让你赶快回家去歇着。老板给你发了邮件，你查查看？”

老方好像看出了燕子的心事似的。

老方的笑容有些猥琐。燕子避开他的目光。为何不光明正大地等在海关出口，却鬼鬼祟祟地藏在厕所门口？

燕子掏出黑莓手机。果然有封新的未读邮件。Steve 用英语写道：“把硬盘交给方，回家休息。”

是体贴，还是为了硬盘？

燕子眨眨眼睛，索性不去多想。休息就休息，反正斐济的任务她已完成了。即便是高级调查师，也难得孤身一人去国外执行任务，而她还仅仅是个初级调查师。她的机遇已属求之不得，没什么好抱怨的。更何况 Steve 的心思远在她能猜测的范围之外。再说，她有她自己的目标，继续努力就是了。

只不过，若早知不必去公司，她就不用在机场的卫生间里换衣服了。

既然已经换了衣服，索性顺便去看看父母。燕子的父亲也不喜欢看她穿华丽的衣服，他常说："你能不能自食其力？"

.4

燕子的父母，仍住在燕子出生的老楼里。老楼靠着铁路。奥运会把它变成浓妆艳抹的老太太。燕子家的阳台上，曾经有个燕子窝。燕子生在四月，因此得到"春燕"这一极其普通的名字。

燕子把宝马小跑车停在小区门外，那车也是父亲不爱看见的。父亲说过："开宝马？你有钱？钱是你自己赚的吗？"

父亲坐在客厅的沙发里看报纸。燕子溜进另一间房间。九年来，这间房间始终空着。天色暗了。燕子没开灯。楼下有火车经过，车灯光流过房间，墙壁上跳出两个耀眼的亮点儿。那是两颗按钉，曾经按住一张美国地图。地图九年前就扯掉了，按钉却一直都在。

地图是大学毕业时，同班的一个男生买给燕子的。那年她二十二岁。她做了眼科医生，那男生去了纽约。他临走的前晚喝醉了，当着许多同学和朋友的面。

流着眼泪跟燕子说："你嫁给我吧！"

燕子每天要看五十个病人，下班后还要骑四十分钟车去新东方学英语。她把工作头一个月的全部工资，用来买了微型录音机，剩下几个月的工资，买了各种英语书和磁带。她的英语原本很差，花了两年的功夫才勉强把托福和GRE考过关。她得到了几所不知名的学校发来的录取通知书，却没有任何形式的奖学金。她犹豫了整整一周，最后还是下决心去美国领馆碰碰运气。她已经两年没见到他了。

去签证的前一天晚上燕子彻夜未眠。见到签证官的时候，她的眼睛本来就是红的。签证官面无表情地示意她离开，她的眼泪一下子就流了下来。后来，她终于弄明白，自己竟然拿到了签证。泪水再次夺眶而出。

但如同电视剧里的爱情故事，在燕子得到签证后的第二天，那男生改变了主意。他在越洋电话里告诉燕子，他们都还年轻，也许不该急着结婚。

燕子在铁路边一直坐到黎明。

一周之后，燕子用父亲借来的五千块钱，买了两只大号的人造革箱子和一张去美国的单程机票。她把英汉词典放进箱子里，把其他英语书和磁带都卖给收废品的，把卧室墙壁上的美国地图撕了，把一头长发剪短了，烫成许多零乱的卷儿。前来送行的朋友们都恭喜她要和男友团聚了，母亲小声嘱咐她不要过早住在一起。她一声不响地微笑，没告诉任何人她的目的地是芝加哥，而不是纽约。她的内衣口袋里有两百美金，那是她的全部家当。

九年之后，燕子回到北京。她住在朝阳公园边三百平米的复式公寓里，开着蓝色的宝马小跑车，拎着价值十几万的皮包。她在网上刊登了简历，申请了几个月薪数千元的工作。

一周之后，燕子接到猎头公司的电话。猎头说，有一家叫做GRE的外企咨询公司，Global Risk Management Experts Lnc. 是全球顶尖的投资风险管理公司。这家公司想面试你。

面试定在国贸一座的星巴克咖啡厅。那时还只是初秋。

如今这些年，星巴克好像流行性感冒，写字楼近了也要相互传染，遍地都是。燕子刚回到北京不久，为了找到正确的星巴克，颇费了些周折。燕子气喘吁吁地推开玻璃门，一眼看见咖啡桌后衣冠楚楚的男人。星巴克人流如织，那男人的目光却没有丝毫的疑问，就好像他们已经认识多年了。

他的五官、鬓角、下巴，还有西服、领带、袖扣，无不显得完美无瑕。他却好似一座冰雕，精致至极，冰冷至极。燕子背后不禁生出一股凉意。

“我该叫您谭太太，还是谢小姐？”他的英语很地道。

“谢小姐。”

“谢小姐，您知道GRE是做什么的？”

“咨询。”

“咨询什么？”他眼中有道炯炯的光，使燕子略微乱了方寸：“有关投资方面的…… 投资风险……”

“我们的产品是什么？”他毫不留情地打断燕子。

“咨询服务？信息？”

他紧盯着燕子，面无表情。燕子突然有了一走了之的冲动。

“我们的产品，是秘密。”他的男低音，悄然而坚决地穿透咖啡馆的嘈杂，“值钱的秘密。”

燕子的双颊被他的目光灼得发烧，却忍不住暗暗打了个寒战。一瞬间，她忘记了她正在参加一场面试。

他对她的窘迫全然无动于衷。他问：“你做过调查么？”

燕子摇头。

“今天就到这里吧。谢谢！”

他站起身，向她伸出手。他的动作突如其来，虽然在她预料之中，却没想到来得这么快。她茫然地也把手伸出去。再次出乎她的预料，他的手很软，手心滚烫。

“谭太太，您的包很漂亮。”

他微微一笑，侧身走出星巴克去。

燕子在原地愣了一秒。

她手中的 Hermes 皮包价值两万美元，她所应聘的工作月薪只有五千人民币，她却尚不能胜任。她浪费了他宝贵的时间。他不仅冷漠，而且刻薄。尽管是她不自量力在先。她突然有些委屈，好像受了欺负，却又无处申辩。

然而两天之后，燕子却接到了猎头的电话。猎头能说会道，若在旧时，或许能成为出色的媒婆：“不错啊！ GRE 那几个总监一向很挑剔的，这一拨都面试了二十多个了，你是最没经验的一个，居然就选中你了！这回是哪个总监面试的？初级调查师的职位虽然不高，但不管做什么，总要从头学起。不过我可跟他们说了，你是博士，而且还有美国护照。不能按着国内的本科大学毕业生开工资吧？ GRE 答应给你每月六千，比别的初级调查师高好多呢！这是破格的待遇了。”

猎头却并不知道，面试燕子的，并非总监，而是 GRE 北京办公室年轻有为的大老板，Steve。

燕子接受了 offer，把 Hermes 扔进壁柜里。面试时的窘迫倒是淡了，委屈她还记得。她不是花瓶，她能自食其力。

母亲在厨房里招呼着吃饭。客厅里的日光灯有点耀眼。黑莓手机突然在燕子的牛仔裤里震动了两下。

Steve 用英语写道：“明早八点，请务必赶到公司！”

GRE 的法定上班时间是早晨九点。Steve 的办公室用了加厚的门板。关上门，外面没人听得见。又为何要在别人上班之前到公司？

难道是更加秘密的任务？

下午在机场小小的怅然，此时一扫而光。Steve 总是出人意料的。这一点燕子早有体会。

.5

“您好。GRE…… 对不起，他现在不方便接电话……对不起，我不知道他是不是出去了……对不起，我是说，我不能告诉您他在不在公司……对不起，我不能告诉您他的手机……是的，这是公司规定，对不起！”

老方经过公司前台的时候，格外苗条的秘书小姐 Linda，正在用比细腰还细的声音，温柔地拒绝电话那端的一切要求。

Linda 的表情很专注，没时间留意老方。反正公司有两道门。外面一道要用员工卡，里面一道要按指纹。GRE 的电脑系统已经录入老方进门的时间，精确到秒，所以本来就无需 Linda 的关注。当然如果是一位总监，或者副总监，甚至是有提级希望的高级调查师，Linda 也会流露出奔放的笑容来。老方虽是高级调查师，却只有下岗的趋势。Linda 洁白的牙齿，犯不着向老方龇出来。

老方不懂英语也不会打字，不会用那些花里胡哨的电脑软件和数据库。若是让他写一份报告，别人还得花时间翻译。

GRE 每个人的时间都以美元明码标价。总监每小时三百，副总监二百，高级调查师一百五，中级调查师一百，初级五十。项目组里有了老方，每小时就要花掉一百五十美元的预算。其他高级调查师除了领导中初级调查师们做调查，还需撰写英文报告。而老方却只能用中文写备忘录，翻译还需额外的预算，初级调查师们也不屑听他使唤。当今初级调查师也需大学本科加专业英语八级。不会英语的外企白领，方圆几十公里都已灭绝。没有哪个项目经理愿意使用老方。

但老方也算 GRE 北京办公室的元老。十五年前，GRE 北京一共只有四名员工。老方是中级调查师，职位在全公司排第二。那时电脑里什么也查不到，所有的项目都由老方出马。老方早年干过刑警，实地调查轻车熟路。GRE 初到北京，老方是公司的栋梁，能不能写英文报告毫不重要。反正他手下有个刚毕业的初级调查师，除了英语什么都不会。老方常说：Steve，把这封邮件翻译一下。

当年的初级调查师却小看不得。十五年天天加班，不结婚也不谈恋爱，甚至没人听说他和哪个女孩约会过。他是 GRE 里修行的“道士”。

十五年后，道士修炼成仙，领导五个调查团队，一百多名员工。每个团队配备一名总监，两名副总监、四名高级调查师、六名中级调查师和八名初级调查师。每个团队同时执行八到十个项目。每个项目三万至十万美元的预算。GRE 搬入国贸一座，扩大四十倍，长高二十层。员工的派头也都对得起北京最贵的写字楼。老方除外。

Steve 自不必说。他的头衔是执行董事（MD），GRE 北京负责人。他就算化成一团空气，仍要飘在所有人头顶上。大家虽直呼他 Steve，心里却当他是国家主席。国家主席平时只接见总监和副总监，和调查师们难得有话可说。

几位总监大都来自其他知名公司。普华，德勤，麦肯锡，说出来个个吓死人。他们每天四处开会，领导团队为辅，发掘客户为主。Steve 年轻有为，总监已难有继续上升的空间。

副总监多由高级调查师提拔而成。媳妇终于熬成婆。正因有个“副”字，更要显出权威。做项目经理之余，他们梦想拥有自己的客户。总监个个眼睛雪亮，决不放过任何一个潜在客户。漏网之鱼寥寥无几，大部分副总监一辈子转正无望。

高级调查师背景各异。记者，律师，经济师，会计师，五花八门，但绝无三十岁以下的，这是 GRE 不成文的规定。作为具体项目的核心执行人，他们管理初中级调查师的工作，外出进行实地调查，并撰写报告草稿。实地调查不能戴礼帽叼烟斗，福尔摩斯的派头只能留给小调查师们。高级调查师们热切盼望“项目经理”的头衔，那是提升副总监的敲门砖。

中级调查师大都已在 GRE 工作了三五年，每天面对电脑，搜索网络和写备忘录。网络数据库五花八门。本地的，香港的，欧美的；司法的，工商的，环保的，当然也有百度和 Google。就在无穷无尽的搜索之余，中级调查师们期待着偶尔做一两次实地调查，尽管只是给高级调查师提包拉门。实地调查经验是高级调查师的资本。

初级调查师都是名牌大学的毕业生，也是 GRE 的下等公民。他们每天置身于文件的海洋，做着最低级的文字处理工作。工商档案，户籍记录，媒体报道，都需由他们整理翻译。他们穿最便宜的西装，吃员工食堂 12 元一份的自助午餐。他们嫉妒中级调查师，崇拜高级调查师，再高的则因遥不可及而暂不考虑。他们也有派头，但走出公司后方可显露。同学聚会中，他们是羡慕的焦点。国贸，外企咨询，神秘的工作。初始工资虽不算高，但每年有百分之几十的增长。当然也有不涨的，那就离走人不远了。

老方是个例外。十五年中，他只升过一次职，加过一次薪，那是在十二年前。如今月薪还不及中级调查师。奖金更是分文没有，因为“有效工时”不足。有效工时是 GRE 调查师的命根子。

每周五下午，调查师们都需填写一份工作报告，汇报这周做了哪个项目，具体完成了哪些事情，每件事情花了多少时间。工作报告由项目经理（也就是副总监们）一一审核。如果工效不高或有差错，又或者项目本身预算有限，报告所填的工作时间就会被压缩。经副总监们审核过的工作时间，称作有效工时，被输入 GRE 的电脑统计系统。该系统将每位调查师全年有效工时的总数，减去一个基数，乘以该员工每小时的标价，再乘以一个百分比，得出年终奖的数额。

百分比人人不同，是 GRE 人力资源部的秘密，基数却是公开的。高级调查师每年一千个小时，中级一千二，初级一千五。高级调查师若要拿到年终奖，每年需得到超过一千小时的有效工时。平均每周二十小时。

GRE 近年来业务蒸蒸日上。大小调查师们常年加班，平均每天工作十小时。即便有效工时常被项目经理克扣，每周至少也能拿到三四十。如此算来，年底奖金少则一两万，多则十几万，数目可观。只有老方分文皆无，但能不被解雇，他已算得到特殊优待。

按 GRE 的规定，连续两年不达基数就要走人。老方已连续五年达不到基数，而且一年不如一年。2008 年全年不足一百小时，早已打破 GRE 全球的最低纪录，没有哪个项目经理愿意用他。

老方因此成为大老板 Steve 的"御用调查师"。除了老方，Steve 还有两名"御用"。一个中级，一个初级，三位"御用"独立于 GRE 庞大的调查师阵容之外。Steve 难得直接管理项目，御用的初中级调查师，尚可帮超负荷的项目组打杂，获取足够的有效工时，老方就只有做 Steve 的司机和跟班。但 Steve 神出鬼没，难得需要司机和跟班。Steve 并非心慈手软的人，虽说是多年的同事，知根知底，照 Steve 的本事和狠劲，十个老方想开也就开了。

所以老方心里很不踏实。以他的年纪，就算去当保安，也未必有人愿意要。因此即便是让他当司机，他也毕恭毕敬。哪怕是去机场给初级调查师提行李，而且那位初级调查师和老方一样，也属 Steve 御用，GRE 的边缘人。边缘人往往分为两类。一类毫无希望，一类前途无量。燕子属于后者。老方的嗅觉从不出错。她的气质不是北京大街上随意能见的。她还能单枪匹马地飞到斐济，去拆别人的电脑硬盘。难道这一次 Steve 动了心？

Steve 毕竟不是神仙。

老方手捧公文包，走过明亮的办公大厅。大厅里坐满了人，男女参半，表情严肃，肌肉紧张，手臂和键盘难分难离。他们眼睛紧盯着屏幕，脑子里想着有效工时。谁也没留意，老方脸上正堆满笑意。

.6

差两分七点。走廊里灯光昏暗，寂静无声。

燕子拿着一杯热拿铁走出电梯。大理石的地面坚硬而光洁。

国贸一座的第28层，有一家投资银行，一家律师事务所，和一家保险公司。三家公司都很气派，拥有醒目的前台和背景墙以及上百名员工，却没多少人知道，28层还有另一家公司。

GRE的小玻璃门，远离电梯，藏在楼道拐角处。

GRE的前厅，只能容下一个小型的前台，和身材纤细的Linda。燕子走进公司时，Linda还没来上班。前厅里漆黑一片。整座大厦仿佛还在睡梦里。

燕子把右手食指轻轻放在指纹识别器上。磨砂玻璃门的门锁"啪"地弹开。燕子又是第一个。GRE的中央电脑系统已记录在案：

Yan Xie，Entrance，GRE Beijing Office，6：59 am，November 15，2009.[1]

这位资历最短的初级调查师，本月第十次提前两小时来到公司。

早上7点到公司，晚上10点离开。这对燕子来说已是家常便饭。无需上闹钟。燕子常常在黎明前醒过来，想起尚未完成的工作。其实都是最简单枯燥的工

[1] 燕谢，进入公司，GRE北京办公室，上午6点59分，2009年11月15日。

作。GRE 的初级调查师好像打印机，燕子则是最廉价的一台。指令来自其他“打印机”，他们比她略微资深些。中级调查师以上的诸位，根本不当燕子存在。

燕子是耐用的打印机，不需维修也不必更换墨盒。GRE 最底层的生存法则：坚持到下一台“打印机”加入。燕子的理想远过于此。踏着星月上下班，每天比别人多干几小时，工作枯燥无味，工作成果没有哪位领导看得见，可燕子在所不辞。她的座位就在 Steve 办公室门外。那扇门永远关着。她没见过他几回。偶尔见了，他也不和她打招呼，就像他根本不记得，她曾是星巴克里手拿 Hermes 的慌张小女人。

燕子并不着急。她把耳机和喜欢的 CD 都带到公司，好让加班不再漫长。她还买了本英汉商业大字典，放在办公桌上。

四周前的某个夜晚。Steve 突然推门走出来，面向办公大厅：“该死的电脑！我写了一天的报告突然丢了，你们谁能帮我找回来？”

晚上八点。大厅里一共还剩五个人。

燕子最后一个尝试去帮忙。Steve 的耐性已快到尽头。燕子在读博的时候选修过一些电脑课程，同样的问题她以前也遇到过，而且燕子有个良好的习惯：一切有价值的信息和技术，她都记在随身携带的本子上。三十岁以后，记忆力是不可靠的。

两分钟之后，Steve 的报告出现在电脑屏幕上。

那天晚上 Steve 十点半离开办公室。当时办公大厅里只剩燕子一人。Steve 说：“今晚又加班？”一个“又”字，证明领导的眼睛其实是雪亮的。

第二天，燕子成为 Steve 的“御用”初级调查师。

一周之后。Steve 把燕子叫进办公室：“电脑法政技术，你感兴趣么？”

电脑法政，就是运用电脑技术，从嫌疑人的电脑里搜索能在法庭上使用的证据。具体程序，是将嫌疑人电脑的硬盘，用专门设备进行复制后，将原硬盘取出封存。然后将复制品加以分析，搜索相关线索或证据。如属于秘密调查，则需在硬盘复制后，将复制品装回嫌疑人电脑中。电脑硬盘虽已被调包，但程序和数据保持不变。除非是专业技术人员，嫌疑人一般难以察觉电脑被做过手脚。

Steve 交给燕子一本厚厚的英文说明书，一个电脑硬盘和一套复制硬盘的设备："一周之内，请将你电脑的硬盘复制好，把原硬盘替换出来，交给我。"

电脑法政是调查的前沿技术。在 GRE 只有少数中高级调查师掌握。燕子一共用了两天时间。两天没日没夜的钻研后，燕子把硬盘放在 Steve 办公桌上。除了买 Hermes 的皮包，她也还能做些别的。

一周之后，Steve 再次把燕子叫进办公室。他拿出一只黑莓手机和一份旅行社的行程单："你喜欢旅行么？"

只身到国外去执行任务，是高级调查师的工作。黑莓手机更是资深调查师和领导们的配备。

"这是有风险的。只能成功，不能失败。" Steve 严肃而冷漠，"你要没信心，就不要去。"

燕子毫不犹豫地点头。

斐济的任务顺利完成了。Steve 又发来邮件："明早八点，请务必赶到公司！"

燕子推开磨砂玻璃门。那后面是一条狭长的走廊。走廊里没有灯光，漆黑如一条无底的隧道。走廊两侧有许多门。有一扇通往会议室，能容纳五十人。其他都是总监和副总监们的办公室。门都紧闭着。多年前燕子工作过的医院里也有一条阴暗的走廊，通往医院里最阴森的房间。当年她常因为要强，独自在夜里从那走廊里走过。听着自己的脚步，两腿打颤，后背发凉。那时她还是个孩子。

GRE 的走廊铺着地毯，走在上面悄无声息，反而更显阴森。燕子加快脚步。

走廊的劲头豁然开朗，是宽阔的办公大厅。黑暗略微淡了些。百叶窗帘的缝隙中透入细微的光。一座巨大的洞穴。电脑上的发光二极管，仿佛趴在石壁上的萤火虫。洞穴的中央，是一片密集的桌椅，由隔板分割成许多方块。燕子小心翼翼，绕过这片桌椅的丛林，来到洞穴的底部，隐约看见两扇门。

左边的一扇通往电话室。那间房间的总面积不亚于会议室，格局则好像以前的电报局。整座房间被分割成许多小隔间，间间隔音，配备 IP 电话和耳机。号码是屏蔽的，专门用来打匿名电话。

右边的一扇门里，就是 Steve 的办公室。

Steve 门外有三张桌子，属于三位“御用”调查师。燕子的座位就在其中。三张桌子和那片密集的桌椅隔着一块空地。在一片黑暗中，仿佛宝岛和大陆，遥遥相望。

燕子扭亮了灯。身后却突然“呼啦”一声。

燕子心中一惊，猛转过身。滚烫的拿铁溢到手上。燕子忍住没吭声。

有个人正懒洋洋地坐起来。桌子上的纸笔纷纷落地。她二十六七岁，胖胖的圆脸上方顶着喷泉似的长发，一根一根木讷地立着。

她打了个哈欠，揉揉眼：“几点了？天亮了么？”

“Tina？ 你昨晚没回家？”

Tina 是燕子的同事，大老板 Steve 的“御用”中级调查师，与燕子和老方构成 GRE 的“边缘人团队”。Tina 工作努力，但并不出色。加班并非提升的唯一条件，但 Tina 酷爱侦探小说，铁了心留在 GRE。连干了五年初级调查师，五位总监的团队依次转了一圈，最终沦为 Steve 的御用初级调查师。直到燕子也成为御用初级调查师，Tina 终于升成了中级。Tina 视燕子为幸运星，对燕子格外关照，两人倒成了要好的同事。

“唉！是啊，加班呢！”Tina 竭尽全力地伸懒腰，仿佛要把座椅改造成折叠床：“Steve 给了一个活儿，让做机场排查，查得我快要吐血了！一共五十多位呢！幸亏查的是去斐济的，要是去香港或者美国的，我还不得累死！”

燕子知道，Tina 要找的，是打算和那位财务处长见面的“老板”。Tina 若听说她的斐济之行，恐怕要高声尖叫。Tina 做梦都企盼着能做实地调查，哪怕不出北京。但燕子需要学习的还有很多。

“机场排查是什么？”

“就是查从机场离境的人都有谁，有没有目标人呗！”

“机场能把名单给别人吗？”

“别人不能，咱能啊。”Tina 得意地晃晃脑袋，“咱有‘渠道’啊！”

所谓“渠道”，就是一些神通广大的小公司，出售工商局的档案，税务局的报表，还有公安局的户籍资料。这些小公司的老板，有的以前是警察、律师或者法官，也有工商或税务的工作人员。

“有渠道，还需要加班？”

“嘿！光拿名单就完事儿了？你知道名单上那些人都是谁？就给你名字和身份证号，你知道他在哪儿上班，家里几口人？你以为很容易呢？再说又不是一个两个。”Tina 翻着白眼，好像房梁上藏着金子。

有了名字加身份证就能查到户籍，有了户籍自然能知道家里几口人；户籍记录上都有照片，长什么样子一看就知道。而且大部分户籍上都有工作单位，只不过未必准确和实时。这些燕子都清楚。不过若想了解确切的从业历史和工作状况，仅靠户籍是不够的，还需进行更烦琐的调查和核实。那样就算有三个 Tina，两天也做不完。

“查出来了没有？”

“这我哪儿知道啊！”Tina 吐吐舌头，“老板才不说要找的是谁呢！就让我把五十多人每人的情况都写好发给他，要不然也不用这么费劲——哎，对了，不说倒差点儿忘了，报告还没发给他呢！得赶快发，不然夜都白熬了！”

Tina 向着电脑键盘扑过去。两个黑色文件夹应声落地。她办公桌上是一片无规则的纸山，电脑键盘挣扎着从山下露出一小块，又被一双胖手按了回去。Tina 狠敲了几下电脑，突然又抬头对燕子说：“对了，老规矩哈！”

燕子会心一笑。GRE 的规定：和工作相关的事情，连亲妈也不能告诉。同事的级别比亲妈高一些，因为工作毕竟需要团队精神。但即便如此，除非工作需要，同事间原则上一般不讨论项目。

“其实，就是别提斐济。”

Tina 还是有点不放心。毕竟是大老板 Steve 直接派的工作。在 GRE，Steve 就是上帝。对于一个普通调查师而言，能跟 Steve 说句话，起码激动大半天。

“Yan，请进来一下。”

极具穿透力的男低音，突然在燕子背后响起。

燕子慌忙转身。拿铁再次溢到手上。好在已经不如刚才那么烫了。

Steve 正站在办公室门口，从头发稍到皮鞋尖，完美无瑕。一座精致的会说话的蜡像。来无影，去无踪。他何时来的？又或者他原本就在办公室里？

燕子跟着 Steve 走进办公室，带上门。

Steve 的背影更加完美。西服笔挺，与身体之间没任何多余的缝隙。

燕子莫名地打了个寒战。

“你很冷么？”

Steve 背对着她问。燕子摇摇头，没吭声。他一定有办法能看到。

Steve 突然转过身来，手中变魔术般的多了两张 A4 纸：“这是你的新任务。”

.7

燕子捧着两张 A4 纸，感觉有些难以置信。

这就是传说中的项目清单，有 Steve 的亲笔签字。燕子对其早有耳闻，可绝没想到这么快就能见到。

在每个项目开始之前，都会有这样一份项目清单，由 Steve 亲笔签署，交与项目经理保管。当项目结束后，再由项目经理签字，交还 Steve。清单里不但包含项目经理，团队成员和预算；还包含最秘密的部分：客户和调查对象。GRE 的客户都是严格保密的。即便是高级调查师，也难得知道自己的调查到底是给谁做的。按照 Tina 的形容，项目清单就好像先皇的密诏，需锁在古画后面的保险箱里。此时它却在燕子手里。

项目清单的主体使用了英文。第一页的内容是这样的：

项目名称：Dinner（晚餐）

客户：英国古威投资银行公司

目标：怡乐集团（香港）有限公司/大同永鑫煤炭机械有限公司

项目开始/结束：2009 年 11 月 15 日/2009 年 12 月 8 日

项目类型：背景尽职调查

项目介绍：

怡乐集团乃香港上市公司，其主要资产为大同永鑫煤炭机械有限公司，一家位于山西大同的采煤机械零配件制造公司。

据称，大同永鑫是山西省煤矿机电产品定点单位，具备先进的煤炭开采机械配件生产线，亦具备煤矿主要设备（配件生产）资质证，煤矿主要设备（检修）资质证，具备完善的售前、售中、售后的全过程服务体系。大同永鑫固定资产经评估达四千九百万美元，并已从国内外百余家相关企业获得长期订单，预计未来五年的销售额都将在两千万美元以上。

香港怡乐集团于 2008 年 8 月以五千万美元成功收购大同永鑫，至今其股票已上涨两成。客户（英国古威银行）看好大同永鑫的实力和未来的发展空间，拟于近期购入怡乐集团 30% 的股份，遂聘请 GRE 对大同永鑫做独立而秘密的调查，以便进一步了解该企业及其控制人的背景和历史，及其是否存在任何被隐瞒的不良信息，以及对其投资将面临的任何其他风险。

具体调查事项：

第一：确认大同永鑫的初始控制人（公司创办人）；

第二：调查大同永鑫创办人的背景；

第三：调查大同永鑫的规模和发展历史。

第一页还配有一幅简单的图表：

“晚餐”，一个奇怪的项目名。

出于保密的目的，GRE的项目名均不能使用调查对象或客户的名字。但为了便于项目经理记忆，又会多少有些联系。不过这回似乎是个例外。

“晚餐”是个背景尽职调查项目。

GRE的商业调查项目主要分为两类。一类是反欺诈调查，服务于遭遇欺诈蒙受损失的客户，如被公司内部的职员贪污，或被商业合作伙伴诈骗。这一类客户好像病人就诊，花了钱却查不出病根，说不定要跟医院打官司。另一类则为背景尽职调查，服务于正打算投资的客户，对被投资对象的背景和历史做详尽的调查。防患于未然。这类调查好像体检服务，什么病都没查出来，亦可皆大欢喜。尽职调查比反欺诈调查简单得多，每个项目经理都能应付，但项目经理却并非人人能当。难道？

燕子翻开第二页，心跳有超速的趋势：

项目预算：US$ 30，000

项目经理：Steve Zhou/Yan Xie

团队成员：Yan Xie，Tina Wu，Jiangang Fang

燕子不大相信自己的眼睛。尽管别的尽职调查项目，一个项目经理足矣，而“晚餐”则由Steve和燕子兼顾。

GRE对项目经理的级别虽无明确规定，但按照惯例，只有副总监以上，或将要提升副总监的高级分析师，才有资格成为项目经理。燕子却仅仅是个初级调查师。

“/”就好像Steve的细长胳膊，紧紧拉着身后的Yan。他打算把她带到哪儿呢？

Steve侧目向着窗外。清晨的阳光涂在他清瘦的脸上。精致优雅，毫无表情。

Steve的眼珠猛然转向燕子，燕子猝不及防。

“我会通知Tina和老方，这项目由你负责。”

燕子听着自己的心跳。

“客户的名字，注意保密。”

这就是Steve的全部交待。和前两次一样，他只交给她任务，却并不告诉她如何去完成。

“帮我把 Tina 叫进来，好吗？”

Steve 微微一笑。完美的笑容，可以摆到国贸一楼专卖店的橱窗里。这是 Steve 的第二次微笑。第一次在楼下星巴克。那一次让她受了些委屈，这一次却让她心跳加速。

.8

电脑启动，硬盘竭力呻吟。燕子渐渐恢复平静。

客户需保密，这倒无需提醒。古威银行打算购买香港怡乐集团的股票，一旦走漏风声，香港证交所决不会善罢甘休。

但除此之外，就再没有其他指点了？毕竟是她头一次管理项目。截止日期 12 月 8 日，三周的时间并不充裕。

好在燕子并非刚出校门的小女孩。没吃过猪肉，却也看过猪跑。只要平时细心留意，未必事事都需人教。燕子提笔制定工作计划：

“晚餐”的三个问题：确认大同永鑫的初始控制人（公司创办人）；调查大同永鑫创办人的背景；调查大同永鑫的规模和发展历史。

“晚餐”的三个步骤：

第一步：向服务供应商购买大同永鑫的工商档案。

大陆的工商档案，好像一本详细的编年史。除了股东、董事、注册资金和营业范围这些基本信息，还有许多更加细致的信息，比如法人代表简历，是否遵守计划生育政策；公司的资本从何而来，由哪家会计事务所验资；公司营业状况如何，营业额和利润都有多少，是否受过工商制裁或罚款；自成立第一天起，做过哪些变更，是否变换过股东、法人代表或董事；新的法人代表简历，是否遵守计划生育政策……只有工商局想不到的，没有工商局不能要的。

如此万能的一份档案，服务供应商就能提供。所谓服务供应商，就是一些小规模私企。通过公检法的关系，帮助上游调查公司查询工商档案、户籍资料和其他公众信息。

如果顺利的话，第一步就能基本解决三个问题。

第二步：上网调取香港怡乐集团的注册信息。

这一步貌似和三个问题没有直接关系。但古威银行买的是怡乐集团的股票，总归要了解它的实际控制人是谁，有没有诉讼或破产记录。

香港公司的档案可以直接通过网络数据库查询，但信息比大陆公司简单得多。股东和董事是可查的，但其他细节就没有了。怡乐集团在香港证交所上市，因此需要披露的信息倒是比私人公司多一些，在证交所的网站上就能查到。

第三步：媒体调查。

这一步是对前两步的补充。调查的对象包括大同永鑫、怡乐集团，及其所有股东和董事。媒体是许多重要线索的发源地。

大公司或大事件自然会受到新闻媒体的关注，名不见经传的小公司也要给自己做广告。老板们要为自己树碑立传，媒体急需和老板们一起发财致富，也乐得把新闻素材变成客户。唱片公司的客户是歌手，出版社的客户是作者——新时代的新趋势。自吹自擂的报道虽不可信，但吹牛多了也要出漏洞，好比 2003 年被评为廉洁奉公好领导，2004 年却成了白手起家的企业家。看来“好领导”多半在边做领导边做生意。

前三步工作完成后，如并未发现任何可疑之处，尽职调查则基本完成，剩下的就是写报告了。如果发现了问题有待考证，或项目要求比较高，则需进行实地调查。高级调查师需走访目标公司、供货商、客户和竞争对手，还有当地政府和行业协会。这一类调查需秘密进行，不能让被调查对象察觉。这是 GRE 的高级调查师所擅长的。

把老方安排在“晚餐”的团队里，难道需要实地调查？燕子抬头张望，大厅仍空空如也。Steve 办公室的门仍关着，Tina 似乎已经进去很久了。

Tina 会不会不开心？“晚餐”由燕子负责？电脑法政，实地调查，管理项目。Tina 的理想莫过于此，通宵加班也在所不辞。燕子比 Tina 还低着一级。

公司的门铃突然响起，8：30。除燕子之外，办公大厅里空无一人。门铃又响，急不可待。燕子起身朝前厅走去。

公司的玻璃大门外，有个身着西服的男人。

燕子和他同时抬起头。

一切在瞬间凝固了，仿佛凝成了冰，只剩两颗跳动的心脏。

冰雪渐渐消融。燕子眼前模糊一片。

.9

“卖给我一半，成么？”

八年前的某个夜。芝加哥某粤菜馆的厨房里，他对燕子讲的第一句话。

那是个格外繁忙的夜晚。饭馆老板给燕子一盆大虾，让她立刻把它们洗干净。虾一个劲儿地跳，好像专门要欺负北方长大的孩子。燕子慌忙拧开水龙头。没过多久，虾不跳了，浑身通红。燕子这才想起用手试试水温。

老板大声用广东话骂街，手指燕子的鼻尖。厨房里有人在窃窃地笑。燕子用力咬住嘴唇。她不能当着他们流泪。她力气不够大，不会说广东话，不认识鲈鱼或者芥蓝。没人知道她的手曾经做过眼科手术，只当它们刷碗洗菜尚且不合格。燕子不在乎这些，她需要每晚 20 美金的收入，她得交房费和学费。燕子抬起头，用清晰而标准的普通话宣布：“这一盆虾，我都买了！”

老板大吃一惊：“你知道这虾多少钱一磅买回来的？”

燕子面无表情：“我不稀罕知道。反正这虾我都买下了，钱从工资里扣就好。”

众人偷偷看着燕子，好像今天才认识她。老板走后，有人小声说：“你真强！你好酷，好像唱歌的王菲！”燕子低头继续洗她的碗，直到那从未被她留意过的男生，默默地来到她身边，突然用地道的普通话问她：“卖给我一半儿，成么？”

燕子鼻子一酸。她都算不上认识他。她扭头背对他，捋起落在腮畔的散发。她回答：“不用。”

他却不知趣地坚持：“卖给我吧，明晚我请人吃饭，本来想从店里买的，现在只能跟你买了。”

燕子不由得停下手里的活儿。他二十三四岁，瘦高个子，宽肩膀，穿着白衬衫和黑马甲。那是侍者的制服，意味着收取小费的资格。他有一张英俊的古铜色的脸。燕子扭开脸。厨房里有人在偷看他们。燕子没好气地把那盆虾用脚一踢：

"都拿走吧！"

那天夜里，他开车把燕子送回家。在他执著的要求之下，燕子也同意，车子不搭白不搭。那是一段徒步四十分钟的路程，他的旧雪弗莱只用了十分钟。

漫长的十分钟。

他说他叫高翔，山西人，25岁，在芝加哥大学商学院读硕士。她也尽了搭车人的义务：她叫谢春燕，北京人。她没提学校。和芝大相比，不值一提。

"春天的燕子。"他说。

燕子心中一酸。很久没听到过"燕子"二字了。她说："我不是燕子，我又不是一只鸟儿。"

从那以后，每晚十一点，旧雪弗莱准时出现在餐厅后门外。他则准时出现在覆盖着薄雪的人行道上。尽管他每周只打一天工。他是公费留学生，国家负担一切。打工原本是不必要的。

起先他们聊得并不多，到后来他们无话不谈。雪弗莱停在燕子楼下，车里弥漫着颓废的歌声：忽然之间，天昏地暗，世界可以忽然什么都没有。窗外是冰雪覆盖的城市。燕子跳下车，一阵风似的跑进公寓楼。

他则静静地坐在车里。等她的窗户亮了，他才发动引擎。

某天晚上，他突然说："去我那坐坐吧！"

"为什么？"

"过了圣诞节，我就快毕业了。"

公费生毕业要回国。可美国又有什么好？这里对燕子来说，原本没什么可留恋的。

燕子说："着急回国了？呵呵，想你女朋友了？"

他沉默。

燕子有种不祥的预感："大男人还害臊？你女朋友漂亮么？"

"没你漂亮。"

那四个字，燕子终生难忘。

“我不能去你那儿。你女朋友会误会的。”

一片雪花，轻轻飘落在车窗玻璃上，渐渐融化。

他把车开进街边的加油站。雪大了起来，并且起了风，街上空无一人。他下车去操作自助加油机，雪花纷纷落在头发和眉梢，把他变成圣诞老人。燕子讨厌圣诞，她更讨厌自己。

突然一阵嘈杂。几个黑乎乎的影子朝着车子疾走过来。燕子立刻意识到将要发生什么，这在深夜的芝加哥并不算稀奇。他伸手去拉门把手，门却没开。他猛敲车窗玻璃，燕子慌忙扑向那个门。门猛地开了，冰冷的风一下子涌到燕子脸上。他一头扎进车里，她还没来得及躲闪。他的羽绒服包住她的脸。羽绒服冰凉，他的身体滚烫。

车门“砰”地关闭，发动机声嘶力竭。燕子想坐直身体，他却用力把她拉回自己怀里。“嘭”的一声巨响，她的脖颈一阵冷风，车子如脱缰野马般飞驰而出。他强壮的臂膀，紧紧把她裹在怀里。

车子不知疾驰了多久，才渐渐减慢速度。燕子从他怀里钻出来，刺骨的寒风吹到她脸上。他那一侧的车窗碎了，窗外是向后疾驰的夜。

“亏了他们没枪！”他的声音微微颤抖，口中冒出大团的白气。他咽一口唾沫，故作轻松地笑：“妈的，铁棍子能扔这么远！”

“你没事儿吧？”燕子的声音也在发颤。

“没事。”他扭头冲她一笑。

“你头上流血了！”

“没事。”

“给我看看！”

他和她口中的白气混作一团，浮在他们之间。

“真的没事。”

燕子不再坚持。他额头怎样，是他女朋友该关心的。

车子终于停稳。燕子一声不吭地下车，默默走向公寓的大门。几步之后，她又转身跑回来。汽车还停在原地。雪地上是燕子新踩的脚印。

燕子绕到车子另一侧。他的左侧脸颊，赤裸裸在她面前。两道很长的血迹，一直从额角延伸到下巴。原来，在加油站的瞬间，他用自己的身体做了掩体。燕子脸上还留着他怀里的热度。

燕子沉默着拉开车门。他顺从地下车，傻乎乎跟着她，像个不知所措的小孩子。燕子把他领进自己的房间，取出酒精、碘酒和消毒棉球。她所尽的医生职责并非是他想要的，棉球到达太阳穴的时候，他一把把她抱在怀里。

她的指尖，轻轻滑过那张带着血迹的英俊的脸。

天亮之前，四周格外漆黑。燕子什么都不知道，只知道他的身体滚烫如火。

就在最恍惚的一刻，他在她耳边喃喃道："燕子，让我留下吧，永远留在你身边。"

热气贯穿燕子的耳垂。燕子一把推开他，坐直了身子，扭亮了灯，炯炯地看着他："你留下吧，永远留在我身边。"

灯光很刺眼。他彻底清醒过来，把头深深埋进胳膊里。他说："我出国的名额，是她爸给弄的。"

他饱满的肩膀，闪烁着古铜色的光。燕子抓起他的衣服扔给他："走吧。咱们以后别见了。"

第二天晚上，他果然没在餐馆门外出现。

燕子已经很久没在深夜独自走在芝加哥的大街上。她心里并不害怕，甚至盼望有人来抢劫，把她推倒在地，在她身上捅上一刀。她若悄然地死在大街上，他将再也见不到她。她并非他的女朋友，她死不死都无所谓。他也许一辈子都不会再出现。燕子托人介绍其他的餐厅。

燕子的顾虑却是多余的。他把饭馆的工作辞了。

一个月后的某个深夜，燕子却又见到他。

他穿着衬衫和牛仔裤，站在覆盖着薄雪的人行道上。她本想不搭理他，他却走上前来说："送你回家吧。"

"为什么？"

"下雪了。"

"已经下了一个冬天了，春天就要来了。"

"我等不到春天了。明天我就要回国了。"

他漫无目的地把车向着一个方向开下去。直到再也无路可走，眼前变成一片无际的黑暗。没有灯光，没有希望，只有歌声：

如果这天地最终会消失，不想一路走来珍惜的回忆，没有你。

他突然转过身来抱住她。

她没有反抗，也并不配合。她就像一尊没有生命的雕塑，任由他炙热的嘴唇划过自己的脸和脖子。她没有流泪。有生以来，她第一次明白，在最伤心的时候，泪水未必会流下来。

东方出现第一道白光。眼前那片黑暗，变作无边的湖水。

密歇根湖，冰冷如镜。

他送她回到家。城市沉浸在拂晓的静寂中。

燕子平静地道别，上楼走进卧室。她默默坐在床头，始终没有拧亮台灯。她想他看不见灯光，也许会跑上楼来。可他果真上来了，又能改变什么？也许，她不该让他为难。燕子于是伸手去按灯的开关。然而就在手指将要触到开关的一刻，她听见汽车引擎发动的声音。燕子抽回手，趴倒在床上。再也没有开灯的必要。清晨的阳光，正透入房间。房间狭小如一副棺木，把她永远地埋葬了。

天大亮的时候，电话急促地响起来。燕子从未入睡，却仿佛突然从梦中惊醒。她一把抓起电话，却听见一个陌生的中年男人的声音，讲着蹩脚的普通话：

“是谢小姐吗？我姓谭，是大湖海鲜的经理。您是不是要找一份餐馆的工作？”

换一个餐厅也好，这样才能彻底把以前遗忘。燕子抬头看看窗外。屋顶的积雪消失了，春天果然快要来了。他们这一生都不会再见了。

然而八年之后，他却站在她面前。他们之间，仅隔着一扇透明的玻璃大门。

.10

电梯门尚未完全打开，Linda 就迫不及待地侧身钻出来。

Linda 本打算八点二十分到公司，比会计公司的人提前十分钟。可她刚从地铁里钻出来，立刻接到 Steve 的电话，叫她去买一杯咖啡。国贸星巴克的不行，要嘉里中心的。从国贸到嘉里中心，步行起码十分钟。就算要走一个小时，Linda 也决不怠慢。Steve 的话是最高指示，不论那指示有没有道理。Steve 难得直接给她任何指示。

大老板不能得罪，本职工作也不能耽误。这是外企白领法则。Linda 拿着咖啡，往公司一路狂奔。让客人等在门外，那是前台玩忽职守，因为别人不知她有最高指示。闲话不包含日期和时间，一旦传入老板耳朵，她连解释的机会都没有。可今天她还是迟了一步。Linda 一走出电梯，就立刻意识到情况不妙。会计公司的人已经进了前厅，和 Yan 说着什么。

Linda 还没摸清 Yan 的底细，年龄背景和动机都是未知数。Linda 不相信表面现象。一个初级调查师，身上穿的，脸上抹的，手里拿的，绝无冒牌货。漂亮并不稀奇，难得的是气质。反正男同事没人讨厌她，包括至今未婚的 Steve。Linda

虽然不是调查师，可观察能力超一流，尤其是男人对女人的眼神。这位审计公司的高先生，莫非也神魂颠倒？两人见面能有几分钟？Yan果然有本事，表情好像情窦初开的中学生。有必要么？一个会计公司的小经理而已。工商局今年为何破例推荐会计公司？而且还偏偏推荐了这么一家皮包公司做审计？Steve居然就接受了。真是一年比一年抠门儿。年底评级快到了，估计今年薪水涨不了多少了。

Linda的脑子就像超级计算机，因此在推开大门时，她早已胸有成竹。倒是前厅里的一男一女，略显惊慌失措。

“是高先生吗？太对不起了，我迟到了。这位是我同事，她叫Yan，你们已经认识了吧？”

高翔的脸上瞬间堆满笑容。他从西服口袋里掏出两张名片。燕子如梦初醒，赶忙接过名片。

正在此时，大老板Steve推门走出来。

燕子也赶忙面带微笑，一双黑眼珠却晶莹剔透。燕子转身走进公司。借着玻璃门的反射，她看见高翔和Steve握手寒暄，高翔的笑容憔悴而虚伪。燕子加快脚步。Steve的声音传进走廊里：“Linda，高先生这几天就坐在会议室里。高先生，这几天要辛苦你了！”

“没有没有！应该的应该的，谢谢谢谢……”

高翔的确世故多了，嗓音却和当年一样。

燕子加快脚步，心思却仍留在前厅里。他要在会议室里待几天？难道从现在开始，又会天天见面？即便天天见面又能如何？八年之后，谁都不再是当年的谁了。燕子心事重重地走进办公大厅。一抬头，Tina叉腰站在眼前，头顶盛开着喷泉：“你行啊你！请客请客！就今天中午，千万别想赖账！”

.11

国贸的员工食堂在地下二层。

燕子本打算找个好点的餐馆，Tina 偏说想喝食堂的玉米粥。燕子知道 Tina 不想让她破费。员工食堂也没什么不好。每人 12 元，主食和凉菜管饱。燕子平时注意饮食，今天却想大吃一顿。

会议室的门关着。燕子快步走过。他早成了别人的丈夫，她应该把他忘掉。她是来上班的，不是来怀旧的。她的脑子里就只该有大同永鑫和香港怡乐。燕子把高翔的名片塞到键盘底下。

员工食堂里满满的人。燕子和 Tina 并排坐定了，Tina 的问题立刻连珠炮似的发出来：

“快说，你怎么把老板搞定的？上班才几个月，就能当上 Case Manager [2]？你以前到底是干啥的？真的没干过调查？你以前不会是 CIA [3] 吧？

Tina 眼睛瞪得溜圆，随时有掉出眼眶的危险。燕子微笑道：“我以前还是克格勃 [4] 呢！鬼知道为了什么。”

“我看啊，呵呵……” Tina 欲言又止。

燕子故意不接下茬。她知道 Tina 憋不住。

“Steve 刚才跟我解释了半天，弄得我都特别扭，就跟我真有多眼红似的，不过，呵呵，我可真的眼红呢！”

Tina 伸伸舌头，嘻嘻地笑。

“Steve 可把你夸了个溜够。说你英语好，心细，吃苦耐劳，让我多跟你学。

---

[2] Case Manager，项目经理。

[3] CIA，中央情报局的情报人员。

[4] 苏联的反间谍机构，以实力和高明而著称于世。

说的就跟我整天迟到早退似的。"

燕子一笑了之。Steve 不是善于夸人的人。更不要说夸燕子，一个尚未入行的新手。

"嘿！你还不信是怎么着？"

"怎么听上去不像 Steve 说的，倒像是你说的？"

"我骗你干吗？ Steve 就是这意思，真是的，还非得把原话背出来，好让你美？"

"别说，千万别说。"燕子闷头吃饭。

"嘿，你今儿怎么这么蔫儿啊，是不是哪儿不舒服？还是表面假装低调，心里正使劲儿偷着乐呢？"Tina 盯着燕子，好像实习心理医生。

"三周交报告，正担心呢！"燕子随口道。

大同永鑫的档案已经向渠道服务商订购了，香港证交所的数据库正在查，媒体调查也得抓紧开始。还有很多事要做，每分钟都不能浪费。公司却突然变成了想去却又不敢去的地方。

"哎！真是身在福中不知福啊！"Tina 一声长叹，"我要是你啊，这会儿都美死了！你说我怎么就这么倒霉呢？其实我还真没雄心壮志，就想当个高级，有机会能去做实地调查，假装生意人谈买卖，或者去卧底，或者跟踪，那多有意思！"

Tina 双眼忽明忽暗，仿佛闪烁的铁路信号灯。

燕子继续吃饭。Tina 的老生常谈，她听过一百回。食堂里年轻人真多，二十三四岁，穿着商场或物业公司的制服，无论穿什么都活力四射。高级"金领"们一身名牌，在高级咖啡厅里吃一百块一份的午餐，面色黯淡，疲惫不堪。岁月带来了什么，又带走了什么？穿不完的高级时装，芝加哥湖畔的大房子。她却终于逃离了那片无际的湖水。

"嘿！看！"Tina 用胳膊肘轻碰燕子，压着嗓子诡秘地说，"别回头！看这个！"

Tina 把手机立在桌上，摄像头朝向背后。Tina 神秘至极："看见了么？那个男的？就那个，胖子，留寸头的？"

咔嚓一声，手机上的画面定了格。

“他怎么了？”

“他在跟踪咱们。估计不只他一个。”

“跟踪咱们?！”

“嘘！小声点儿！别看我。看你自己的盘子！继续吃，别停下！”Tina对着筷子说话，好像做法的女巫。

“干吗跟踪咱们？”

“这还用问？抓你做线人呗！GRE的秘密多了！”

“那怎么办？”燕子后脖颈子发了紧，好像发胶喷错了地方。

“继续吃，再吃五分钟，然后站起来走人，就好像什么也没发现。明白么？”

五分钟真不算短，足以令人消化不良。Tina终于站起身，大摇大摆地往外走：“跟我聊天，笑一笑，快！”

燕子挽住Tina的胳膊。不慌是不可能的，燕子力求表面不动声色。但事到眼前，坦然迈步已变成力所不能及。再加上Tina故意发出的两声嘹亮的笑，好像缺乏演技的话剧演员。燕子反倒被Tina吓了一跳。

燕子和Tina走进电梯，电梯里只有她们两个人。

电梯启动。一层，二层，速度越来越快。燕子微微松一口气，Tina的神情却越发紧张起来，抬头向着电梯顶部巡视。燕子的心立刻又悬了起来：“怎么了？”

“希望不会停！要不咱们就完了！”

“电梯会停？”

“那可说不定。对他们，这是雕虫小技！”

一个封闭的大铁盒子，哪儿都没有出路。电影里曾有的情节：深夜的公寓楼，电梯突然停在两层之间。螺丝钉松动了。

燕子也抬头紧盯着电梯顶。可螺丝钉都在哪儿呢？

电梯却果真忽地一下子停住了！

Tina 一把抓住燕子的胳膊。燕子跟着一个趔趄。

螺丝没松。电梯门自动打开了。门外有个穿西装的男人，胳膊底下夹着公文包，举着手机说："王总，您别着急！文件我已经让小蔡送来了，拿到文件我就出发，二十分钟准到！"

.12

严格来说，高翔的会计公司就只有两名正式员工，高翔和小蔡。高翔是总裁兼经理，小蔡是会计师兼秘书。

小蔡大学毕业之后，没能实现进入四大的理想，不过跟着高总也能学不少东西。别人的公司抢客户，高总的公司却挑客户。不用登广告，客户就排队。

当今的社会，有人凭技术，有人凭关系，高总两者兼备。小蔡佩服的人不多，但对高总五体投地。任何账务问题，只要高总出马，大事化小，小事化了。正因为有本事，才需要挑客户。高总虽是孙悟空，却不是如来佛。孙悟空什么都办得到，只要如来以后不会追究。高总说过："搞定并不难，只怕留后患——不是什么钱都能挣的。"

比如外企，高总就从来不接。外企死板，喜欢较真儿。又要你办事，又不许请客送礼。美国公司尤其麻烦。美国政府有条"海外反腐败法"，不论请客还是送礼，超过 50 美元就算行贿。想要办成事，简直是天方夜谭。高总绝不接美国公司，GRE 是个例外。

GRE 是王总介绍的。凡是王总介绍的客户，高总决没一个"不"字。GRE

的账务的确有点问题，不然也不会换掉普华用高总。对高总而言那只是小事一桩，一个电话就能搞定，高总却亲自坐镇GRE。王总的面子实在大。

王总是高总的大客户，地位超过“上帝”。王总一个电话，高总决不怠慢。别说下午一点半，就算凌晨一点半，也照样立刻行动。小蔡也得跟着行动——飞车把文件送到国贸楼下。高总在电话里说：“一点四十，别让我等！”

小蔡恨不得给自己的小丰田装上风火轮。一点四十，小蔡正点到达国贸一座大门口。高总约会只提前，不迟到。

今天却有点反常。楼门口没人，高总还没下来。

.13

燕子拉着Tina快步走出电梯。

燕子的脸色略显苍白。并非因为见到高翔。高翔既然在场，被跟踪的事倒是放在一边。

Tina去了洗手间。楼道里只剩燕子和高翔。

燕子目光低垂，和高翔擦身而过。她忘了带公司的门卡。

燕子在公司门前徘徊了片刻。她听见电梯门徐徐关闭。燕子松了一口气，一回头，高翔竟还站在原地。

燕子忙把头扭回来。身后却响起脚步声，由远而近。高翔在她背后说：“用我的临时卡，成么？”

就像多少年前，他说：“卖给我一半，成么？”燕子的眼圈儿发了红，就像多少年前。

燕子推开玻璃门，用了不少力气，为的是让他没机会帮忙。还好他没跟进来。

“燕子！”他却在她背后轻声呼唤。

这两个字有些锋利。燕子没回头。她手扶着玻璃门，为了不让它关上。

“刚才有你一个包裹，秘书不在，我放在前台了……”

“谢谢。”

“再见。”

他的声音有点哑。她没回头。

燕子走向前台。玻璃门“啪”的一声在她背后锁上。她使劲儿吸了吸鼻子，把鼻涕和眼泪一古脑儿咽进肚子里。她拿着包裹，走回自己的座位去。

快递是从芝加哥寄来的。包裹里有一盒西洋参，还有一张贺卡。封面很精致，里面的字体好像出自三年级小学生："保（煲）汤用，每天一粒。如果没时间，滚水泡也可。"

贺卡很浪漫，内容很实际。

燕子丢下贺卡，用双手撑着头。一大半的座位还空着。燕子闭上眼。芝加哥那飘雪的夜，密歇根湖那浩瀚无边的湖水。满脸风霜的男人，手中捧着碗，满身油腻地站在饭馆厨房里："西洋参煲的汤，快点喝掉它，不要让别人见到……"

燕子使劲儿揉揉眼。办公大厅里转眼已坐满了人。只有她身边的位置还空着。

Tina！

燕子从座位上跳起来，奔跑出公司去。

.14

老方中午带了饭。

国贸的饭馆贵得出奇，员工食堂也要12元一份。公司里有微波炉。吃完午饭还能眯上一会儿。反正公司带饭的人不多，小咖啡间里没几个人。

不过今天老方没睡午觉。他刚刚洗好饭盒，就被Steve叫进办公室里。

老方从Steve的办公室出来，心想自己的推断绝对是正确的。Yan在GRE果然大有前途。不到两个月，电脑硬盘也拆了，实地调查也做了，如今居然成了项目经理。老方在GRE干了十五年，这么快的提拔还是头一回见。

小女人的确机灵，工作刻苦也是有目共睹。英语好不好老方不知道，那是Steve一面之词。反正要说搞调查，她肯定还是嫩了点。不过项目经理也用不着干什么，装模作样地发号施令，然后再修改修改报告，齐活儿。

老方看不起小屋里那帮总监副总监。只要不上街，就不配拿调查公司的薪水。可如今世道变了，动不动就提电脑和英语。大学里的小屁孩儿谁不懂电脑和英语？难道他们都能当调查师？这个理儿无论如何说不通。Steve又提有效工时。别人平均每周35小时，老方上周只有5小时。“老方，想想办法，让别人多给你点儿活儿。不然到了年底，我可真没办法了。”

Steve有没有办法，老方心里最清楚。能不能从别人那儿弄到活儿，老方心里也很清楚。离年底还差一个月，搁谁也学不会电脑和英语。“晚餐”里有他的名字，可那只是个尽职调查，需不需要实地走访还难说。除了实地调查，别的他也干不了。老方能不能弄到活儿，到头来还得问Steve。Steve才是真正的项目经理，Yan徒有虚名。起码调查师的活儿还得她自己干。就算要一步登天，也得先吃点苦头，这也合情合理。好在起码有Tina打下手，那也是个快下岗的主儿，给谁打下手都心甘情愿。

老方瞄了一眼燕子和Tina的座位，居然还都空着。平时挺积极的两个人，居然快两点半了还没回来。老方正琢磨着，燕子绷着脸走进大厅。Tina嬉皮笑脸地跟着。这个没头没脑的傻姑娘。干调查有什么好？谁都要巴结着。

.15

燕子一屁股坐回座位上，耷拉着脸不看Tina。

刚才燕子把国贸都找遍了，Tina却在哈根达斯里吃冰激凌。

“Yan姐姐，我的好Yan姐姐！不要生气了好不好？”Tina冲着燕子挤眉弄眼。

“你蒙我？”

“我怎么蒙你啦？”

“跟踪咱们的人呢？”

“哦，呵呵，被你看出来了。”Tina吐吐舌头。

“刚才没见你回来，我有多担心你知道吗？”

燕子心里蹿火，不是因为Tina，Tina只是个调皮孩子，燕子知道自己有点莫名其妙。有同事往这边看。燕子瞪着电脑屏幕不再言语。

Tina偷偷看一眼燕子，掏出手机一阵狂按。

没过几秒钟，燕子的手机就在衣兜里震。

“姐姐大人，饶了我吧，以后不敢了。”

燕子扑哧一笑。

“偏不饶，谁叫你自己偷偷去吃冰激凌！”

“好姐姐，饶了我吧，今晚我请客还不成吗？我有好消息要告诉你！”

Tina 手舞足蹈。燕子小声问：“什么好消息？”

“晚上再说，现在保密！”

燕子噘了噘嘴：“刚才真吓死我了。”

“没想到你这么好骗呢！就那个猪头，那么蠢，也能干调查？”Tina 嘻嘻笑。

燕子心想：可怜的胖子，不知眼皮会不会跳。

胖子的眼皮没跳。他正坐在一楼星巴克里。拿着手机：“办好了。好的王总，我这就回去。”

.16

“知道吗？下周一一大早，我要跟 Steve 出去！”

Tina 两眼闪闪发光，把原本昏暗的小饭馆照亮了几分。

“真的？太棒了！头一回实地调查啊！”燕子知道这是 Tina 朝思暮想的。

“其实也不算实地调查，不过难度绝不亚于实地调查呢！”Tina 眨眨眼，故弄玄虚，“这可是实实在在的反欺诈！”

“是不是要保密？要保密就别告诉我。”

“没有没有，跟你用不着保密。呵呵，这回是找嫌疑人谈话。”

“直接和嫌疑人谈？是贪污案？”

“真不愧为项目经理！一下子就猜中了！呵呵，是个房地产公司的财务处长，据说贪了好几千万！”

燕子知道那是谁："拿到真凭实据了？"

"你真聪明！没证据那不就打草惊蛇了！据说这证据来得还挺不容易。那位财务处长表面特干净，没有豪宅，没有豪车，穿的用的比公司的小文员都不如。GRE 把他查了个遍，一点儿证据没有。那公司老总都跟原先的项目经理急了，Steve 只好把项目接过去亲自管理。Steve 就是厉害，据说派了个高手，转眼就把那处长的电脑硬盘给拿回来了。"

燕子知道那所谓的"高手"是谁。

"硬盘里有什么？"

"据说有百慕大公司的注册信息和银行账号，那公司就是登记在他自己名下的，几千万资金就是打进那个账号的。"

"那不是人赃俱在了。还审什么？"

"当然得审了！赃款还得靠他拿回来呢！再说谁知道有没有同伙。"

"也是。"

燕子点点头。他不是等着和某个"领导"会面呢？Tina 为此还熬了通宵。不过她未必知道这是同一个项目。

"这种审讯可不容易！靠的是心理战术。"Tina 好像审讯专家一般，"就算你有证据，人家也未必老老实实认罪，老老实实把赃款交出来。咱又不是警察，没有司法权力。他要真死不认账，谁也不能把他关起来明天再审。只要他一出公司大门，谁知道会不会携款潜逃？"

"那干吗不直接报警？"

"家丑不可外扬呗！自己手下贪污了好几千万，起码也算渎职吧？再说赃款还没追回来，闹得满城风雨的，怎么收拾？"

燕子点点头："所以，他们公司领导就请 Steve 和你去跟他谈话，让他认罪，交出赃款？"

"是啊。咱们公司也就只有 Steve 干得了这活儿。"

“你跟着他多去几次，以后你就也能干了。”燕子微微一笑。

“呵呵，我是纯粹跟班儿的。一句话不许说。我的任务就是观察和记录，不放过任何蛛丝马迹。”

“速记？”

“哈哈，那多落后啊！咱有录音笔，还有微型摄像机。当然也有录音笔和摄像机记录不到的东西，比如一个眼神啦，一个动作啦，那就都得靠脑子记着。”Tina 深吸一口气：“不知到时候会不会出乱子！那家伙说不定会狗急跳墙！听说以前就有人拔过刀子，不过据说一下子就被 Steve 制服了，看不出来吧？”

燕子点点头。看不出来 Steve 有功夫，也看不出那财务处长会动刀子。

“他得坐多少年牢？”

“谁？哦，你说那财务处长？谁知道！弄不好得坐一辈子。”

燕子心中一沉。一辈子就这么毁了，轻而易举。

.17

周末的夜晚。

卧室窗外，是空荡荡的网球场。两只网球，一左一右，隔着球网遥遥相望。

半瓶红酒，一只空酒杯。杯底残留着一抹殷红。

收音机里流淌着一首熟悉的歌：

忽然之间，天昏地暗，世界可以忽然什么都没有。我想起了你，再想到自己，我为什么总在非常脆弱的时候，怀念你。

燕子把收音机关了，把窗帘拉上。

.18

星期一，燕子提前两小时走进公司。本月的第十一次。

“晚餐”还剩两周零四天。燕子得抓紧时间。

果然有了进展。大同永鑫煤炭机械有限公司的电子档案，已经到了燕子的电子信箱里。周五早上才下的单子，这回出奇的顺利。

大同永鑫的情况并不复杂。2008 年 1 月成立，香港福佳有限公司的全资子公司，法人代表叫叶永福。香港怡乐集团 2008 年 8 月支付五千万美金将其收购。

燕子拿出项目清单里那张附图，用铅笔在上面画起来：

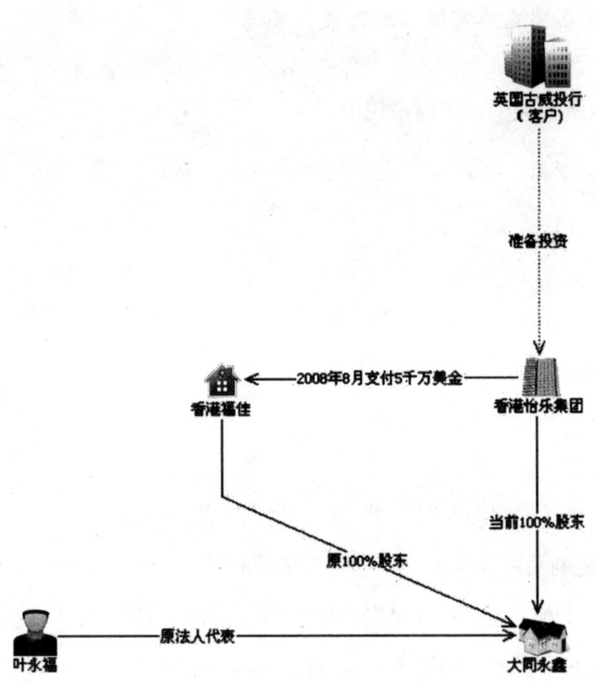

作为大同永鑫的初始股东，香港福佳的注册信息也都在大同永鑫的档案里。

香港福佳 2007 年 11 月成立于香港，有三个股东，都是英属处女岛注册成立的公司，分别叫做长佳控股、金盛控股和紫薇控股。

香港福佳还有三位董事，一位就是大同永鑫的法人代表叶永福，另外两位叫张红和刘玉玲。

燕子再把这些加到她的图表上：

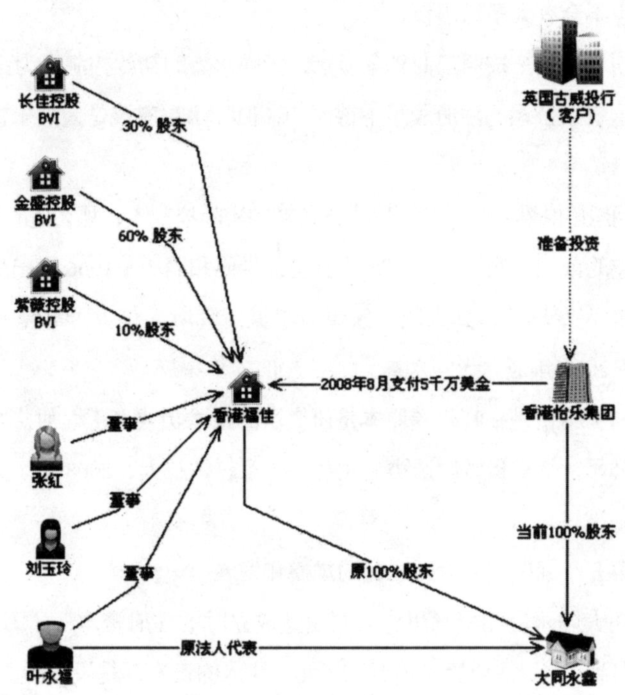

燕子要回答的第一个问题是：到底谁是大同永鑫真正的控制人？

香港福佳就是个壳。长佳、金盛和紫薇也是壳。那三家公司背后的股东，才是大同永鑫的真正拥有者。可这三家都是在英属处女岛注册成立的。

英属处女岛，英文缩写 BVI。和百慕大一样，BVI 也是注册公司的“天堂”。股东和董事的身份严格保密。大同永鑫原来的最终拥有者，也就不得而知。

不过除了三个公司股东，香港福佳还有三位董事。叶永福既是大同永鑫的法人代表，又是其股东公司的董事之一，可见大权在握。

中国公司的法人代表，就是该公司的最高领导人。叶永福即便不是大同永鑫唯一的原始控制人，也该是最重要的。除非那位真正控制人实在不想抛头露面，而且对叶永福信任有加。至于张红和刘玉玲，都没直接在大同永鑫的董事会里出现，对公司也不会有太多话语权。

燕子的初步结论：按照工商档案显示，大同永鑫的初始控制人为三家 BVI 注册的公司。这三家公司的注册股东不得而知，但叶永福应该是大同永鑫成立时的主要控制人。

第二个问题：既然叶永福是大同永鑫最初的实际控制人，那么他的背景如何？

大同永鑫的公司档案里有叶永福的身份证号码和简历：1966 年出生，山西万源人，1988 年大专毕业，到大同一家煤炭机械研究所工作。1998 年开了一家机械加工公司，2008 年成立大同永鑫。

燕子的初步结论是：叶永福原本是研究所的技术员或者工程师，九十年代末自己下海开公司，从事机械制造类的生意，生意越做越大，2008 年 1 月注册成立了大同永鑫。

燕子的第三个问题是：大同永鑫的规模和发展历史？

答案也在大同永鑫的档案里。大同永鑫成立时的注册资本三千万元人民币。从2008年1月到6月，注册资本增至三亿元。注入的资本都是设备和土地使用权。同年 8 月，香港怡乐集团支付五千万美金向香港福佳收购了大同永鑫百分之百的股份，成为其唯一股东。

怡乐集团收购大同永鑫之后，叶永福留任大同永鑫的总经理，但法人代表和董事会主席更换为一名叫做 Ted Lau 的英国人。这位 Ted Lau 是也是大同永鑫的新股东香港怡乐集团的董事会主席。燕子把 Ted Lau 也加进她的图表里：

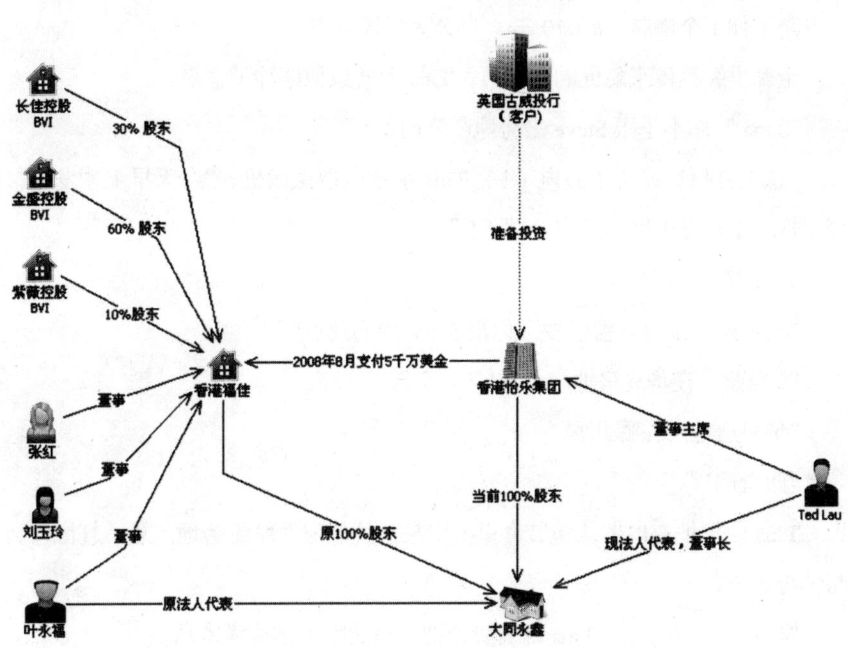

果不出所料，一本大同永鑫的档案，基本回答了三个问题，唯一不够清晰的是大同永鑫的初始控制人。BVI 注册的公司也无法查出真正的股东。但按照常理，既然叶永福打算出售大同永鑫，自然会在境外注册成立持股公司。如此一来，股权交割都在境外进行，既省税又省手续，大多数国际并购都采取此种手段。这三家 BVI 公司的存在也很合理。在交割之后，叶永福留任大同永鑫的总经理。为了保障公司运营的持续性，新股东都会要求公司的原控制人继续留任一段时间。因此猜测叶永福就是 BVI 注册公司的控制人，也是顺理成章。

在此之前，燕子也粗略地做过一些媒体搜索，并未找到任何负面信息。看来，大同永鑫的调查基本完成了。下面只需再查查香港怡乐集团。然后就是写报告。“晚餐”并不复杂，难怪交给她。简单的项目也能写出漂亮的报告，那才是下两周的重点。

燕子伸了个懒腰。8：10 am。办公大厅还空着。

走廊里突然传来急促的脚步声。Tina 龙卷风似的冲了进来。

“Tina？你不是跟 Steve 去房地产公司了？”

“怎么办啊！我忘了充电了！”Tina 手举微型摄像机，“今天早上才发现，就剩一格电了！充电器还落在公司了！”

Tina 奔向自己的桌子。

“没关系，别急。慢慢找。你跟 Steve 约的几点？”

“9 点整，在华夏房地产大堂！”

“华夏房地产在哪儿？”

“西直门！”

Tina 一把把充电器从包装盒里揪出来，其他配件纷纷落地。燕子赶忙弯腰去帮忙捡。

“肯定来不及了！”Tina 跺着脚，把头顶的喷泉揪成灌木丛。

“等等，这是不是车载充电器的接头？”燕子从地上捡起一个黑色的东西。

“什么接头都救不了我！”

“未必。”燕子抓起皮包和外套，“我开车送你去西直门，你就在我车上充电，不会迟到的！”

“真的？你太伟大啦！可你的有效工时怎么办？”

GRE 的规定：加班多少没人管，迟到 1 分钟就要扣 2 小时的有效工时。有效工时是调查师的命根子。

“快点儿啊，你还磨蹭什么？”燕子一步跨进走廊。

走廊里漆黑一团，会议室的门紧闭着。

.19

燕子把车停在大厦前的停车场。

燕子本想立刻回公司去。但Tina把钱包落在她车上了。Tina头一回外出工作，抹抹口红无可厚非。口红却不是轻易能找到的，需把书包翻个底朝天。落一两样东西在外面，对Tina来说再正常不过了。

Tina给燕子发了短信，说马上就找机会下来取。燕子也不急。反正已经迟到，一分钟和两小时都没有区别。

燕子下车透透气。短信又来了。这回不是Tina。 133035×××33，不在手机电话簿里。

“这些年，你还好吗？”

短信只此一行。

燕子不由得抬起头，仿佛那短信从天而落。应该不会是他。燕子从没给过他手机号。

天空很深很蓝，好像无边的湖水。

燕子把短信删了，把手机丢进皮包里。不如想想她的新项目。大同永鑫，怡乐集团，还有叶永福。

有个黑影，突然从天而降。

转眼间，金杯车周围已围满了人。有人大声喊：“这里有医生么？”

燕子猛然惊醒过来。她正要往前，胳膊却一把被人拉住。

燕子一扭头，看见Steve炯炯的目光。他薄薄的嘴唇，几乎就在她耳畔：“He is dead.(他已经死了。)”

一股热浪袭过耳垂。燕子浑身一抖。

Steve挽住她的肩：“走吧，这是他们公司的内部事件，我们不要掺合。警察马上就要来了。”

燕子闭上眼。眼前浮现出金色的沙滩。沙滩上的中年男人，正把女儿高高举过头顶。小女孩大声喊着：“我飞起来了！爸爸，我飞起来了！”

燕子迈开步子，泪水紧跟着流下来。

.20

“他要 terminate（解雇）我！”

Tina 从 Steve 办公室里走出来，一屁股坐回自己的座位上，细细簌簌地抽鼻子。

“为什么？”燕子吃了一惊。

“因为我把你带到华夏房地产去了！”

燕子把盛纸巾的盒子塞给 Tina，Tina 却哽咽得更厉害了。

燕子推门走进 Steve 的办公室。

Tina 吃了一惊，老方在一旁眯起眼睛微笑。

“请把门关上。”

Steve 注视着电脑。燕子关了门，转过身问：“为什么要 terminate Tina？”

“她玩忽职守。”

“她只是忘了充电而已，不至于被 terminate。”

“对于调查师来说，任何错误都可能是致命的，错误没有小大之分。”

“别的调查师也犯过类似的错误，但没被开除。”

“她不但忘记充电，还带你去华夏房地产。”

“是我坚持要开车送她去的。”

“她该阻止你去。”

“为什么？”

“因为目标人以前见过你。”

“她不知道目标人见过我。你没让我告诉别人去斐济的事儿。”

Steve 沉默不语。

“可我知道。我知道目标人见过我，该 terminate 的是我。”

“到底该 terminate 谁，不是你该操心的。”

Steve 看一眼燕子，随即又把视线转回电脑。

好长一段沉默。

“你还有事么？”

燕子咬住嘴唇，不吭声也不挪动地方。

“没事就出去继续工作。请让 Tina 进来。”

“谢谢！”

燕子向 Steve 一笑。Steve 却没笑：“你知道有多危险吗，如果让他看见你的话？”

“我明白。”

“你不明白！也有人不会寻死，他会杀了你全家！”

Steve 逼视着燕子。

燕子目光低垂。黑亮的皮鞋，浸在殷红的鲜血里。

“可他死了，而且就躺在我眼前。”燕子的双眸晶莹剔透。

“他贪污了一个亿，是多少人一辈子工资的总和？你只不过揭开事实真相，那是调查师的职责。”

燕子低头不语。

“Yan。”Steve 轻呼，“坚强些。这在调查师身上是难免的。”

Steve 眼中闪过一丝温柔的光。

昙花一现。

燕子心中微微一动，点点头，转身走出办公室去。

.21

Tina 记过处分，留职察看。比解雇略好一些。

Tina 对燕子感激涕零，嚷嚷着要请燕子吃饭。午饭就免了，燕子没胃口。会议室的门一中午都关着，不知里面有没有人。

燕子在办公桌上翻找了半天，没找到高翔的名片。转念一想，又何必呢？反正短信也已经被她删了。

Tina 给燕子带回两个肉夹馍。燕子没碰，她有点恶心。

下午大家闷头干活，一切恢复正常。

Tina 格外卖力。她把其他工作都放在一边，主动帮燕子搜索香港证交所的网站，收集香港怡乐集团的材料。过不多久，已经打印出厚厚的一大叠纸。

“报上怎么说来着？呵呵，对了，森林杀手。”老方端着茶杯在一边笑。

“哎！没办法啊，电脑我看不习惯，所以得打出来看。”

Tina 话里有话。老方假装听不出：“是吗？我也不习惯看电脑，所以每天还要买报纸。”

燕子捧起那一摞纸，不让心里想别的。

怡乐集团 1999 年成立，2003 年在香港证交所上市，起初经营电子业。2007 年初，两家 BVI 公司入股怡乐集团，一家叫永辉控股，另一家叫大洋控股。永辉控股用 2 亿港币收购了怡乐集团 60% 的股份，大洋控股则用五千万港币收购了 15%。 收购之后，怡乐集团的主业也随之换成煤炭机械制造。此次变更后不久，怡乐集团发行了两亿股新股，新融资 2 亿港币，融资之后，永辉控股变成持股 22% 的股东，而大洋控股则变成 5.5% 的股东，剩余 72.5% 的股份为众多的公众小股东所持。增资扩股后不久，怡乐集团收购了大同永鑫百分之百的股份。

这是典型的“借壳上市”。通过收购一家现成的上市公司的控制权，来实现把自己企业上市的目的。怡乐集团就是这样一个“壳”，而永辉和大洋两家公司，正是借助这个“壳”，经营大同永鑫的煤炭机械生产。这种上市方式，在香港是很常见的。

燕子把永辉和大洋也加到她的公司结构草图里：

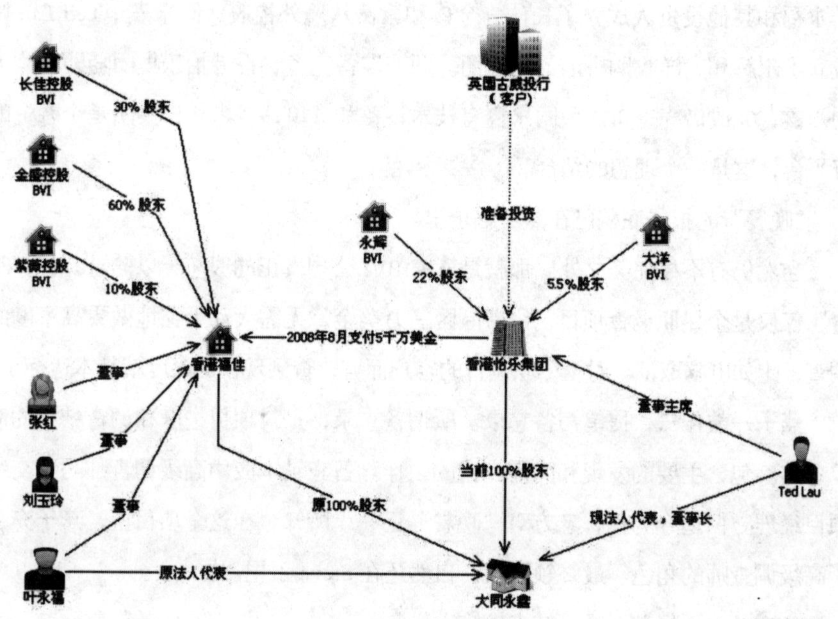

可见永辉和大洋，就是香港怡乐集团当前的控制人。两家都是 BVI 公司，注册股东和董事不得而知。但怡乐集团的董事会并非秘密，香港证交所刊登的公司公告上都写的清清楚楚。

怡乐集团当前的董事长叫 Ted Lau，英籍华人，同时持有英国护照和香港身份证。Ted Lau 于 2007 年 1 月继任怡乐集团董事长，正是永辉和大洋收购怡乐集团的时间。可见 Ted Lau 代表新的控制人。

燕子对 Ted Lau 做了一些媒体调查。新闻不多，大都和怡乐集团有关。Ted Lau 据称早年在香港做生意，后来把业务发展到英国，主要经营国际贸易。有媒体说 Ted Lau 的妻子是英国白人，育有一子，和妈妈长年住在伦敦。

香港怡乐集团的信息收集完毕。这是个再普通不过的借壳上市的案子：大同永鑫的创始人叶永福，在大同当地经营采煤机械厂。港商 Ted Lau 打算并购叶永福的企业，然后借壳上市。叶永福和 Ted Lau 纷纷成立 BVI 公司为收购做准备。叶永福和其他投资人成立了长佳、金盛和紫薇从境外控股大同永鑫；Ted Lau 则成立了永辉和大洋收购香港怡乐集团。两方准备完备，香港怡乐集团随即收购大同永鑫，完成借壳上市。大同永鑫有技术设备和订单，香港怡乐集团是个融资的好平台，这是一个理想的结合。

“晚餐”的报告底稿已在燕子脑子里。

当然仍有不尽完美之处。那就是五家 BVI 公司真正的股东无以验证。但“晚餐”仅仅是个尽职调查项目，经费区区三万美金，无需大动干戈地做更高难度的调查，比如电脑取证。对于尽职调查的客户而言，查到现在的深度就基本达标了。

燕子一鼓作气，提笔写备忘录。所谓备忘录，是对项目进度和调查结果的简单总结。包含主要的发现和尚需完成的工作。备忘录本应由高级调查师写来交给项目经理。但迄今为止，老方对“晚餐”还一无所知。在这个项目里，燕子充当了高级调查师的角色。最终领导权，自然还在 Steve 手里。

备忘录并不复杂，晚上 9 点搞定。

备忘录发往 Steve 的邮箱，燕子顿觉轻松不少。一抬眼，Tina 正提着书包站在眼前：“燕姐姐，晚上肯赏脸了吧？”

.22

“早上到底是怎么回事？”

燕子和 Tina 坐在国贸楼下的小饭馆里。

“哎！我慢慢说给你听。我和 Steve 跟着他们公司的老总和几个领导一起坐电梯到了七层财务科。那间办公室是个套间，里外两间。当时那财务处长正巧在外间，站在饮水机边上倒水，屋里还有俩女的，他们老总让那俩女的出去，然后关了门，跟那男的说：‘小徐，这位是 GRE 的周先生，GRE 是全球知名的调查公司。他们在协助我们做一项秘密调查，有关先前的几个项目。周先生今天来，是要问你几个问题，希望你能配合。’

那男的脸一下子就白了，可还是硬撑着说：‘问我什么？我只管财务，又没直接参与过项目。’这时 Steve 把公文包打开，从里面拿出电脑硬盘来，说：‘徐先生，这是从您的手提电脑里拆出来的，我们从里面找到几封邮件，是百慕大的一家公司注册机构发来的。’

那男的立刻歇斯底里起来说：‘这绝对不可能！你们要诬陷我！’Steve 却说——他可真够阴的，还笑着：‘徐先生，我还什么都没说呢，您怎么就知道我要诬陷您呢？’那男的瞪着眼睛嚷嚷说电脑从来没离开过他，别人不可能拿得到他的硬盘。看他那架势，就像要跟谁拼命似的，我大气儿都不敢出。

然后他们老总说：‘我们要是没有证据，是不会直接来找你的。现在就看你的表现了。’那男的一屁股坐进椅子里，脸白得跟纸似的。过了一会儿又站起来说：‘让我想一想’，说完就走进里屋去。Steve 要跟进去，被他们老总拦住了。可那男的刚进去，屋里就稀里哗啦的一阵响，Steve 赶快冲进去，我们也都紧跟着跑进去，可还是太晚了，里屋窗户大开着，桌子上的东西掉了一地，人已经跳下去了。所有人都惊了，Steve 倒是特冷静，把他们老总拉到一边小声说了几句，就带我下楼了。”

之后的事情，燕子就知道了。

Tina 继续说着：“然后我们在楼下远远儿地看见你。Steve 立马就跟我翻脸了，我还没见他发过那么大脾气。他让我自己打车回公司，我还想解释两句呢，一转眼就找不着人了。结果我上了出租才想起自己根本没钱包儿，车费还是打电话叫 Linda 帮我交的。”

“为什么要自杀呢？”

“谁知道！想不开吧。先前上楼那会儿，在电梯里有个领导还问 Steve，说‘小徐怎么可能贪污呢？您没搞错吧？’，然后旁边儿就有人搭腔说是啊，小徐又老实又能干，平时从来不讲吃穿什么的，实在是太难以置信了。有人就在旁边问，这得判几年啊，女儿还那么小。那老总咳嗽了一声，大伙儿才不说话了……”

Tina 自顾自地往下说。燕子发现墙角有几只空啤酒瓶子。一切都是他咎由自取。丫丫已经失去了父亲。丫丫曾经那么喜欢她。

“想什么呢？听见我说的了？”

Tina 挥舞着筷子。

“对不起，你说啥了？”

Tina 噘了噘嘴：“我说：‘我真的特纳闷，Steve 为什么要开除我？就因为把你带过去了？’”

燕子放下筷子：“对不起，其实都赖我。我以前没告诉过你，这项目我也参与了。而且姓徐的我也见过，电脑硬盘就是我拿回来的。我昨晚就知道这是同一个项目。可我真的不知道，我去了会给你带来那么大的麻烦。你受处分都是我的原因，对不起！”

“啊！天啊！”Tina 大叫一声，“那今晚你请客！”

Tina 拉住燕子的手：“我的姐姐，你知道吗？今天早晨你闯进 Steve 办公室，啧啧啧，简直帅呆了！这公司里除了你再没第二个人敢这么干了。我早知道你是个好人，可没想到你这么仗义。就冲这一条，你让我上刀山下火海，我都决不会眨眼！以后你就是我亲姐！哦耶！我居然有个超级美丽无敌的调查师姐姐！拿别人硬盘就好像探囊取物，简直太酷了！”

Tina 一挤眼：“没用美人计吧？”

燕子笑着作势要打 Tina，Tina 则挥舞着筷子抵抗。

一天的烦恼，烟消云散。

燕子和 Tina 两人在国贸楼下分手。燕子独自走向国贸的地下停车库。

深夜的国贸大厦，稀稀落落的几个人影。燕子走进电梯，随手取出手机。手机上有个未读短信，来自 133035×××33。

“太晚了不安全，快回家吧。”

电梯门正徐徐打开。燕子抬头环顾四周，停车场里零零散散地停着几辆车，一个人影都没有。

手机上显示的收信时间是十分钟之前。

难道是高翔？为何要躲在暗处？要不是高翔呢？

停车场突然阴森起来。

燕子快步走向小宝马。

小宝马疾驰着驶出地库。长安街宽阔而明亮。

燕子手扶方向盘，把头靠在椅背上。车窗外是灯火映红的夜空。名片到底哪去了？明天得想办法再弄一张。

.23

“Yan，需要帮忙吗？”

Linda故意问。上班没几个小时，Yan已经从前台经过了好几次，一副心神不宁的样子。

“有没有看见一张名片？”

燕子记得Linda也有他的名片。会议室一直关着门，她原本也不愿意见到他。燕子表现出漫不经心的样子说：“就给咱们做审计的那位会计师的名片。昨天有个朋友问我认不认识会计师。我记得他给过我一张名片，可我找不着了，不知道是不是丢这儿了。”

燕子往地板上看。Linda也一起往地上看：“哎呀！我好像没看见呢！好几天了吧？会不会让保洁扫走了？”

名片Linda抽屉里就有一张，她偏不拿出来。见着像样的男人就眉来眼去，看见Steve倒一溜烟往屋里跑。Yan能演戏，Linda也能演。

“算了算了，不找了。我再去管他要一张。”

燕子直奔会议室。

“啊，真不巧，他已经走了。”Linda耸耸肩：“他周末加了两天班，所以昨晚就干完了。还挺会关心人的，说不好意思老让我陪到晚上十点。不过也是他有本事，以前别的公司都得一个礼拜！”

Linda的腔调很妩媚。

燕子也耸耸肩：“那就没办法喽！”

他已经走了。昨晚十点，正是她接到短信的时间。为何不亲自打个招呼？难道因为她身边有Tina？他们都是结了婚的人，可她并没戴着戒指。

燕子走回办公大厅。Tina向她眨巴眼睛：“Steve找你呢！让你到他办公室里去。”

“能查的都查了？”

Steve 凝视着电脑，面无表情。

“差不多吧。大同永鑫查完了，叶永福和 Ted Lau 得再补一点媒体。”

“大同永鑫真的都查完了？”Steve 抬起头，紧盯燕子的双眼。

“公司档案看过了，我查了 Wiser，Factiva，Lexus Nexus，还有 Google 和百度，要不然，我再查……”

“大同永鑫的注册资金是哪儿来的？”

“香港福佳公司投入的。从公司档案看，百分之九十是厂房和设备投资，百分之十是现金投资。”

“那些厂房和设备是哪儿来的？”

“叶永福的。”

“哪儿写的？”

Steve 的目光灼灼逼人。

“我猜的。”

燕子低头看地板。Steve 的皮鞋很亮。

“你凭什么猜测大同永鑫的资产是叶永福的？”

“因为他是大同永鑫最初的控制人。”

“为什么？”

“叶永福是法人代表和执行董事，也是大同永鑫的股东香港福佳的董事。香港福佳的股东是三家 BVI 公司，查不到股东了。”

“既然是他一人控制，为什么要成立三家公司？”

“也许……也许还有别的控制人？”

“那怎么叫已经查完了？”

“那三家股东都是BVI……”

“你的团队都有谁？”Steve坐直了身子，直视燕子双目。

“Tina和老方。”

“你都让他们做了什么？”

“Tina下载了香港怡乐集团的通告。”

“老方呢？”

燕子摇摇头。

“你和你的团队研究过这个项目么？”

燕子继续摇头，双颊发着烧。

Steve把目光转回电脑，冷冷道：“你可以出去了。”

.24

“还能查什么啊？”

Tina使劲儿皱眉，好像要把眉毛拧出水来：“要不然，我再搜搜香港的诉讼数据库，看看能不能找到香港福佳另外两个董事的信息？叫什么来着，张红，还有刘玉玲？其实这两个人要是大陆的，调户籍最管用，可这俩名字太普通了，重名的还不得成千上万？一个户籍90美元，一千个户籍就是九万美元。三万美金还不够调户籍的。”

老方在旁边捧着大茶杯。讨论进行了二十分钟，杯子里的茶水几乎见了底。开会就得一直喝茶，不然容易打瞌睡这是多年的经验。老方把茶杯放回桌子上，因为燕子正看着他。

“呵呵，开这样的会怎么还叫上我？什么这库那库的我可不懂。”

“这库那库的有什么用，还是实地调查最有用！你让老方去山西看一眼，什么都清楚了。”

老方赶忙点头。他才不管 Tina 是不是话里有话 :“要不然我去山西看看？保不齐真能查出点儿东西来。”

燕子不置可否。老方的有效工时远不达标，GRE 不养闲人，老方想做实地调查，可想而知。燕子也想帮他的忙，但实地调查成本昂贵。Steve 还没发话，她可不敢自作主张。燕子从椅子上站起身，轻轻一跃坐到桌子上，认认真真看着老方 :“还有别的可做的么？大同永鑫？我们叫了公司档案，也搜索了媒体，除此之外，还能查些什么？”

“媒体怎么查的？”

“就把‘大同永鑫’、‘山西永鑫’、‘永鑫机械’、‘永鑫煤机’还有‘永鑫煤炭’这些关键词都输入到媒体数据库里，看看能找到什么。”

“什么媒体数据库？”

Tina 抢着回答 :“Factiva，Wiser，还有 Lexus Nexus，多了去了，您电脑上也都有。”

“什么这娃那娃的，老毛子发明的？是不是就跟百度差不多？”老方呵呵地笑。

“什么呀，那都是专业媒体数据库，全世界好多报纸杂志都在里面，贵着呢，不是白用的。”Tina 眼珠向着房梁。

“呵呵，这咱就不懂了，就只听说过不要钱的。不过除了公司名字，就没搜搜别的？比如地址和电话号码什么的？”

“切，您又没用过那些数据库，别瞎出主意了。”Tina 好像准备启动的内燃机车。

“是你们问我的，我本来也没说我明白你那些什么库什么库的啊！”老方又把茶杯拿起来。

燕子脑中一闪，也许可以从地址着手。她飞身跳下桌子，双手直奔电脑键盘：“老方，谢啦！ Tina，那就拜托你搜搜张红和刘玉玲的香港诉讼记录。”

燕子在百度里敲入“万沅、梨山、解放路”。搜索结果的第五条：大同万沅机械厂，大同市万沅县梨山镇解放路。大同万沅机械厂居然和大同永鑫在同一条街上——两家机械厂在同一条街上？还是本来就是同一家？地址里都没有门牌号。难道一定要派老方去万沅县看一看？

“怎么样？查出点儿什么了？”老方捧着茶杯，笑眯眯站在燕子身边。

“按您说的搜了地址，还真找到另一家机械厂，也在同一条街上。可地址没有门牌号，不知是不是同一家。”

老方却没提实地调查。他问：“大同永鑫的公司档案里有电话号码么？”

“有啊！”

“那就好办。这边请吧？”

老方拉开 Steve 办公室旁边那个门，里面都是一间间的小隔间，好像以前的电报局。

GRE 人人都有自己的分机，但分机不能用来做调查。调查专用的电话机都在电话间里，不但能录音和监听，还能在对方话机上显示一个虚拟的来电号码。既不会让对方因看不见来电号码而产生怀疑，又让他查不出到底是谁打的。

老方随便挑了一架电话机，燕子则在一旁带上监听耳机。

“喂？”

“请问是大同万沅机械厂吗？”老方声音洪亮，跟平时判若两人。

“您是哪里？”

“我是快递公司的，核实一下收件人和地址，请问是不是大同万沅机械厂？”

“是。”

“地址是不是梨山镇解放路？”

“是。”

“这么说地址是没错了，可系统里的单位名称为什么对不上呢？是不是改名了？”

“是，改了一年多了。”

“我说呢，现在叫什么？”

“大同永鑫煤炭机械有限公司。”

“噢，永远的永，三个金摞在一起的鑫？”

“是的。”

“好嘞，您受累了！”

老方挂了电话，向燕子嘿嘿一笑。轻而易举。燕子又学了一招。

万沅机械厂就是大同永鑫的前身。是不是叶永福早先建立的挖煤机械厂？燕子把“万沅机械厂”输进百度。第一条就是这样的一段：

万沅机械厂于上世纪70年代初建厂，是一家国有企业，归万沅县财政局管，2000年以来，厂子经营不善，长年亏损，到2007年底破产重组。

如果是国企，和叶永福有什么关系？难道媒体出了错？如果真是叶永福的企业，又为何会破产？他不是经商有道，生意越做越大么？

万沅机械厂以前到底是谁的？到底有没有破产？

把万沅机械厂的档案调来，自然就一目了然！燕子立刻拨通服务供应商的电话，调取大同万沅机械厂的工商档案。

除了提取档案，还能做些什么？燕子继续在百度搜索万沅机械厂。

“大同万沅”或者“万沅机械厂”都搜过了，没什么更多的消息。燕子变换关键词：“机械厂＋梨山”，搜索结果的第三条，是一篇公共论坛里的留言：

“机械厂黑心老板，不顾梨山百姓死活。”

燕子眼睛一亮，赶忙点开网页。

“……叶老三是黑社会！仗着自己的娘舅横行乡里，鱼肉百姓！去年又和县政府勾结，通过假破产把工厂的财产归为己有，致使大批员工下岗，一万元买断工龄，梨山镇变成‘下岗镇’，孩子没钱上学，老人没钱看病！去县里上访，叶老三的人就在县政府门口守着，拳打脚踢不说，还威胁要扒房子！天理何在？”

叶老三是不是叶永福？公共论坛上的一篇匿名留言，到底有多少可信度？

看来万沅机械厂的工商档案是关键。如果叶永福真是黑社会，他的名字就不该在原厂领导的名单里出现。厂子的经营状况也得通过档案验证。既然已经破产，破产程序是否合理合法？审计报告内容如何？大同永鑫成立时的资产，到底是不是来源于万沅机械厂？

“哎呀，累死我了！”

Tina 捧着厚厚一摞纸哇哇叫：“张红这种名字实在太坑人啦！你看看，光诉讼记录就有五百多条！也不知哪些是重名的。反正我都打印下来了，你看！”

“辛苦啦，能者多劳，加油啊！”

“我晕！还加油？都快十点了！你还不走，想当劳模？”

燕子抬手一看，果然已经九点五十分了：“你先走吧！我再干会儿！”

Tina 嘟囔着出了门，公司立刻鸦雀无声。大厅里就只剩燕子一个。

手机突然“叮咚”一声。又是 133035×××33：

“快回家吧！太晚了不安全。”

手机显示的时间：10：00 pm。

同样的内容，同一个号码，同一个时间！

高翔的名片到底到哪儿去了？燕子伸手去翻桌子上文件。茶杯应声而倒，茶水绕着键盘往地上流。

燕子抓起键盘，一眼看见名片。

那不是高翔的手机号码！

又能是谁？燕子索性拨过去试试。铃声响了一遍。对方拒接了。

燕子举目四望。空空荡荡的办公大厅，被百叶窗帘遮严了。日光灯嗞嗞地发着苍白的光。

突然又是“叮咚”一声，惊心动魄。

还好是 Tina：

“公车一直不来，肚子饿死了！都为了给你加班，要补偿我哦！”

燕子连忙拨通 Tina 的电话：“还没上地铁呢？今晚就补偿你好不好？宵夜怎么样？麻辣小龙虾？”

电话里一阵欢呼。那是 Tina 的最爱。

“不成，不能在楼下等我！你得上来帮我拎包！”燕子提高嗓门。办公大厅里回荡着她的声音。

.25

东直门内的簋街，与“鬼”同音。可那未必是鬼爱去的地方，就算到了后半夜，人气也充足得让鬼发憷。

“干吗突然请我吃宵夜？良心发现了？”

“发现你个大头鬼！我可没带钱啊。”燕子眨眨眼。

“没带也没关系，把你宝马押这儿，回家取去！呵呵。”

“我就把你押这儿，给饭馆刷碗。”话一出口，燕子心情有些异样。刷碗并不稀奇，燕子以前常干。

“好残忍啊！就这么对待我！有钱人就是心狠手辣！”

“那还敢得罪我？小龙虾没收了！”

“别……”

Tina手护盘子，笑容却突然僵在脸上。

“怎么了？”

“你别回头啊！千万啊！”Tina两眼发直，好似真的见到鬼了。

“这招儿你都使过一次了，再使就不好用了！”

“我发誓！这回没骗你！你别动，我拍给你看。”

Tina拿出手机摆弄了一阵子，偷偷递给燕子。屏幕上有个穿夹克的胖子，留着寸头，拿着一份报纸边吃边看。

“还记得吗？上次在员工食堂，那个穿白衬衫的寸头？”

似乎真的有点儿像。

“是他吗？”燕子半信半疑。

“肯定的！上次我拍的还没删呢。等我找出来！”

上回拍的照片果然还在。Tina把两幅照片依次放大。两个胖子不但长得像，就连拿报纸的姿势都差不多。

“我得仔细看看！”

“别回头！假装上厕所。”

燕子回到座位上。正是同一个胖子，千真万确。夜里十一点，独自到簋街吃宵夜？

“把手机借我用用！”

“干吗？”Tina一脸诧异。

燕子拿出自己的手机，找出那个号码。

“你帮我盯着他，看他有没有把手机拿出来。”

“你认识他？”Tina 惊道。

燕子没吭声。她用 Tina 的手机悄悄按下那个号码。

铃声响了。一声，两声。又拒接了。

Tina 微微摇头。他没碰过手机。

“回家吧！我送你！”燕子起身去结账。

.26

小宝马驶入公寓的地下车库。车载石英钟闪烁着蓝光：12 ∶ 35 am。

燕子锁好车门。这里应该很安全：百来户人的小区，最便宜的户型也要四五百万。不明身份的陌生人，保安不会放进来。

又是“叮咚”一声，地下车库里带着回音：“这么晚才到家，真的不安全！以后一定要早点！”

到底是谁？

燕子环顾四周，许多黑暗的角落。车库里寂静无声，她猛然想起躺在血泊中的男人。

燕子快步走向电梯，整座地库里唯一明亮的地方。

电梯门开着，里面充满温暖的光。

又是“叮咚”一声。燕子脚下一个踉跄。

“不要用电梯！走楼梯！”

燕子猛回头。昏暗的车库里，连个鬼影都没有！

电梯门徐徐合拢，把光芒关在门里。

该不该相信？公寓在三层。那原本狭窄的楼道里，说不定有些灯已经坏了。

燕子再去按电梯按钮，电梯门已经关严，门后的钢索吱吱作响。

电梯没再下来。按钮似乎失了灵，钢索的声音都消失了。

燕子猛地推开通往楼梯的小门。如她所料，楼道里伸手不见五指。

一层，两层，三层……

突然间铃声大作。周围漆黑一片，唯有燕子手心闪烁着诡异的光。

燕子冲进公寓，反锁了门，扭亮了灯。

手机显示一串奇长无比的号码。操着蹩脚国语的中年男人，在电话里高声喊叫：“阿燕？这么晚了，怎么还没回家？！”

.27

芝加哥到北京当天的经济舱客票，竟然要三千美金一张。以老谭的价值观，简直就是抢劫。

二十年前，老谭初到美国时，三千美金是他半年的收入。三十年前，老谭初到香港时，三千美金是他三年的工资。

现在当然不同以往。老谭的饭馆一天进账两千美金。价值观却是早年形成的，老谭一辈子都不轻易浪费一分钱。

但这回即便是抢劫，老谭也认了。谁叫他买的是当天的机票？当天的已经够迟。若能买到昨天的，四万五万他也掏。老婆在做些什么？午夜之后还不回家？

在电话里惊慌失措。难道因为听到他的声音？

她是独自一人么？她到底和谁在一起？！

其实曾有人说过，她和老谭不是一路人。她是正在读博的漂亮女孩。他年过半百，初中尚未毕业。老谭的同路人们，用广东话骂人，把痰吐在地板上。他们是一堆石头和沙，她是一颗玛瑙。她与他们从不混作一谈。不论后厨有多乱，只要老谭一走进去，必定能看见她。或者，感受到她。

她并不属于厨房。她的身体过于弱小，皮肤过于白皙，眼神过于忧郁，她不会讲广东话。老谭本来不该雇她。可老谭不能把她辞了。她就像一只弱小的兔子，天生缺乏奔跑的力量，一旦丢到大街上，她会被狼叼走。老谭把她留在眼前。

老谭却不能过分照顾她。老板需要奖罚分明，她无论如何也不是贡献最大的一个。老谭煞费心机。他把装着点心的饭盒，偷偷塞进她书包里。他在厨房里最忙时，派她去超市买一样可有可无的东西。如果行得通，他宁愿照常给她发工资，让她坐着什么也别干。可她并非他的什么人。他的妻子已去世多年。

她把饭盒原封不动还给他，很懂事地背着别人。他的国语不好，无法用言辞修饰自己的行为。她红着脸抱歉地微笑，仿佛她才是需要尴尬的人。然后是某天晚上，她脸色苍白，满头冷汗。老谭赶忙把她送到医院，医生说是阑尾炎。

老谭支付了一切费用。每天煲汤送到医院。护士以为他是她的家人，她并不加以解释。老谭是她的债主，她在美国没有家人。她出院后，她的邻居也常把老谭当成她的家人。老谭送来饭盒和水果，换掉她的沙发和床垫。她拿到一笔奖学金，所以再没去任何餐厅工作。奖学金足够她生活，却不足以还清债务。老谭说不急，等毕业再说。毕业遥遥无期，债务却越积越多，老谭却从未有过过分的要求。他们都是孤独的人。

转眼几年过去了。她获得博士学位的那天，老谭打来电话："我好忙，今天不来了。"

老谭消失了两天，第三天再度出现："你现在是博士了，很快也会有体面的工作。以后我该少来看你。”老谭微笑着。双眼变得浑浊。

她把灯关了，屋顶霓虹斑斓。

他们没举行婚礼。她给父母寄了封平信：我嫁了个开餐馆的广东人。

父母连夜打电话来。她对父亲说：“事已至此，祝福一下吧。”父亲挂断电话。他们一年没再交谈。她虽有博士，却没有体面的工作。老谭负责生活的一切。她在湖边的大房子里无事可做。

但她从不去湖边散步。那里有她不愿想起的事情。

2009年春天，母亲突然打来电话：“你爸病了。胃癌。”

三天之后，她回到北京。父母苍老得叫她认不出来。生命包括过去和未来，她把过去统统抹去了，里面也有不该抹的部分。

父亲的手术还算成功。回到芝加哥，她鼓足勇气告诉老谭，她要回北京生活一段时间。老谭没有发脾气，尽管他脾气不好。

老谭陪她回到北京，买了房子和汽车，安排好生活必需的一切。

老谭独自回到芝加哥。走出机场的一刻，心中一阵感伤。他盼望她能果真像一只燕子，在季节变换后飞回家来。

然而两个月之后，盼望已成奢望。她在万里之外，找到一份老谭完全不了解的工作。日复一日，家中的座机不再有人接听。早晨八点，她已经不在了。夜里十点，她还没回来。昨晚更是夸张，居然午夜还没到家！老谭从不轻易打她的手机，但昨晚他不得不打。在电话里，她惊慌失措地说：“我一切都好！”

难道仍是为了工作？老谭买了当天的机票。

老谭走进波音777，闻到机舱的气味，微微有点恶心。

.28

小宝马驶出国贸。8：00 pm。下班最早的一天。

GRE的劳动合同规定6点下班。合同里没有“加班”二字。除了老方和Linda，没人能在7点前离开公司。不过GRE并非国贸里工作时间最长的。八九点之后，人也差不多走光了。偶尔有个十点还没走的，一定有项目火烧屁股。也只有别人遇上这种情况，燕子才不是GRE的“末班车”。

今晚燕子不打算成为“末班车”。诡异的短信，篡街的胖子，昨夜的公寓也似乎无端地膨胀。三百多平米的复式，有太多阴影。窗外只有苍白的路灯，没有人。小区过于宁静，不如爸妈的老楼，能听见邻居打麻将的动静。唯有水管和地板，偶尔发出些声音，仿佛有一句没一句地聊天。整个小区如同一个阴森的童话世界，直到天色微明，窗外传来几声鸟叫。燕子六点就来到公司。又是漫长的一天。万沅机械厂的档案还没到。刘玉玲的诉讼记录比张红的还多。无法辨别哪些同名同姓。被Tina“谋杀”的树死得很冤，那么一大堆打印资料。夜幕再度降临，阴森而疲惫。燕子决定早点回家。

小区的地库如凌晨一般寂静。电梯门上挂着牌子：电梯故障，请走楼梯。楼梯里依然漆黑一团，只有高跟鞋咚咚作响。终于走到三楼，一路太平。

燕子正要开门，手却停在半空。

门缝里怎么会有灯光？

燕子屏住呼吸，却屏不住心脏的狂跳。耳朵贴住门，屋里的确有人！找保安还是报警？电梯按钮完全不听使唤！

燕子把手伸进皮包。手机光滑如一条鱼。燕子灵机一动，远远地躲进楼道拐角，掏出手机，拨下自家的号码。铃声响过三遍，电话留言响起来：

“你好。我现在不在家。听到提示后请留言。”

燕子手捂着嘴："喂喂？谢春燕？在家吗？别假装听不见。我们马上就到你家门口了！一大帮人呢！你准备开门啊！"留言机嘹亮地直播，楼道里都能隐约听见。

门内果然响起急促的脚步声。燕子缩进黑影里，甩掉高跟鞋，捡一只握在手上。她要看清到底是谁仓皇而出。

根本没人仓皇而出。电话里突然传出蹩脚的国语："阿燕？是不是你？自己给自己打电话留言？你搞什么鬼？"

.29

客厅中央摆着两个大号的空箱子，东西都堆在旁边，小山似的。老谭把美国超市都搬回来了。

老谭穿着T恤衫和运动裤，盘腿坐在地毯上，拿着一把钳子。

"刚到？怎么没告诉我？"燕子柔声问。燕子惊魂略定，心里莫名地一阵委屈。她盼着老谭张开双臂，老谭却瞪着眼反问："告诉你又怎样？"

"可以去接你……"燕子小声说。

老谭不语，全神贯注盯着箱子。

"箱子坏了？"燕子又问。

"刚才上楼时被我拖坏了。"老谭闷声闷气地回答。老谭不善言辞，却是万能的维修工。从收银机到抽水马桶，无所不能。

"你自己把箱子扛上来的？"燕子想起来，电梯坏了。

“嗯。”

“干吗带这么多东西？北京都有的卖。”

“这里的质量不好，而且还很贵。钱不是这样浪费的！”

燕子站在原地，看他将铁丝扭过一个弯。握着钳子的大粗手，干活用的，不是拥抱用的。

“吃过晚饭没有？”

燕子摇摇头。

“先去冲个凉。晚饭马上就好！”老谭还是没看燕子。客厅里弥漫着鸡汤的香味。

.30

洗发水换了新的。洗面乳从洗脸台转移到淋浴边上。浴巾叠成方块，放在伸手可及的地方。

二十分钟之后，客厅地毯上的箱子和小山都消失了。餐桌上铺着新桌布。桌布上是鸡汤、青菜和红酒。老谭头仰在椅背上，半张着嘴打呼噜。

燕子蹑手蹑脚地坐在椅子上。老谭一下子醒过来，使劲儿揉揉眼睛：“冰箱里都空了。你平时有吃东西吗？你好像又瘦了。有那么忙？给你寄的西洋参，还原封没动放在柜子里！”

老方好像生气的父亲。燕子不声不响地喝汤。

“每天收工都这么晚，到底是一份什么工作呢？是不是就好像中国城里那些侦探？跟踪别人的老公么？你不是博士么？为什么不找一份光明正大的工作？我们又不缺钱。”

“不是你想的那样。第三者的事儿，我们可不查。”燕子眨眨眼。

“那你查什么？”老谭半信半疑。

“我现在正在调查一家公司。”

“什么公司？”

“山西万沅一家生产煤炭机械的厂子。”

“干吗要查人家？”

“看看有什么问题呗！有家英国银行要投资，但那家公司的背景好像有点问题。”

“有什么问题？”

“可能跟黑社会有关系，还有可能涉嫌非法私有化。”

“真的？！黑社会？”老谭大吃一惊，“怎么个查法？”

“用电脑查，还可以调工厂的档案。实在不行，还可以派人到山西去。”

“那还不是要跑出去跟踪？会不会很危险？你又不是警察！为什么要做这个？”

“放心。有专业的调查师呢！我是项目经理，不用亲自做那些。”

斐济的事情肯定不能让老谭知道，否则明天就会被拉回芝加哥。

“你不是什么初级什么吗？这么快就做 manager 了？”老谭扬起眉毛，“薪水涨了多少？”

老谭的价值观，成就必定以收入衡量。项目经理只是个职务，不是职称。但资深的高级调查师也难得有管理项目的机会。Steve 会给她连升几级，变成高级调查师么？燕子耸耸肩：“刚开始做。不知会不会涨。”

“不涨工资，那有什么好做的？”

燕子沉默着吃饭。

“我只会开饭馆，不懂什么投资。是不是这家工厂查完了，就可以涨工资？”老谭的语气略微缓和。燕子点点头。

“是不是那个什么档案拿到，就能查出来了？能随便拿到么？那什么档案。”

“工商档案。应该可以的，不过要等几天。因为那家机械厂的档案在万沅县工商局。”

“要自己去山西拿？”

“不用。让服务供应商去就好。他们有渠道，拿出来的信息更详细。”

老谭撇撇嘴：“还是偷偷摸摸的事！快吃吧。十点了，明早还要上班。”

“叮咚”一声，又是十点发来的。手机的声音惊心动魄。

这次却是个不同的号码：“明晚有时间么？”

这回真是高翔。燕子已经记住了他的号码。他果然知道燕子的手机。那些匿名短信是不是他发的？有必要用两个不同的手机么？

老谭正瞪着燕子。老谭讨厌燕子在吃饭的时候摆弄手机。燕子忙把短信删了：“又是垃圾短信，卖保险的。”

老谭没吭声。燕子低头吃饭，心中却不免郁闷：为什么要鬼鬼祟祟的？又没做什么见不得人的事情。

皮包里又突突地震了两下。这回是Steve用黑莓发送的：

“ Dinner进展如何？你还有两周时间。”

燕子举起黑莓晃一晃：“老板的email。催我交报告呢！这是公司发的。”

“你老板这么晚还在做工？”

“也许吧。反正他在哪儿都能发email。”Steve神出鬼没，谁知他这会儿在哪儿。

Steve此时就在办公室里。

他手拿电话，声音小得出奇，尽管公司里只有他一人：“还是上次那活。”

“最近查的紧……”

“成还是不成？”

“成！”

“133035×××33，我要最近三个月的通话记录。”

“老价钱，七千，三周以后给您。”

“我给你一万五。三天以后给我。”

“这……我试试吧！”

“给我个确定的答复，不成我找别人。”

“成！”

“好！结果不能发邮件，直接派人送来。”

“明白！”

Steve 挂断电话。拨通另一个号码：“我明天出差，一周后回来。通话记录三天后有人会送过来，你知道该怎么做。”

.31

星期四。7：30am。

托盘放在燕子床头。蛋香四溢。

牙膏挤在牙刷上。风衣挂在门边，皮鞋和皮包一尘不染。

老谭提着两个大塑料袋，送燕子下楼。塑料袋里是两罐腰果，几包巧克力：“拿去给公司里的人吃。这样的事不能不做的！”

两人并肩走在楼梯上。电梯坏了两天了，卡在一楼和二楼之间。幸亏电梯里没人。这消息老谭早晨出门买菜时听扫楼道的保洁讲的。“不要用电梯！走楼梯！”到底是谁发的短信？那并非高翔的号码。今晚她有没有时间？老谭细心体贴，只是脾气有点坏。这时不该想起高翔。燕子对老谭说："中午来公司找我吧，请你吃好吃的！"

小宝马缓缓驶向地库出口，老谭肥大的旧T恤从后视镜里消失，燕子眼前一片光明，初冬明媚的清晨。

.32

"谢小姐，那个，实在是不好意思，万沅机械厂的档案拿不到了。"隔着电话，也能看到服务提供商一脸歉意。

"为什么？"

"实在是太不巧了。本来昨天下午都已经查到了，就等今天复印了发出来。可万沅县工商局的人刚才打电话来，说梨山机械厂的档案一早被上级单位调走了。"

"上级单位？哪个单位？"

"万沅的人没说。税务局、县政府、法院，都有可能临时把工商档案调走。不过我打电话问过万沅县的法院，说没有和机械厂相关的诉讼。"

"那什么时候能送回来？"

"那就不好说了。十天半个月，也许一年半年的。"

运气实在不好。如果早一天提取万沅机械厂的档案，现在已经拿到复印件了。你还有两周时间。档案肯定等不到了，还有没有别的方法呢？

燕子抬头看看四周。Steve办公室大门紧闭。Tina座位空着，大概去洗手间了。老方抱着茶杯吸溜。燕子找老方请教。

“哎呀，这还真不好办呢，你说怎么办呢？”老方反问燕子。

“您觉得呢？还有别的办法么？除了实地调查？”是否能像上次一样，一个电话，档案就到手？燕子看看电话间。老方却摊开双手：“能有什么办法？那就等着档案呗！啥时候拿来啥时候看！”

“要是亲自去呢？能拿到档案么？”

这该是老方爱听的。

“你说那堆纸？那可不一定能拿得来。不过……”

老方向茶杯里吹气。

“只要那档案里有的，咱差不多都能问出来。”

老方眯缝起眼睛，看着茶叶在杯子里漂：“那档案里没有的，说不定咱也能打听出来。”

燕子点点头。但这不是她能做主的。燕子起身往外走，在前厅遇到 Tina。Tina 刚去过洗手间，指尖还湿嗒嗒的。前台没人，Linda 想必去吃饭了。燕子小声把和老方的话复述给 Tina。

“他就指望着去做实地调查呢，查不出东西来怎么办？”

“可这万沅机械厂是关键，没它的信息，咱就寸步难行了。”

“Steve 发话了吗？同意派老方去做实地调查？”

燕子摇摇头：“今天就没看见他。”

“好像出差了，早上好像听 Linda 说过来着。”

有人突然按门铃。燕子和 Tina 同时转身。老谭站在门外，T 恤和运动裤换成西装，周身不自在。

“是我朋友来找我吃饭。”

燕子抢着去按墙上的开关。Tina 向她挤眉弄眼，燕子假装没看见，手却停在开关上，待 Tina 走进公司里去。

燕子指尖轻轻用力，门锁“啪”地弹开。

“怎不听电话？要手机有什么用？”

老谭皱着眉头。手机在办公桌上，燕子跑进公司去取手机和外套。

“门口那位老板是谁？”Tina嘻嘻笑。燕子冲她吐吐舌头。Tina知道燕子已婚，可她并不知道燕子的老公比燕子大25岁。燕子在公司使用的名字是“Yan Xie”，除了Steve，没人知道她护照上，其实写的是“Yan Tan”。

燕子把老谭带进附近一家西北菜馆，这里难得有GRE的员工光顾。

“哪里不舒服？还是不开心和我吃饭？”老谭眉心打着结。

“没有！怎么会。工作不太顺利。”

“怎么？”

“就昨晚我跟你说的那个工厂的档案，突然被上级单位调走了。”

“唔。那怎么做？”

“实在不行，派人去万沅看看。”

“派谁？”老谭瞪着眼。

“别担心，我不去。有老方呢！”燕子笑道，“老方是一位老调查师，有十几年的经验呢，让他去就行。”

“他会听你的？”老谭半信半疑。

“那肯定了，他巴不得去呢，他最近没什么活儿干。就是不知道我老板同意不同意让他去。”

“为什么会不同意？”

“实地调查成本高，风险也大。”

“那还是不要去！”老谭表情严肃而认真。

“可是没别的法儿了。”燕子也把眉头皱起来。

“那就先问问老板！”

“老板好像出差了。”

“你不是说他在哪儿都能收email？”

“对啊！我现在就给他发个邮件问问！”燕子掏出黑莓。老谭放下筷子，瞪眼看着燕子。燕子忙把黑莓收回书包里。

“一分钟都等不了么？这么忙，就不要叫我过来吃饭好了！”

自昨晚见面，老谭一直气不顺。燕子低头默默吃饭。

“你很忙，多吃一点！”

老谭往燕子碗里夹了一筷子菜，这是老谭给的台阶，燕子把菜吃了。

手机突然“叮咚”一声。真不是时候。

“接吧！”

“是短信。”

“看吧！不要鬼鬼祟祟的！”

老谭话里有话。燕子掏出手机，居然又是高翔。

“对不起，希望没打扰到你。多年不见了，很想跟你聊聊。今晚有空吗？一起吃饭？”

燕子将手机丢回皮包里。老谭瞪眼等着下文。

“没什么。同学发的，说要今晚聚聚。”窗外天很蓝，没有云。

“去吧！”

“算了，下班挺累的，你又好不容易来一趟。”

燕子用筷子拨弄碗里的米饭。

“千万别怪到我头上！去吧。早点回来就好了。我可不想打乱你的生活。”

燕子没吭声，继续吃饭。燕子了解老谭。即便是好意，也很难从他嘴里说出来。

沉默是金。她顶一句，他立刻就能拍桌子。隔壁餐厅的客人，都能听见有个老公在教训年轻老婆。

隔壁餐厅果然有一位客人，看着燕子和老谭走进西北菜馆。

这位客人是个胖子，留着寸头，一手拿报纸，另一只手拿着手机：“晚上？晚上不是没我事儿么？我还得去？是！明白了王总。您放心吧！”

.33

吃完午饭，燕子回到公司。刚给 Steve 发完邮件，手机就响了。

果然是高翔。

燕子钻进“匿名电话间”，那里隔音。

“对不起…… 没打扰你吧？”高翔的声音紧贴着耳朵。燕子有心理准备。

“没有。”

“给你发了短信，你没回。”

“不知道谁发的。”

“噢，我给过你名片，我以为……”

“可我好像没给过你名片。”

“那天有你一个包裹，上面有你的手机号码。”

那是老谭寄来的西洋参。

“好吗？现在？”高翔的声音有点沙哑。

“什么？”燕子知道他问的什么。但这个问题没有答案。

“噢，我是说，忙么？”

“挺忙的。”

“看出来了。每天都那么晚下班。”

“怎么看出来的？”燕子问道。那几个神秘短信，到底是不是他发的？

“我在你们公司那两天，你下班都很晚。”

“就那两天？”

“是啊，别的时候我就不知道了。”

“哦。”她倒希望那些短信都是他发的。

“在忙什么项目？”

“一个山西的项目。”

“好做么？”

“不太好做。”

“也许我能帮上点儿忙。”

“哦，是么？”是的。他家就在山西，他的丈人帮他争取到公费出国的名额。

“你可能已经忘了，我在山西有点关系。”

宁可已经忘了。

“回国后，又到省里工作过几年，所以，别的不行，打听点儿事情还可以。”

“哦，我忘了。”

“回国”两个字，锋利如剑。

“呵呵，不过，也好多年了。”

他的笑声有些干涩，然后是一阵长久的沉默。

“今天晚上一起吃饭吧。有时间吗？”

有什么可见呢？她想。

这么多年了。

.34

夜幕降临。8：30pm。

小宝马在国贸桥下掉了个头，朝着离家相反方向驶去。燕子决定去赴约，一个迟到了八年的约会。

三环路边高楼密布，灯火通明，仿佛比芝加哥更璀璨。

就在小宝马后面不远处，有一辆红色的北京现代，正不紧不慢地行驶。司机身材瘦小，好像一只发育不良的猴子。他一手握着方向盘，一手拿着手机："我跟着她呢。您放心…… 您不用着急，这两天咱也就能看看她都去了哪儿，都跟谁见面了。别的恐怕干不了，我不是跟您说了，她家里突然来了个男的，什么时候都在，没机会……"

"上回你也说没问题的，钱可已经收了。"手机里是个女高音，中气十足。

"别急啊您，上回绝对是意外！一切都准备好了，谁知道她偏偏就没上电梯呢！您放心，下回，等那男的走了，她绝对跑不了！"

"你肯定这能行么？"

十公里外，亚运村的一套旧单元房里，"女高音"正站在窗前。她三十多岁，黑衣黑裤，戴一副黑边眼镜，烫着上个世纪流行的发型。

"放心吧！像她这种娘们儿咱见多了。别看什么不要脸的事儿都能干得出来，可胆子比他妈兔子还小，把刀往丫脖子上一架，要什么就给什么！"

"这不犯法？"

"嘿！瞧您说的，法是什么东西？那是给没钱没势的老实人定的！她破坏您家庭算不算犯法？她害您家破人亡算不算犯法？要是怕犯法，您压根儿就不该让我去干这件事儿！再说了，就算犯法，她敢去告咱么？她自己就清白？"

"你肯定是她吧？不会弄错人吧？"

"怎么会错呢，我们可是专业的。我们查了旅行社的资料，这女的跟您先生坐的同一趟航班，在斐济住的同一家酒店，她的照片您女儿不是也辨认过了？这种调查我们天天都做，要连这都能弄错，我们的招牌还不早让人砸了？"

黑衣女子放下手机，默默凝视着窗外。

"妈妈，爸爸到底去哪儿了啊，怎么还不回来？"一个三四岁的小女孩，一蹦一跳地跑进屋来。

她捧起女儿的脸，深吸了一口气，竭尽全力地微笑：

“爸爸去了很远的地方，要过些日子才能回来。”

“我不要嘛！我要爸爸马上就回来！”小女孩噘起嘴来。

“丫丫听话，爸爸办完事就回来，爸爸会给丫丫买好多好多好吃的，还有玩具……”她背过身，用手捂住脸。

“妈妈不哭！丫丫听话。”

丫丫拉住妈妈的袖子。她抹一把泪水，转身从皮包里拿出一张照片：“丫丫，再帮妈妈看看，你认识这位阿姨么？”

丫丫点点头：“认识！这位阿姨可好了，她给丫丫糖吃，还帮丫丫盖城堡来着！”

“去吧，去看电视吧！动画片要开始了。”

女儿跑出卧室。她仰起头，咬紧牙关。她恨不得把那照片撕得粉身碎骨。

.35

“小城”并非顶级豪华的餐厅，却着实在年轻人中风靡了多年。这里装修时尚，音乐动感，很多二三线小明星时常光顾，当然也不乏喜欢被误认成二三线小明星的人。

在“小城”干得久的服务小姐，对时尚及其根源——职业和财富，也颇有理解。台湾老板，高级白领，本地的土财主，洋人里的叫花子，二奶，小三，吃饭的，谈事的，假装吃饭的，假装谈事的，不为吃饭也不为谈事，就为显摆一下新发型的。服务小姐们练就了火眼金睛。

但今晚，小姐们却一对男女食客产生了分歧，争议由两人的关系而起。“小城”里年轻女性的着装有四种。一种廉价而低调，看菜谱的时候要出冷汗；一种廉价而高调，陪着自称成功的男人；一种昂贵而高调，陪着真正成功的男人；最后一种昂贵且低调的，年纪略大，举止严肃，偶尔出现时，身边常有几个真正成功的男人。

而她则显然不属于任何一类。她年轻貌美，但衣着昂贵且低调；最主要的是她身边相伴的，是个步入中年的普通男人，看不出成功的痕迹。有人猜测，是公务员和小情人，但立刻遭到反驳。两人客客气气的，连目光都难得交换，更像是正在追求过程中。

某更资深的服务小姐参与了讨论：这绝不可能！一个二十七八岁的女人，不显山不露水，从上到下却都是最贵的牌子。真正有钱人才会花大价钱买款式低调的衣服，别人显摆还来不及。就凭这男的，绝不敢追这样一个女的。反过来倒是有一点点可能：女强人爱上了平凡的男人。但说她是女强人，却又有些牵强。

正因这场秘密的争论，使小姐们对这对男女额外的关注。周四晚上九点，餐厅里需要服务的人也并不多。小姐们故意在两人附近走动。只可惜两人都没什么表情，也没太多对话。

有人看见她看菜谱的时候，他偷偷看了她几眼。有人回忆起，在她来之前，他去过一趟卫生间，出来时还在整理头发和领子。于是有人坚信，他是打算要追求她。如果不考虑着装的品牌，他算得上英俊潇洒。

有人则认定她是小三。她问他：你爱人在北京吗？他答：不。她在太原。她侧目凝视窗外穿流的车灯。他们沉默良久。

有人听他提到自己的工作：本来在山西省政府财政局，通过岳父的关系，他也得到了提拔，仕途一帆风顺。但世事难料，他岳父成为政治斗争的牺牲品，因为一些鸡毛蒜皮的小事被拉下马，他的前途随即付之东流。或许两人并非情侣，他找她只是求她帮忙的——莫非她是哪位大领导的千金?

最新的情报又回来了。他说他在北京开了一家小公司，经营两三年了。小姐们恍然大悟：男人惯用的伎俩，展示成就的同时，引起对方怜悯。她距离小三不远了。

只有资深小姐持不同看法。她去给他们添水，回来后得意洋洋地说：你们猜得都不对啦！他们谈生意的！他在山西有关系，能帮上她的忙。她果然有来头，也许是哪位大老板的太太。去过山西的人都知道，不显山不露水的大老板多了，太原的马路，满地大坑，可跑的都是劳斯莱斯和悍马。

他抬手叫买单，她却抢先递上信用卡。他追上服务小姐，用三张钞票换回信用卡。服务小姐听见她说："我托你帮忙，该我请的。"

"应该我请。是我请你出来的，你能来，我就已经很高兴了！"

服务小姐猜她会说："那下次我请。"她却说："那好吧。谢谢你。"

他们走出"小城"。有人从餐厅的窗户往外看，看到他俩走到一辆宝马车边上，他为她拉开车门。他自己的车停在马路另一侧，一辆破旧的切诺基。

小姐们达成共识：她是真正的有钱人。他只是个辛苦的小老板。有位小姐说：也许是以前的老情人吧？另一位说：我要是有这么有钱的老情人，说什么也得破镜重圆喽！大伙儿听了这番话，哄笑着散去了。

.36

深夜的三环路，空旷而寂寞。

电台播放的蓝调音乐好像一条河，绕着方向盘缓缓流动。

“叮咚”一声，仿佛向河中投入的一颗石子。

燕子摸索着从包中掏出手机。

高翔的短信。

“本想问你以后还能不能做朋友，不过我猜你不会同意的。看到你的生活很好，我也就放心了。”

燕子把手机丢到一边。何为生活很好？不好又能怎样？

燕子猛踩油门。笔直的路面，好像一把利剑，直直地插入城市的心脏。

.37

朝阳公园湖畔，巨大的复式公寓里。

老谭突然从梦中惊醒，发现自己正和衣躺在沙发上。电视屏幕闪烁着白光。

老谭看一眼客厅墙上的石英钟。十一点半。

老谭站起身，快步走向卧室。门开着，床铺整整齐齐，是他早先铺好的。老谭快步下楼，拖鞋也还在门边。那也是他摆在那里的。

老谭回到客厅，坐回沙发上。电视画面不停转换，他却视若无睹。他眼前反复上演的，是公司门前的那一幕：她扶着门迟疑，直到同事消失在走廊里。他是她的老公。她不想让别人知道。

大门终于有了动静。

老谭站起身，丢了遥控器。再坐下，重新捡起遥控器。他紧盯着电视，心里一秒一秒地默数：1，2，3……333。他终于听到上楼的脚步。333不是一个吉利的数字。

老谭闭上眼，仰头靠在沙发背上。还没过午夜，也许并不算太晚。同学多年未见，三个小时的晚餐也不算太长。千万不要生气。也许正是自己的坏脾气，才让她跑回北京来。他的年纪，她的学历，这些都不重要，只是他过于敏感。老谭再睁开眼，她正背对着他，蹑手蹑脚地走进卧室里去。老谭脑中突然一片空白："你还回来做什么？"

燕子一惊，转回头来："对不起……"

"你就当我不存在？"

"我去给你拿个毯子。"燕子转了头。

"不要假惺惺的！你最好以为我死了！"脾气是一匹脱缰的野马，老谭的心里却在发酸。

燕子停住脚步。

"你在外面干什么？"

燕子猛回头："我去见同学，不是你同意的？"

"原来又怪我？我同意你十二点才回家？是谁需要见四个小时？"

"现在是十一点四十，我八点半才下班，大街上那么堵，开车也需要时间啊！"

"你多了不起，你是博士！在大公司做经理！八点半才下班，下班还要应酬，有这样好的工作，你还回家做什么？"

燕子走进卧室。老谭跟上去，摔闭了门。

一整夜，燕子没出来，老谭也没进去。

燕子站在卧室的阳台上。夜凉如水。

老谭的坏脾气人尽皆知。不论是朋友还是伙计，没有不挨他骂的。

在刚结婚的日子里，燕子曾是个例外。时间久了，她成为他的财产之一。他爱惜她，但并不珍惜。生活宁静而漫长。燕子仰望夜空。有一颗星，闪烁着永恒而冰冷的光。

那一夜，燕子做了一个怪梦。时间似乎是多年前，地点却是热带的海岛。高翔约她在海边见面。她独自来到沙滩上，高翔却迟迟不来。天色渐暗，群星在天边浮现。有个人影，踏着夜色走来。

他在她身边坐下，却用脊背对着她。她轻声问："高翔，是你吗？"他却说："你为什么要这么对待我？你害得我走投无路了。"

"你到底是谁？我怎么害你了？"

"你害过谁你会不知道么？"

"我谁都没害过！那是你自己咎由自取！"

"是的！我咎由自取！"那人猛地回过头来。出乎她的预料，那人居然是老谭。老谭呜呜地哭起来，像个孩子似的："阿燕，你不要离开我，好不好？"她也心酸起来，流着泪抱住老谭："不会的，我不会离开你的。"老谭一把推开燕子："离我远一些！你以后不是我老婆了！"

燕子醒过来。老谭那最后一句话仍在耳边。燕子坐起身，卧室里仅她一人。窗帘的缝隙中透入晨曦的微光。

燕子赤脚走出卧室。

客厅的灯关了，电视却亮着。老谭和衣仰卧在沙发上。燕子站在沙发前，默默注视着睡梦中的老谭，像个孩子一样。木地板的凉意正通过脚心，渐渐向上蔓延。

燕子拿了条毛毯给老谭盖上。

燕子蹑手蹑脚地下楼。厨房却与昨晚不同：餐桌上换了新碟子，碟子里是涂好果酱和黄油的面包。盘子旁边有一张纸条：

"牛奶在微波炉里，热一热喝。"

燕子在餐桌前坐下来，就像一尊优雅的雕像，沐浴在清晨的阳光里。

.38

每逢周五，老方总会倍感失落。

周五要填工作报告，统计这一周的有效工时。

每逢周五，人人都会多少有些亢奋。平时动作慢的，今天走路也要带着风。尤其是高级调查师，在这一天，需有足够的成效向项目经理汇报。对高级调查师来说，有效工时只与项目进展成正比，与耗费的时间未必有关。项目实在进展不大，更要表现得积极主动，对项目经理们也需格外殷勤，为的是多拿几个有效工时。

GRE 人人超时工作，项目却不能个个预算充沛，进展顺利。几家欢乐几家愁。幸运的一周能拿五十个工时，不幸的只能拿到三十多。一周相差十几小时，一年相差好几百，换算成年终奖金，相差能有两三万。对于工薪阶层来说，这可是不小的数目。

老方就是最愁的一个。他的有效工时是个位数。上周三个小时：去机场接了个硬盘。这周只有十分钟：打了一个匿名电话。奖金和老方无缘。就连六千多块的基本工资，也快和他缘尽了。照此发展，老方很快就得去开出租。一周洗一回澡，一个月睡一回懒觉，一年去一趟电影院，二十一世纪的骆驼祥子。老天保佑，万沅机械厂的档案拿不到了。燕子正盯着电脑发呆。老方泡了一杯茶，端到她面前："怎么样了？有进展么？"

燕子被老方吓了一跳，脑子从一件事跳到另一件事，两件事同样令她心烦意乱："我给 Steve 发了邮件，请示能不能派你去做实地调查。不过到现在他还没有回。"

Tina 背着书包走进大厅来："Steve 去纽约开会去了，这会儿可能刚到没多久，而且那儿也是晚上了。"

"他去美国了？他告诉你的？" 老方问 Tina。

"我听 Linda 说的。Linda 给他订的机票。"

“就算是晚上也没关系，他不是有那个什么黑……黑莓？”

“刚到美国都有时差，也许睡得早。”

老方坐回座位上，想了想：“其实既然 Steve 把我分配给你，我觉得肯定就是想让我帮你做实地调查的。”

“您是高级调查师，他还打算让您写报告呢！”Tina 在旁边嘻嘻地笑。

老方也嘿嘿一笑，拿起茶杯：“你……”

手机突然响，陌生的铃声，在这间办公室从没听到过。

大家四处张望。

“老方！在你包里！”Tina 发现了新大陆。

老方这才恍然大悟，从包里翻出一只手机。Tina 噗嗤一声笑出来，对燕子挤挤眼：“原来他也用手机？”

“切！十年前就有了！”老方不屑，“只不过这两年不常用。喂？啊！”

老方像根弹簧似的从椅子上猛弹起来：“我儿子，让……让车撞了！”

“在哪儿？严重么？”

燕子和 Tina 都跟着站起来。

“友谊医院呢！不知道……”

老方脸色苍白，两眼发直。

“那你还不快去医院！”Tina 大叫一声。

老方顿然醒悟，转身就走。

“等等！”燕子抓起皮包，“我开车送你！”

Tina 睁圆了眼睛看着燕子：“这可是上班时间，要扣有效工时的！”

“嗨！哪儿还有工夫管那个！”

燕子紧赶几步，和老方一起冲出公司去。

.39

首都机场。

"我刚下飞机！"

男人拿着手机，走进机场的小火车。

那人五十出头，一张瘦长的马脸。也许正因脸太窄，两只眼球被挤得拼命往外鼓，好像随时有弹出的可能。两道眉也被挤成了倒八字，眉间挤出两条深沟，好像从一生下来就在想心事，整整想了五十年。

"哎呀，你不要担心啦！我刘满德何时骗过你？我们多少年的交情了……那些人是商业敌人啦！他们是要陷害我的……你放心啦！你的钱不会有问题的！接到你的电话，我就立刻做过安排了…… 哎呀，我知道了！我不是立刻返回中国来了？我下午就飞大同……不，不要见了！来不及了。有事随时电话联系！哦！不要再打这个英国号码！我发给你一个新号码。"

马脸男人把手机塞进口袋，眉间的皱纹似乎更深了几分。

.40

地球的另一侧。

纽约中央公园边的一座豪华酒店里，正在举行一场鸡尾酒会。

这是 GRE 总部高层会议的序曲。GRE 的全球高层主管会议，于每年十一月的第三个星期六在纽约召开。之前的夜晚，公司会在纽约最豪华的酒店里举行一个酒会，为风尘仆仆从世界各地赶来的办公室主管们接风。

Steve 身穿修身的黑色皮衣，皮衣里是紧身的深紫色衬衫，衬衫头两个金属纽扣开着，胸肌上的一条银色项链若隐若现。

Steve 站在酒吧的角落里，拿着他的黑莓手机。十几个小时的飞行，积累了太多尚未回复的邮件。最新的一封，发送时间是北京时间上午十点：

“渠道已经提供结果了。如您估计的一样，这号码是新开通的，神州行充值卡，没有机主信息。没有通话记录，只发过短信。都是给同一个号码的。不过前两天查的汽车牌照有结果了……”

邮件还没读完，花腔女高音向着 Steve 飘来：“上帝啊，看看他！我亲爱的 Steve，你总能这么时尚，好像个电影明星！”

金发碧眼的胖女人，展开双臂向 Steve 扑来。

Steve 好像一根削尖的铅笔，嵌进一大团橡皮泥里。“铅笔”在“橡皮泥”耳边轻声说：“亲爱的，你今晚真是漂亮极了。”

“橡皮泥”笑得花枝乱颤。Steve 顺势从她怀里钻出来，收好黑莓，拿起酒杯。

“橡皮泥”只是高级秘书，负责安排公司上层领导们的活动。纽约总部里大大小小的秘书都喜欢 Steve，市场部和人事处也不例外，项目经理们倒未必。这些年 Steve 升得太快。当年对他不屑一顾，如今职位和奖金都低他一筹。一个年轻的中国人，没有美国的文凭或执照。要不是靠着中国经济的大好形势，又哪来这么好的运气?

但不论喜欢与否，纽约的项目经理们少不了 Steve。谁的客户都在中国投资，谁也不敢说自己用不上 Steve。就连查理斯也一样。

查理斯是纽约办公室的负责人，是 GRE 真正的元老之一。身后跟着 N 个全球五百强的大客户，操作的都是几十万美金的跨国欺诈调查项目。GRE 少了谁也少不了他。查理斯走到 Steve 和“橡皮泥”身边。

“橡皮泥”的动作和动静都太大，让他没法插话。“橡皮泥”只好投向别的目标。查理斯开门见山：“Steve！你好啊！ Dinner 的项目怎么样了？”

“Charles，你好！那个项目我们已经开始了。”

“是吗？很好。不过那项目你交给谁负责呢？”

Steve 微微一笑：“交给我的项目经理了。”

“哈哈，当然，还能交给谁呢？不过我从系统里看到，这位经理叫 Yan Xie？她是谁？我怎么以前从没听说过她？”

“Charles，北京有十几个项目经理，你都记得他们叫什么名字吗？”

“可为什么她的职位只是初级调查师？难道是系统出了错误？”

“如果系统里没显示那项目是我和 Yan 一起负责的，那它一定是出了错误了。”

“哈哈，Steve，你真幽默！可我是认真的。”查理斯收起笑容。

“我也是认真的。她的确是个初级调查师，不过那只是临时的。面试时我低估了她的能力，所以给她的职位也偏低了，她有能力成为出色的项目经理。”

“是吗？你凭什么这么认为？”查理斯眯起眼睛。

“Charles，我想你比我更清楚，干调查是需要天赋的。Yan 两周前独自去斐济，获取了关键信息，而且成功取回嫌疑人的电脑硬盘。她还有许多别的潜力，但现在还不是给她表功的时候。”

“你说的那个项目我也听说了，据说嫌疑人自杀了？”查理斯挑起眉毛。

“那件事情我已经处理好了，而且那和 Yan 没关系。如果有什么问题，我自然会负责。就像 Dinner，如果做不好，我也会负责的。”

“好好好，”查理斯摊开双手，“我只是随便问问。Steve，你知道这项目有多重要。要不是你当初的承诺，我也许根本就不会接。”

“我知道。”Steve 微笑着举杯，“我从不把工作当儿戏。”

“好，那我就静候佳音了。”

两只酒杯轻轻一碰。查理斯把酒杯送到嘴边，正要仰头，忽听 Steve 说：

"Charles，知道吗？ Yan 可是个博士，还是美国的。"

查理斯诧异地去看 Steve。

Steve 微微一笑，把杯子里的酒一饮而尽。

.41

"你还回不回来?"

老谭劈头盖脸就是一句。粗重的嗓音好像飞到耳边的爆竹，在燕子的手机里炸开。

"我在友谊医院呢。我同事的儿子出了车祸，我在这儿帮……"

电话已经挂断了。这在燕子预料之中，却在感情能够接受的范围之外。了解并不等于接纳，夫妻都有同感。

夜里十点半。手术室门外就只有燕子和老方。老谭也有他的道理。昨晚刚吵过一架，今晚居然再犯。

老方的儿子还在手术室里。手术做完之后，她得跟医生和护士交待两句。医院里的事情，她比老方熟悉。好人做到底。反正已经损失了 5 个有效工时，外加两万元现金。燕子不是慈善家，但老方走投无路。

老方的儿子小腿粉碎性骨折，需要立即住院动手术，押金四万。燕子托大学同学找了熟人，院方答应把押金减半。燕子开车陪老方回家拿钱。

三十年前的筒子楼。燕子等在走廊里。墙上黑黢黢的满是电线，房顶却只有一个灯泡。有个女人在屋里虚弱地说："你翻箱倒柜的要找什么？"

老方说：“我要找存折。”女人说：“你找它干吗？大的又要交学费了！”老方说：“我有急用你甭管！”女人说：“哎！这日子怎么过啊！大的非要上大学，一年学费一两万。这小的又不争气，当年生他干吗呢？就为给你妈生个孙子，你好好的工作都没保住，非得生出来，结果呢？先天性心脏病，你说我上辈子造了什么孽了？你说有他烧钱还不够，我这身体偏偏又成这样，坏哪儿不好偏偏坏肾？不挣钱不说，还得没完没了地去医院透析，钱都让我给造了！你还不如让我死了算了……”

“你胡扯个什么劲儿啊！”老方吼了一句，从里屋跑出来，“砰”地带上了门。

老方把存折递给燕子：“一共就一万五。实在没法子，就这么多了，本来准备给大的交学费的。”燕子把存折还给老方：“这你留着吧，押金我来解决。”

医院也接受信用卡。交押金就和买高跟鞋一样方便。燕子把收据递给老方，老方的眼圈儿发了红。燕子不忍心去看他。

姐姐请假来看弟弟。老方和女儿低声嘀咕。女儿使劲摇头：“我不休学！我够省钱的了，我不买衣服也不买化妆品，连 Mp3 都没有。”

老方提高嗓门：“你爸不是没辙了么！你爸眼看就没工作了，以后这日子怎么过？”女儿咬住嘴唇，眼圈儿发了红。

燕子把老方拉到一边儿：“老方，那两万你不用还，等以后再说。”

老方叹了口气：“哎！你真是我的大恩人了。不过躲得了初一躲不过十五，这丫头才上大一，这快到年底了，明年我要是上大街上打工，一共能挣几个钱？不掐她的学费，就得掐她妈的医疗费，你说那不得要了她的命吗？”

“明年真的不能在 GRE 干了？”

老方点头：“估计悬。Steve 已经跟我谈过话了，他说我要是年底之前不能提高有效工时，明年就得自己想办法了。”

手术室的门开了。老方的儿子睡着了，小腿打着石膏，高高吊着。老方眼圈又发了红。儿子进了病房。燕子把老方拉到门外：

“要让你下周一出差的话，你儿子谁来照顾？”

老方眼睛一亮：“Steve给你回邮件了？”

“你先甭管他回没回邮件，先说你去得了去不了？”

“去得了去得了，当然去得了，医生刚才不是说了，这孩子没事儿的。让他姐请一个礼拜的假就成，反正离考试还远！”

“那你就去吧。下周一就动身！”

“赶早不赶晚，我明天就走！像那种工厂，周末也三班倒，不怕找不着人。”

老方心里明白，Steve还没回复，燕子是要帮他的忙。老方严肃起来：“你放心，这项目我一定得干好了。不光为了让你满意，更主要是为了我自己！”

燕子点点头：“我去跟值班大夫聊两句。”

.42

老谭坐在沙发上，面前放着手提电脑。

他的Yahoo邮箱里，有些以前签过的合同。他想再拿出来看看。可他不懂怎么打开。如果老方的电脑知识只有小学水平，老谭肯定幼儿园还没毕业。尽管老谭的餐馆里也有电脑，有些商业文件也需经电脑下载，但那时有饭馆的领班帮忙。

但这是燕子的电脑，她从美国带回来的。燕子还没回来。眼看又到午夜了。

老谭按下开关，屏幕亮了，花花绿绿地更换着图案，好像电影开场前的推片。推片终于过了，却并非老谭熟悉的画面。难道每台电脑都不一样？老谭在屏幕上仔细寻找。好在那蓝色的“e”还在，老谭小心翼翼地一点。

屏幕上果然冒出一个大方框，上面只有“sohu”没有“Yahoo”。还是不一样。老谭试着输入“tan1954”和他的密码。那窗口并没什么反应。

老谭又试着按了些键，突然又冒出一个窗口来：

“午夜恶魔——深夜劫车掠财，专找奔驰宝马。”

老谭心中一惊，仔细读下去：

深圳刚刚破获的一个杀人劫车团伙，专挑单独驾驶豪华车的女性下手，在僻静的时段和街道，故意和对方发生剐蹭或追尾，等对方司机下车查看事故情况时，趁机劫车杀人……

老谭忽地从沙发上站起身。窗外夜色正浓。

老谭一屁股坐回沙发上，自言自语道：“鬼知道是不是在医院！担心她做什么？管得了今晚，也管不了以后的！”

.43

燕子独自走向医院大门。

老方明天一早就出发。Steve 到现在仍无回复。燕子不担心实地调查成本太高，大不了把自己的时间分给老方。眼看就要年终评定，只要老方的业绩有所提高，Steve 就有理由让他多留一年，他的女儿就离大学毕业近一年。

至于燕子的奖金，即便再多，老谭也未必稀罕。老谭就只希望她把工作辞了，回芝加哥做个安分的谭太太。十二点半了。老谭还在家发脾气。不然不会没再打电话来。燕子掏出手机。没有未接来电，却有个未读短信，来自 133035×××33：

“已经过了午夜了。还不赶快回家？不是提醒你好多次了？太晚了不安全！”

今晚怎么突然又来了？

医院走廊里没人，也没声音。除了燕子自己的脚步声。

医院的大门已在眼前。燕子加快脚步，走进露天停车场。停车场昏暗而空旷，两三盏并不明亮的路灯，在寒风中瑟瑟发着白光。

燕子快跑几步，来到宝马车跟前，正要按下遥控器，黑暗中突然闪出一个人影，挡在燕子面前。

燕子失声尖叫。

“做什么？我是鬼吗？围上！”

老谭把一条毛茸茸的大围巾，披在燕子肩上。

.44

下午四点，老方抵达万沅县梨山镇。

从大同城到梨山镇，三个半小时的盘山路，盘的都是光秃秃的黄土山。汽车抵达万沅镇，老方几乎变成出土文物。幸亏老方没穿好衣服，本来就没多少好衣服，实地调查也不能太显眼。最好和当地群众一样，生活水平中下。有钱人一般不会总在街上闲逛。

老方以前常出差，像万沅这样的小镇，去过不下四五百个。GRE 初进中国的几年，他调查了不少侵权及盗版案。生产冒牌服装箱包、假药、劣质汽车配件和盗版音像制品的工厂，大多分布在类似的小城镇里。那才是真正的反欺诈调查，调查目标不仅是骗子，还是罪犯、地头蛇，甚至黑社会。而走访的目的，并非了解运营情况，而是采集有力证据。那种工作并非儿戏，一旦露了马脚，生命都有危险。

因此对老方而言，“晚餐”这种尽职调查项目，也就比伸懒腰麻烦些。无非是打听打听工厂的情况，资产多少，业绩如何，谁是老板。普通工人都能回答。

尽职调查的实地走访，一般可分三步：

第一步，到现场了解情况。公司周围的环境是否复杂，有没有小商店或者小饭馆，是否便于结识工厂里下班的工人；公司的安保体系如何，有没有摄像头，保安看得严不严，公司大门口是否热闹，陌生人能不能停留太久，如果拍照或张望，会不会引起注意；还有就是公司的垃圾如何处理，垃圾车每天几点从哪里经过——弄一两袋垃圾翻翻，有时也有不少收获。报废的产品或发票，带地址和姓名的信封，都有可能成为有利线索。

第二步，设法发展线人。所谓线人，顾名思义，就是能提供线索的人。线人未必是奸细，因为线人未必知道自己在做线人。线人可以是工人，或者中低层的小经理。普通工人虽然从事低级工作，知道的事情却未必少：产量好不好，废品多不多，劳工关系如何，最近是招人还是裁人，老板人缘好不好，名声怎样，家里都有什么人，有没有包二奶…… 工人有的是时间观察，也有的是时间交流。不论什么事情，到了工人嘴里，传播得比互联网快。

第三步，正面拜访。所谓正面拜访，就是假扮订货商、推销商或者投资商，直接以采购、合作或者投资的名义，堂而皇之地走进公司去。生产规模、流程、产品、仓库、管理、账务，能记则记，能拍则拍，趁机顺些样品或下脚料。正面拜访的难度最高，危险性也最大，不仅需要充分了解行业和产品，还需沉着冷静，胆大心细，且需更换不同的调查师来完成。执行过前两步的调查师，往往已给目标公司里的某些员工留下印象。如实在来不及换人，则需彻底改变形象。这属于高难度的实地调查，资深的高级调查师方可完成。至于到底需不需要第三步，则视具体情况而定。

老方到达梨山镇，先到万沅机械厂了解周边情况。

梨山镇并不大，解放路笔直穿过小镇中央。而万沅机械厂，就坐落在小镇边上。工厂大门果然挂着两块牌子，一块是“万沅机械厂”，另一块是“大同永鑫煤炭机械有限公司”。

工厂占地不小，有些灰色和红色的砖楼，起码三四十年了。工厂大门大开着，有不少工人进出。门边有个保安室，里面只有一个保安，并不盘查进厂的人。大门外很繁华，遍布饭馆和小店，行人如织，很适合发展线人。

老方找好住处，再回到工厂大门。五六点的光景，天色渐暗。老方径直走进路边的一家小超市，站在靠窗的货架前挑选饮料。过不多久，厂门口热闹起来，走出一群工人，刚刚下班的样子。不少工人走进一家小饭馆。老方把手中的绿茶结了账，又到报摊买了一份报纸，随后也走进饭馆，找了个空座位坐下。点了啤酒和小菜，边吃边看报纸。

工人们分坐几桌，各聊各的话题，偶尔有几句跟工厂相关，都逃不过老方的耳朵。两个多小时之后，天黑透了。工人们陆续结账走人，只剩一个四十多岁的男工，喝着最后一口啤酒。老方笑眯眯坐过去：“这位大哥，自己一个人喝酒呢？”

“你是谁？”那工人略带醉意。

“我啊，嘿嘿！我来梨山镇出差的，跟你打听点儿事儿？”

“你要打听啥？”

老方抬手招呼老板娘：“给来瓶山西大曲，再来两盘炒菜！”

工人抬手要拦，老方笑道：“嗨！就两口酒，有啥了不起的，咱回去能报销！”

工人说：“你要打听啥？要帮不上忙，可不敢喝你的酒。”

“大哥，您在厂子里干几年了？”

“二十年了。”

“您干的是啥工种？”

“车铣刨磨，咱全干过。”

“嘿！巧了！”老方喜道，“大哥，不瞒您说，我从张家口过来的，我们那边新建了一个机械厂，专门做矿山机械的，想找几个有经验的老师傅，过去带带年轻的，您帮得上忙不？”

那工人想了想：“多少钱？管住不？”

“每月两千，包吃包住，年底分红。”

老工人低头琢磨。大曲上了桌。老方斟满了酒，送到工人面前：“来来，大哥，不管成不成，先干一杯！不成的话，您帮我介绍别人，我们公司给您介绍费！”

那工人拿起酒杯：“这条件还有的谈么？”

“有啊，大哥，要不然，您先跟我聊聊，您现在在厂子里都干些啥，待遇咋样？”

一个半小时之后，老方回到旅馆，把老工人的话记在笔记本上。

第二天中午，老方再次来到工厂门口。这回他换了一身装束。黑色咔叽布夹克，金丝边的眼镜。今天他是省民政局扶贫办的科员，来梨山镇调查退休工人的生活状况。据昨晚那位老工人说，梨山镇的下岗工人可不少，机械厂一年多前破产重组，只留下一些最骨干的工人，其他都是新招的合同工。下岗工人们只得到微薄的补偿，不少人都生活困难。以扶贫办的科员身份，走访几位下岗工人，想必能了解更多机械厂的情况。

老方再次径直走进杂货店。午饭时间，有不少工人进出厂门。正如老方所料，工厂周日也在生产。老方买了一瓶矿泉水，从商店里走出来，正打算上前去找人搭讪，面前突然闪出两个身穿皮衣的男人。其中一个说：“身份证给我看看。”

“呵呵，有什么事儿吗？兄弟？”老方满脸堆笑。

“我们是警察。你配合点，把身份证拿出来！”

老方掏出身份证，递给其中一人："出差路过，来看看朋友。呵呵。"

那人接过身份证看了一眼，递给同伴。两人互相点点头。其中一人对老方说："方先生，跟我们走一趟吧！"

.45

四个小时之前。朝阳把窗帘染成金色。

燕子穿着睡衣，赤足走进客厅。老谭盘腿坐在地毯上，皱眉瞪着手提电脑，好像做不出作业的小学生。

"咦？"燕子绕到老谭身后。电脑买了三年，还从没见老谭碰过。

"做什么？不能碰么？"老谭瞥一眼燕子。

"能碰，当然能。呵呵。"燕子后退一步，抱着胳膊看着。电脑屏幕上是搜狐的网页，大小不一的方框，正纷纷闪烁。

"这个烂东西！"老谭显然束手无策。

燕子站着不吭声。

"做什么？看我笑话么？"老谭怒目而视。

燕子耸耸肩，转身要走。老谭又叫："我要找我的 email！怎么搞？"

半分钟之后。燕子跪在老谭身边，屏幕上是 Yahoo 的网页。

"你的用户名是什么？ login ID？"

"Tan1954。"

"密码呢？ password？"

“我自己会！不用麻烦大博士！”

燕子站起身。老谭对着电脑说：“早餐在餐桌上。牛奶凉了就在微波炉里热一热！”

燕子赤着脚下楼。过了一会儿又跑上来，手里拿着半块曲奇饼干：“下雪了！昨晚下的！”

“噢？”老谭向窗外张望。燕子把饼干塞进老谭嘴里：“出去走走？”

“神经病！”老谭边嚼边说，用力把电脑合上。

.46

清晨的朝阳公园，银装素裹。

燕子身穿白色貂皮大衣，手持银色皮夹，分外惹人注目。老谭从衣柜里把貂皮大衣翻出来：“几万块买的，为什么不穿？”

老谭并不懂时装。燕子以前也不懂，老谭的香港朋友们才是专家。自从认识燕子，老谭每年都要托朋友买时装和皮包送给燕子。不能不要，老谭会生气。结婚后，燕子有的是时间研究时装杂志。她这才发现，老谭在她身上花了多少钱。既然老谭要买，不如自己直接动手。经济衰退，芝加哥的名品店比香港便宜，别人买的未必穿得出门，比如这白色的貂皮大衣。

燕子的确美，好像 T 台上的模特。

湖面结了冰。貂皮大衣适合走秀，却不足以抵御西伯利亚的寒流。燕子缩在老谭的胳膊底下，像只瑟瑟发抖的小狐狸。老谭皱着眉，把燕子拉进湖边的咖啡馆。没有其他客人。桌子上有份晨报，不知是谁留下的。老谭拿起来翻了翻，眉间的皱纹又深了些："很多人买了楼，发现合同是假的，卖房的根本不是开发商！现在骗人的事情好多喔！"

"所以才需要我们。呵呵，我们就是专门揭穿骗子的。"

燕子眨眨眼。老谭抬起头："你做的那个事情，怎么样了？"

"我的事情？"燕子一愣，"哦！你说我的项目？"

"我还能说什么！"老谭耷拉着脸，"上次不是说不好做么！什么档案拿不到？"

"没关系。呵呵，已经用上秘密武器了。"

老谭惊道："什么武器？你们还有武器！？"

"你别这么紧张，呵呵，我说的秘密武器，是我上回跟你说的调查师。昨天就去山西了。"

"你老板同意了？"

"还没呢。"燕子耸耸肩，"他去美国出差了，还没回我邮件。不过老方真的很需要那份任务。他家实在是太困难了……"

"你是在做慈善？"老谭脸上阴云密布。

"你如果可怜他，直接把钱送给他好了！怎能把工作做人情呢？你的博士读到哪里去了？这样简单的道理都搞不清，还做什么 manager？"

"可这项目的确需要派人去啊！那公司肯定有问题。档案拿不到，又不能一棵树上吊死。老方特别有经验，肯定能拿到有价值的信息。无非就是多用点儿有效工时……唉，跟你说你也不明白。你又不了解我的工作。"

"你不要凶！这种偷偷摸摸的工作，我才不要明白！"老谭把眼睛瞪圆了，"我真的搞不懂，你为何一定要做这样一份工作？我们又不缺钱，你哪件衣服不比你一个月的工资贵？从早到晚不回家，你是结了婚的女人，你知道吗？"

"结了婚怎么了？我做了什么对不起你的事情么？"

"你想做什么就做什么。我管不了你！"

老谭拍案而起。服务员在柜台后张望。燕子把脸扭向窗外。老谭大步走出咖啡厅去。

半个小时之后，服务员小心翼翼地走过来，把账单放在桌子上。

燕子到家时，老谭绷着脸坐在客厅里，拿着遥控器。

燕子默默走进卧室，关上门躺在床上。老谭也有道理。她的努力和成就，对他来说一钱不值。

燕子迷迷糊糊地睡去。等她再醒过来，天已经黑透了。

燕子走进客厅，老谭的脸仍铁青着，电视在眼前闪烁。燕子把手放在沙发背上，小声说：

“饿么？”

“不要和我说话！你不是很有本事么？”

燕子下楼穿上外套，默默地走出门去。

风更大了，像刀子割。燕子沿着马路一直走下去。马路真长。手机响了，不是老谭。

二十分钟之后，三里屯的酒吧。燕子和高翔面前，摆着半打啤酒。燕子本不想接受高翔的邀请。可她总得有个借口，离开那条没头没尾的马路。高翔一声不吭，看着燕子喝下两瓶啤酒。啤酒令燕子轻松愉快：“你怎么知道我有时间？”

“我只是想试试看。”

“试验成功了？”

“还不知道。”

酒精在燕子眼前蒙上一层雾。高翔在雾里，凝神看着她。他和当年一样英俊。燕子轻笑：“我又不是钞票，你干吗这么看我？”

“你怎么知道，我是这样看钞票的？”

“你们这些生意人，眼睛里就只有钞票。”

“未必吧。”

“噢，对不起。我说的不够准确。应该是：眼睛里就只有前途，呵呵，钞票只是前途的副产品。”

高翔低头笑道：“我不是一个合格的生意人。”

“我觉得你很合格啊！”

“为什么？”

“噢，我是说八年前。”燕子耸耸肩，“也许是我自我感觉太好了，呵呵。”

高翔沉默了片刻，拿起酒瓶，一饮而尽。他脖子上暴着青筋，高耸的喉结上下运动。燕子想去摸一摸，可她抓起酒瓶子。

四个空瓶子，并肩而立。燕子双手捧着头：“高老板，我托您的事儿，有消息了吗？”

“如果我没记错，你是前天晚上刚托的我。昨天和今天都是周末。”

“还是你记性好！我可都忘了。呵呵。”燕子目光流转，“我怎么都忘了呢？”

“咱们走吧。”

“你要带我去哪儿？我有点儿头晕。”

“送你回家。”

“我不。呵呵，还早呢。你带我去兜风吧？”

一座座高楼飞驰而过。都市的灯火，嵌在殷红的夜空里。

燕子突然唱起歌来。我明白，太放不开你的爱，太熟悉你的关怀，分不开，想你算是安慰还是悲哀。八年前在他车里常听的。雪弗莱变成切诺基。同样的冬夜，街边积着雪。歌声好像利剑，刺入高翔的每个细胞。他把车停在立交桥下，高声一起唱。声嘶力竭。

燕子唱到透不过气，一阵狂咳，仰头笑起来。

幽幽的一排街灯。燕子双颊抹着珍珠般的光。

高翔猛然侧过身，紧紧抓住燕子的肩膀：“I'am sorry.”

“你有什么可 sorry 的？呵呵！我现在什么都有，有车有房，有个有钱老公，呵呵！我什么都有的……”

燕子笑着，泪水夺眶而出。

高翔一把搂住燕子。燕子锁骨上一阵酥麻。

泪珠浸润了高翔的舌尖。热带风暴席卷久旱的戈壁。一对炙热的身躯。她耳畔一阵温热："燕！让我永远留在你身边！"

燕子触电般一抖。她奋力推开高翔，反手一记耳光。时间在瞬间凝固。

瞬间之后，燕子推开车门，飞身跃入刺骨的寒风中。

燕子倒在出租车后座上，闭上眼。流转的光，划过眼皮。意识渐渐远去了。

.47

老谭站在凉台上，点燃今晚的第十根烟。

老谭已经戒烟多年。小区门口的小卖部里卖的烟，味道有点呛。

宝马车还停在地下车库。也许她很快就回来。她去了哪里呢？老谭没打电话。

风越来越猛，夜空格外晴朗。为什么不给她个台阶，跟她一起出去吃个晚饭呢？她比他年轻 25 岁。该让着她的。她很善良，并不固执。若能好言相劝，也许她会辞职，跟他回芝加哥去。或者任何其他地方，只要不在北京。为什么要在北京买房买车，为她布置好这一切？老谭第十一根烟。

卧室里的电话却突然响了。保安说，有辆出租车正停在小区门口。

老谭把燕子抱上楼，轻轻放在客厅的沙发上。酒气和烟气在客厅里混合。

老谭伸手去解燕子的衣扣。燕子推开老谭的手。

“别…… 别碰我！”燕子闭着眼喃喃。

老谭赶快抽回手。他凝视她的脸。柔美无瑕。老谭轻抚她的额头，一颗晶莹的泪珠，从她眼角滑落。

“八年前……你在哪儿？”她呻吟，“为什么现在才出现？为什么？”

燕子仰头躺在沙发上，细长的脖子，如象牙般细腻光滑。

老谭则伫立在沙发旁，如一尊木雕。

.48

燕子醒过来。她正沐浴在朝阳里。

卧室的窗帘敞开着。她正和衣躺在床上。

燕子跳下床，飞奔出卧室。四处都没有老谭的影子。早餐照例在餐桌上，刀叉摆放得很整齐，茶杯里冒着热气。

燕子在桌边坐下来。偌大的公寓，寂静无声。

燕子猛然站起身，快步走到储藏间，拉开门。

老谭的两只大箱子却已无影无踪。

燕子一屁股坐在大理石地板上。昨晚自钻进出租车，她就再无其他记忆。

手机清脆地响起来。

燕子一跃而起，跑到餐桌边，从皮包里掏出手机。手机上显示的却是高翔的号码。

燕子把手机扔到桌子上。任由它响到不响。

手机“叮咚”一声，仿佛久哭后的一声干咳。

是高翔的短信：

“你同事是不是去万沅了？他被扣在梨山镇派出所，你或你的领导得尽早去一趟。”

.49

镇派出所所长官衔不大，让老曹烦心的事却还不少。

梨山镇不大，在万沅县算不上什么。可千来户人家，东家长李家短不必说，仅一家煤炭机械厂，就够让曹所长头疼。自从机械厂搞改制，梨山镇就没太平过。

机械厂是梨山镇最主要的经济来源，镇上三分之一的人口是厂里职工。工厂一改制，工人都下了岗，光靠买断工龄那万儿八千块钱，活不了下半辈子。下岗工人要上访，在老曹看也合情合理。没偷没抢，街坊邻里，派出所也不好管，不如都推给厂方解决。可地方上不太平，警察肯定有责任。而且机械厂的新股东不太好惹。别说在万沅，就算附近五六个县，有谁没听说过叶老三？

姓叶的在万沅地头上混了二十多年，八十年代就做生意。那时他叫叶小三，县长的亲外甥。叶小三承包了万沅供销社，倒卖烟草和电器，后来又到附近县里承包了小煤矿。九十年代，县长舅舅下了台，叶小三的钱却越赚越多。附近几个县的领导，都比亲舅舅还亲，要星星决不给月亮。万沅有个说法：“给小三打个电话，叫他搞定！”叶小三心狠手辣，公检法办不到的，找他就能行。

二十年后，叶小三变成了叶老三。“亲舅舅”们变成“亲兄弟”，除了两年前来的新县长。如今反腐叫得凶，上层变化也挺激烈。新县长小心翼翼地与其保持距离。有人说叶老三有可能要完蛋，但一两年过去了，叶老三的桑拿房里照样有小姐，叶老三的小煤矿也照样死人。于是又有人说，叶老三的根扎在省里，一个小县长算不得什么。

叶老三这样的人物，区区梨山镇派出所的小所长，又怎能得罪？何况所长的公子去年高中毕业，所长夫人吵着要让儿子出国留学。小姨子嫁给了别镇的派出所所长，人家儿子高一就去了英国。那个镇上有煤矿，梨山镇只有一个年年赔钱的机械厂。不过两年多前，叶老三看上了梨山镇。叶老三拍过曹所长的肩膀：“老曹啊，我儿子明年要去澳洲读书，你儿子跟他正好做同学。”

曹所长没法儿不派人去把上访的下岗工人抓回来：企业改制是中央的政策，阻碍改制就是破坏改革。曹所长还得全天候着。

叶老三的电话随时能来，比分局局长还不挑时候。星期天上午九点半，老婆还在被窝里，曹所长就得带着人去厂门口。叶老三在电话里说的挺清楚：“姓方的，北京人，来找麻烦的，得吓唬吓唬。”

人是抓回来了，可随身携带假名片不算犯法，而且又不了解他的底细。北京的林子大，不好惹的鸟更多。果然不出曹所长所料，礼拜一上午，省局就来了电话，问是不是扣了个姓方的。电话倒不是局长打的。但省局里人人比老曹官大。老曹忙答应叫原单位来领人。反正已经关了一晚上，叶老三那边也好交差。

下午四点多，果然有位小姐来领人。三十不到，如花似玉。不像单位领导，倒像是领导秘书。小姐没带介绍信，不过带着外国护照。据说是美国的，曹所长不认得。反正就是走个形式。小姐不但漂亮，说话也客气。曹所长赶紧放人，差点忘了把小姐的护照传真给叶老三。

.50

燕子和老方当天就赶回大同。老方的身份已经暴露，不能再留在梨山镇。

“这件事儿可真怪了！我一共就在厂子门口露过一次面，也就只找了一个线人，怎么立刻就被盯上了？”

老方皱眉看着燕子。两人面前放着两杯茶，酒店咖啡厅里没别人。

“是不是那个线人举报的？”

“那不可能，他怎么会知道我姓方？”

“那现在怎么办？直接回北京？”

老方沉吟了片刻：“你是领导。听你的！唉！这点活儿都能干砸了，我真的快该走人了！”

老方低头苦笑。燕子轻抚他的肩膀：“也不能说干砸了，起码你也找了一个线人。他都跟你说了些什么？”

“他说机械厂本来是国企，七十年代就成立了，主要生产采煤机配件，比如轴承啦，齿轮啦什么的。工厂亏损不亏损他不知道，不过他听说工厂改制之后，是被万沅县城一个姓叶的老板收购了。可他从来没见过这位叶老板，也没听说他到厂子里来过。不过厂里的总经理和保卫处长，据说都是叶老板派来的。原来的老厂长改制后就退休了，难得再到厂里来。”

老方喝了口茶，继续说：“他知道厂子现在改名叫大同永鑫，但没听说过香港福佳，也没听说过张红和刘玉玲。他还说工厂早先红火的时候，一共有二十几个车间，六七百套床子，后来不景气了，真正在生产的车间也就还剩不到十间，能转的床子也不过一百来台。其他的车间都闲置着，里面的设备也都是不能用的旧设备。不过虽然有不少厂房空着，前年改制之后，厂子又扩建了一部分，把附近的几个粮仓也买过来，改建成了车间，还把其他废弃车间里的床子移过去一些，从来没人进去生产过。”

燕子眼睛一亮：“也就是说，那些新车间都是做样子的？工厂的财产有可能是虚报的？”

“嗯，我觉得很有可能。我问他工厂现在的这些设备，大概能值多少钱。他也说不清楚，不过他说那些老床子每台也就值个三五千块。”

“也就是说，所有的机床不过才两三百万？”

“嗯。”老方点点头。

“可我看过香港怡乐收购大同永鑫时的验资报告，固定财产有快五千万美元，两千万是厂房和地皮，三千万是设备，那可是两亿人民币！差太远了吧？会不会还有别的厂房？”

“我问他了，他说没有。不过验资报告这种东西也不可靠，梨山镇你也去过了，那种地方地皮能值多少钱？那工厂里的楼我见过，压根儿就没几座新楼。就算那厂子占地不小，但就凭那些旧房子，能值两千万美金？只要你愿意花钱，什么样的验资报告拿不出来？”

“可验资报告应该是购买方找人做的，难道香港怡乐自己会坑自己？”

老方把眉毛一扬：“那可难说。怡乐集团是不是上市公司？”

“是啊？”燕子点头。

“那不就得了！上市公司的钱，又不都是董事的。如果董事们能把股东的钱，变成自己的钱，那有什么不好？这种事儿以前也不是没遇上过。”

“也就是说，叶永福和怡乐集团的控制人串通好了？”

燕子恍然大悟。

“我看有这个可能。香港老板支招，找个地头蛇来办事儿。所以姓叶的说不定拿的压根儿就不是大头。我看那……那什么来着？香港福佳的那三个股东？”

“金盛、长佳、紫薇。”

“对对对！就这三家公司的股东，除了叶永福，肯定还有别人。地头蛇未必可靠，香港人不能把整个厂子都交给姓叶的。当然，就光说万沅这边，姓叶的也不能独吞，那么大一块肥肉呢！”

“你是说，除了姓叶的和香港股东，当地别的领导可能也有份儿了？”

“估计是。该喂的都得喂饱了，不然哪儿能那么好办事儿？派出所都跟自己家开的似的。”

“好家伙！这么说来，客户要是真把钱投进去，不光是投了一堆废铜烂铁，而且还等于间接参与到腐败案里了？这每一条分量都够足的！还说把项目搞砸了，我看你这趟来的太有用了！”

燕子双眼闪闪发光，老方却无精打采。

“这些都是咱们的推测，哪儿有真凭实据？你亲眼看见厂里的设备都是废铜烂铁了？谁告诉过你那三家公司的股东里有县领导或者香港怡乐集团的人了？就算有人告诉你了，白纸黑字的证据在哪儿？”

“那咱们该怎么办？”

燕子盯着老方。老方沉思了片刻：“我试着联系一下万县城里头的熟人，打听打听看，姓叶的都跟谁混得比较近，拿到这些人的名单，你再试着查查，他们和大同永鑫还有香港福佳都有没有关系。至于厂子的资产嘛……”老方面露难色。

“是不是就只能靠工商档案？”

“其实工商档案也未必能说明什么，审计报告和验资报告都是人写的。最管用的办法儿，就是亲自到那工厂里去，把照片拍出来。”

“你是说走第三步？正面拜访？”燕子疑道，“可你都已经暴露了。”

“是啊！警察都用上了，自己厂子的保安不会不警惕的。除非……”

老方眼珠一转。

“除非什么？”

“你没去过工厂门口，厂子里没人见过你，对吧？”

燕子摇头："没有，我在大同一下火车，就直奔派出所了，全梨山镇除了派出所里那几个人，没人见过我。"

"那好，呵呵，领导，我跟你请示个事儿：明天，咱们要不要进厂去转一圈儿？"

.51

"王总，我这不是跟您请示呢？"

高翔一手握着方向盘，一手举着手机。

"我说了不成就不成，你不必再多说了！而且从现在开始，这件事，你不要参与了！"

电话里，中年男人的声音不容置疑。

"可我都参与了这么久了，为什么说停就停呢？"

"为什么你心里最清楚。其实也许一开始就不该让你参与。看看你现在的样子！麻烦还不够大么？醉酒驾车，还差点儿跟交警打起来，你的能耐简直越来越大了！"

"可王总，我……"

对方把电话挂断了。

高翔小声骂了句粗话，把手机丢在旁边的座位上。

切诺基继续前行了几十米，突然一个急刹车，紧接着一个一百八十度大掉头。

高翔一脚油门，切诺基像是脱缰的野马，风驰电掣般冲进夜幕中。

.52

眼看快到年底了，对于干销售的，正是几家欢乐几家愁。

大同永鑫的销售员赵强，就像到了年关的杨白劳，辛辛苦苦一年，倒好像欠了公司一屁股债。

赵强的业绩不好，其实也不能全怪他。赵强本来就是个车床厂的普通工人，对煤矿机械一窍不通。若不是万沅机械厂的老厂长是他表大爷，他也成不了大同永鑫的销售。赵强一进场，老厂长就退了位，机械厂改姓了叶，赵强一切都得靠自己。

万沅人生地不熟，老客户都叫老业务员们霸着。新来的上天无路，入地无门。不过赵强也有他的点子：互联网。

老业务们不明白什么叫 B2B，也没时间去研究。赵强饭局比他们少，时间就比他们多。只要跟挖煤有关系的网站或论坛，不论网站大小，他都登了大同永鑫的广告，留了他手机。这对本地客户也许用处不大，但外地客户说不定就因此找上门来。虽说网上发广告有点像大海捞针，不能立竿见影。但架不住赵强持之以恒。功夫不负有心人，果然碰上个大客户——华东最大的煤矿机械进出口公司的副总。

赵强早晨五点半起床，赶第一趟去大同的长途车。大客户脾气急，礼拜一晚上九点副总的小秘书打来电话，礼拜二上午九点就要见面。别的时候不行，人家明天中午的飞机回上海。国企进出口公司的副总，在赵强眼里比得上中央领导。赵强倒想请领导到厂里来参观，人家根本就没时间，能在大同的酒店里接待你半个小时，赵强已经要烧高香了。

赵强八点五十五赶到酒店前台。副总带着小秘书九点一刻才下来。

副总是个烫着鸡窝头的胖老太太。按说煤炭机械这一行，掌权的一般都是男人，国企也许不同。副总看着四五十的样子，打扮气质都完全符合女强人的形象，看得出年轻时做不了美女，只好做了女强人。

副总的小秘书倒是美得跟天仙似的，一说话就脸红，好像毕业不久的大学生。赵强赞美副总年轻有气质，心里假装说给小秘书听，倒也理直气壮。老女人不禁夸，甭管夸得多离谱，副总也是老女人，别看一直沉着一张南瓜脸，居然能让赵强把永鑫的产品和服务都介绍完了。赵强的业绩虽不好，经验还是有一些。副总一直让他说到“产品获 ISO9000 认证”，看来这笔买卖还真有戏。若能把副总拉到厂里走一圈，晚上再请她吃顿饭洗个脚，希望就更大了。小秘书又那么漂亮。

可小秘书显然没副总有耐心。一个劲儿看表，动不动就在副总耳边嘀咕。回上海的飞机一天又不只一趟。小秘书上楼拿行李，副总问赵强：“那价格怎么样？”聊了一上午，这才说到关键的。

收十反一。这是行价，赵强也不兜圈子。小秘书拉着箱子从电梯里出来。副总起身就走。赵强忙在背后说：“我去跟领导汇报一下，收十反二可能问题也不大。”舍不了孩子套不着狼——这么大的进出口公司，一年的订单还不得几千万？

女副总眉头舒展开，小秘书也到了跟前。赵强忙说要不然到厂里看看？女副总面露难色，说明天上海还有会。小秘书这回倒是帮了忙：“我刚查了，晚上十点半还有一趟航班。”

赵强奔跑着去截车，回来的时候副总在上厕所，小秘书自己站在大堂里玩手机。赵强借机找小秘书搭腔：这单要是成了一定要专程感谢她。小秘书微微一笑，赵强心中一阵酥麻。小秘书说：“我们杨总这次来大同没去别的工厂，咱们最好低调点。”

赵强连忙点头。低调求之不得，生意还没定，赵强可不想让别人进来插一脚。

下午两点半，赵强把副总和小秘书带进厂，门口保安探头问是谁。平时根本没人查，今天倒格外积极。保安朝小秘书看了好几眼。赵强说：“老客户了！来万沅办事。找我喝口茶！”

其实也就是喝口茶，参观就是走个形式。赵强打算抓紧时间掉头回大同，找个上档次的馆子吃一顿。副总和小秘书倒是挺认真，把箱子放在厂办，一间一间看起了车间。副总的电话还特多，过不多会儿就一个。电话一来，小秘书就往车间外走。领导接电话当然不能旁听，赵强也往外走，跟着小秘书的眼神。小秘书冰雪聪明，一双大眼睛能说会道。

没有副总在场，小秘书的话多起来：杨总的老公喜欢打高尔夫，儿子在学小提琴。赵强知道买卖成了一半，小声跟小秘书嘀咕：“晚上还得赶飞机，要不要早点吃饭？”小秘书挤挤眼：“吃不吃饭无所谓，多了解点情况比较好。回去得有的说不是？”赵强心花怒放，恨不得厂子里每个犄角都别落下。终于逛得差不多，天色也暗下来。三人正要回厂办取行李，背后突然有人喊：“这俩女的是谁？”

说话的人脸上有道刀疤。在厂里他是保卫处长，在街上倒更像是土匪。赵强给处长点了根烟，说：“这是我的老客户，我今天特意请她们来喝杯茶。”保卫处长把赵强拉到一边小声说：“刚刚收到的通知，省纪委领导一会儿可能要来参观。趁着领导还没来，你赶快把你的客户带走！以后别随便带人进厂！”

保卫处长还接到另外一个通知，不过他没告诉赵强：厂子里如果发现任何陌生中年男人，统统先抓起来再说。这条通知前天就收到了，不过发改委领导要视察的通知，倒是半个小时前才听说。县里省里那么多路神仙，难说哪一路要从梨山上空飘过。保卫处长虽然拚起命来视死如归，可心里还是盼着陌生男人别出现，起码别在纪委领导在的时候出现。

可偏偏事与愿违。眼看赵强和那两个女的快到厂门口了，保卫处长拿到一份传真。送传真的办事员骂骂咧咧：“派出所发来的传真！他妈的办公室的那几个娘们儿就知道嗑瓜子儿，这传真昨天就到了。”

保卫处长拔腿就跑：“快！拦住前面那两个女的！”

保卫处长话音未落，那女副总一把夺过赵强手里拉的箱子，和小秘书拔腿冲出工厂大门。守门的保安反应挺快，转眼已经冲出保安室。那女副总凌空一脚，保安仰面跌坐在地上。

“来人啊！”保卫处长喊劈了嗓子。保安室后面呼啦冲出五六个保安，把那两个女人团团围住——应该说是一男一女，副总的鸡窝头正挂在耳朵后面。他拉开架势，紧盯着五六个保安，小声对小秘书说：“只要有机会你就跑！别管行李也别管我，这儿的人我应付。”

“想跑？呵呵，子弹可不长眼睛！”

保卫处长转眼间到了那对男女身后，手里还多了一样黑乎乎的东西——手枪！

两人眼看就要束手就擒，远处却突然传来警笛声。两辆山西牌照的警车，闪着警灯疾驰而来，一脚刹车停在工厂门口。保卫处长眼疾手快，手枪已经藏进衣服里。

警车上下来六个穿便衣的男人。为首的一个大声说：“这里谁负责？”

保卫处长忙满脸堆笑：“我。我是厂保卫处的负责人。”

“这里发生了什么？不是通知过你们，领导就快到了？”

“没什么没什么，就两个小骗子，到厂里来诈骗的。”

“是骗子？怎么个骗法儿？”

赵强小跑着过来，腿脚有些不利落：“她们说是江苏煤炭机械进出口总公司的，那女的，不，那个男的，说他自己是副总，另外一个说是秘书。”

保卫处长插话道：“您看看，男扮女装呢，真的就是两个骗子，希望没让领导受惊！”

“领导还没到，我们先过来准备一下。你们的保卫工作是怎么做的？”

“是是！是我们的工作没做好！我们这就把大门口的情况弄清楚了。这俩人我们先带回去，不用您操心，我们自己就能解决了！”

“你们能解决？你们能解决，要我们警察干吗？”为首的一挥手，“过去看看！”

几个便衣警察穿过保安围成的圈子，来到那一男一女身边："证件？"

那"假女人"忙做笑脸："我姓方，我们是咨询公司的，就是想做个市场调查，真的，没别的意思！"

"咨询公司的？身份证拿给我看看！嗬！还外国护照，也是假的吧？带走！"

领头的一声令下，两个便衣警察掏出两副手铐，把一男一女铐住，带上一辆警车。保卫处长眼睁睁看着，什么也没敢说。

警车发动引擎，掉头向大同方向驶去。带头的跳上另一辆警车："快把围观的人都打发走，领导马上就要来了！"

领导根本就没来。十分钟之后，保卫处长接到一个电话：领导突然有事，要连夜赶回太原，今天下午就不到梨山镇来了。

.53

警车悄无声息地开进大同火车站，停在第二站台上。

几分钟之后，一列长长的列车，在夜色中缓缓停靠在第二站台。车上的牌子写着："宁波——包头"。

便衣警察示意燕子和老方下车。老方满脸堆笑地问："同志，要带我们去哪儿？"

"到了你就知道了！"

"同志，我们真的不是坏人……"

便衣厉声打断老方："用不着跟我们说这些，以后有你说话的时候！"

燕子一脚踏下警车，险些跌个跟头，手腕被手铐铬得生疼。旁边的便衣扶了她一把。

“谢谢！”燕子轻声说。对方面无表情地拉着她的皮箱。那里面除了衣物没别的。她和老方的手机、证件和钱包，还有老方的微型相机，全都被便衣拿走了。这辈子她还是第一次带手铐。害怕没有用，得尽量保持沉着。到底要把他们带到哪里去？

燕子和老方上了火车，是节软卧车厢。领路的便衣拉开第一间包厢的门，把燕子和老方带进屋，尾随的便衣把老方和燕子的皮箱提进包厢，返身关上门。便衣们拿出钥匙，给燕子和老方松了手铐：“让你们舒服点儿，别耍花招啊！”

老方忙说：“不会不会，我们都是好人，本来也用不上那个。”

“我们出去抽根烟，你们好好在包厢里老老实实待着，千万别想别的！”

老方一连串的点头。

“我们就在门口。”

话音未落，包厢门“砰”地关上。

老方和燕子面面相觑。燕子小声说：“难道他们要把咱们带到内蒙去？”

老方摇头：“这趟车是从包头开出来的。”

“那是去哪儿？”

“那就不知道了。这趟车会经过北京。要真是回北京，那就好办了。”

“你担心他们不是真警察？”

“谁知道！唉！都怪我！今天进厂，实在是太冒险了！”

“先别后悔了。咱们得仔细琢磨琢磨，厂子里的人是怎么看穿咱们的？”

“我也纳闷啊，本来都放咱们走了，怎么又突然追出来？不过我倒是觉得，”老方指指门，“这帮人和工厂里的肯定不是一拨儿的。”

列车突然晃了一下。老方低声说：“开车了！”

“他们怎么还没进来？”燕子问。

老方和燕子交换了一个眼色，两人各自拿自己的行李。

燕子说："护照和钱包都在包里呢！两个手机也都在！"

老方说："我手机也在，身份证也在呢。那些名片居然都在，我的数码相机也在！不过…… 不过相机里的内存卡没了！"

燕子的手机突然响了起来。

"上车了吗？"

高翔的声音，好像冬夜里的一杯热茶。

"上了。"

"那就好了！"

"那些便衣警察，是你找的人？"

"别问了，我得挂了。记住，把包厢门锁好，不要给任何人开门。这趟车明天早晨7点到北京南站，到北京你们就安全了。一定记住！"

列车缓缓驶出站台。门外毫无动静。老方起身要去拉门，燕子轻声说："不用看了。他们早走了。"

.54

星期三一大早，Linda自作主张地买了一杯嘉里中心的咖啡。Steve刚从美国回来，肯定有时差。眼看要到年底评估了。

Linda推开公司的玻璃大门，迎面遇上老方，一手拉着拉杆箱，另一只手拿着他的大号茶杯。

老方昂首挺胸的，好像Linda根本不存在。Linda有些纳闷，还有些不平衡。

以前总是她假装没看见老方的笑脸，这回老方居然没给她机会。

可今天最让 Linda 诧异的，却并非老方。

Tina 拿着咖啡走进办公大厅。Steve 办公室的门居然开着。Steve 正铁青着脸，坐在办公桌后面。

他的脸色好难看！

倒不是说他平时脸色有多好，但 Linda 实在没见过他把脸拉这么长。那低头站在他面前的人是谁?

居然是 Yan！她不是 Steve 的红人么？她也有得罪 Steve 的一天?

Linda 还想往办公室里多看两眼。Steve 没给她机会。他起身绕过桌子和 Yan，把办公室的门“啪”地关上了。

.55

“我知道你想说什么。”Steve 站在燕子背后说。

“是我派老方去的。”

Steve 转到燕子面前，瞪眼看着她 :“你听好了，这回不管用了。他已经被解雇了。”

“可是……”

“没什么可是。你要是不满意，你也请便。”

燕子低着头，悠悠地转身。

“就算你一走了之，老方也还是失业了。”

“那我该怎么办？”燕子低声问。

“你现在倒问起我了？你自作主张，让调查师冒险去做实地调查，得到过我批准了吗？调查师被捕，你通报我了吗？你去山西，擅自以公司的名义和警察交涉，得到过我批准了吗？出了这么大的问题，你还纵容老方，再次冒险，把自己和同事都置身于危险之中，你得到过我批准了吗？”

燕子咬住嘴唇，看着地板。Steve 明亮的皮鞋在地板上来回了几步。

“项目没有一点进展，转身就想走？可真有本事！”

“也有些新的发现。”燕子说，“大同永鑫以前叫万沅机械厂，2007 年改制，叶永福接手成了新股东，装模作样地买了点儿地，增盖了几间车间，把不能用的破机器搬进去滥竽充数，找了个验资公司做假账，把不到一千万人民币的财产验成三亿，然后转手卖给香港怡乐集团。叶永福在万沅一手遮天，和当地政府勾结，连警察都能听他的，香港怡乐集团里很可能有内奸。这些都是老方通过实地调查发现的。老方绝对是个一流的……”

“证据呢？”Steve 打断燕子。

燕子一愣。

“你说大同永鑫的实际资产不到一千万。厂房的照片呢？设备的照片呢？你说叶永福是大同永鑫的原始股东，持股证明呢？他占的股份有多少？你说叶永福和当地政府勾结，和谁勾结？那位政府官员在大同永鑫里有股份么？持股的证据呢？你说香港怡乐集团有内奸，谁是内奸？董事长还是其他董事？他怎么从中谋利了？你的证据在哪儿？”

燕子哑口无言。

“没本事还想充英雄？告诉你，老方被解雇，你有很大责任。有本事你把证据都找出来，证明老方这趟实地调查没白去。你有这个本事么？”

Steve 紧盯着燕子。事已至此，唯有背水一战。燕子把头一仰：“我还有十天时间，对吧？”

“好。我就给你十天时间。到下周五，如果你能找得出证据，我就把老方请回来。你要是不能，就请你一起走人！”

“一言为定！”

燕子看着 Steve，目不转睛。

.56

“别叫啊！千万别叫。我现在连上吊的心都有，你千万别刺激我。”

燕子伸手挡在 Tina 嘴前。Tina 伸了伸脖子，好像囫囵吞了一颗核桃：“哇赛！这才是真正的实地调查啊！可真够惊险的！不过……”Tina 朝 Steve 办公室努努嘴，“他当场就立马让老方走人？”

燕子点点头。

“够绝的啊！”Tina 倒吸一口凉气，“按说你们也发现了不少东西了啊！”

“可我们没有确凿的证据。”燕子一把拉起 Tina 的手，“Tina，你得帮帮我。咱们得帮帮老方。真的！他要是没工作，全家都活不下去了。”

Tina 用力点头：“嗯！没问题！呵呵，你这么义气，军令状都能跟老板立，咱还有什么可说的！老娘豁出去了，死也把这项目做出来！说吧，让我做什么？”

“看你说的，呵呵，就跟让你当刘胡兰似的。用不着英勇就义，先帮我整理整理思路，我脑子有点儿乱。”

“啊，你比我有脑子多了，还让我整理思路！要不然，我帮你‘马沙棘’[5]下先？”

燕子笑着抵挡 Tina 的手：“千万别！再‘马’我就散架了。你就安安稳稳地听我说，看看有没有什么问题？”

“嗯，你说。”Tina 坐在桌沿上。

“我觉得当前最关键的，还是要先弄清楚大同永鑫在被香港怡乐集团收购之前的实际的控制人是谁。”

燕子把她画的草图拿出来：

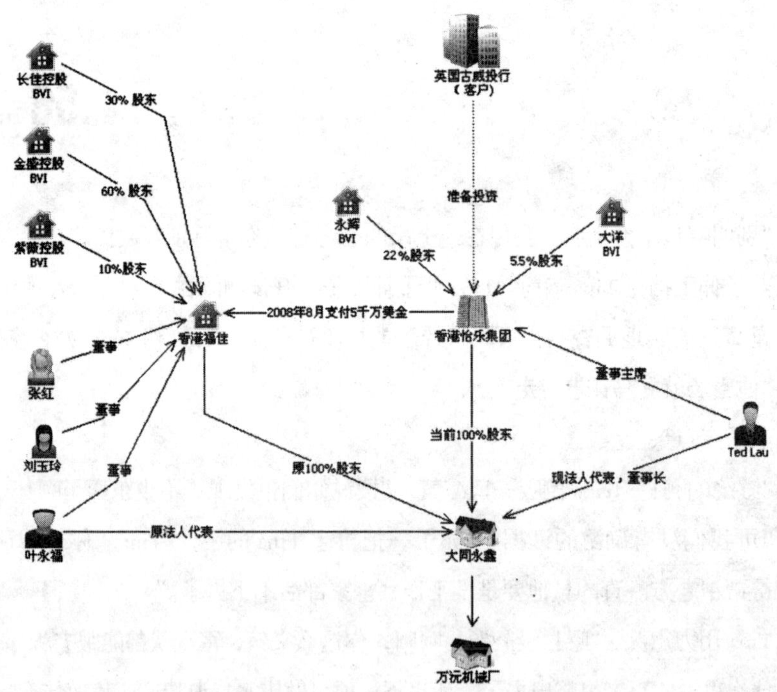

“也就是说，要弄清楚长佳、金盛和紫薇的股东都是谁。叶永福肯定是其中之一。除他以外，香港福佳还有另外两名董事，张红和刘玉玲，这俩人也和三家公

[5] massage，按摩之意。

司有关。另外呢，得找到大同永鑫的原始控制人和香港怡乐集团之间的关系。这个收购存在虚假验资，应该是个里应外合的买卖。”

“嗯，那咱们该怎么办呢？”Tina皱着眉头问。

燕子沉思了片刻：

“我觉得咱们得先分三步走：第一，先弄清楚叶永福的背景，看看他都跟谁比较近，特别是有生意上的接触的；第二，查查看张红和刘玉玲到底是谁；第三，就是研究研究香港怡乐集团的董事们，尤其是那个董事长Ted Lau，看看他和叶永福或者大同永鑫的其他初始股东能不能挂上钩。你觉得有问题么？”

“行啊你！还说自己脑子乱，我看你比谁都清楚！不过这每一步具体该怎么做呢？”

“叶永福的背景，老方说可以找山西的熟人帮忙打听。”

“嗯。那张红和刘玉玲呢？名字太普通了，没法儿筛选啊！”

“没关系，咱们耐心多试几个关键词。上次老方不是启发过咱们么，呵呵，不能怕烦，得多动脑筋。这样吧，咱俩一人分一个，我查张红，你查刘玉玲，看谁先找到线索。”

“好啊！呵呵，想跟我比赛！决不能输给你，加油加油！呵呵！”

“至于香港怡乐集团的Ted Lau，我以前也大概搜过，媒体信息不多，就说他是英籍华人，太太是英国人，和儿子住在伦敦。你帮我再搜搜香港的媒体和交易所数据库，看看有没有漏掉什么。香港的数据库你比较熟。”

“没问题！你就看我的吧！”Tina摩拳擦掌，“那这三步都做完了以后，咱们下面该干什么呢？”

“下面……”燕子迟疑道，“下面的就难了。得找到白纸黑字的证据。不过现在最重要的，是弄清事实，然后再想如何收集证据。”

“嗯。”Tina点点头，“大同永鑫的那些设备，你们拍照了吗？”

“拍是拍了，可相机的内存被那几个便衣拿走了，不然的话，照片就是证据。”

“那位把你们从山西弄出来的朋友呢？他路子好像挺野啊，能不能让他帮忙把相机的内存要回来？”

燕子没吭声。她还应该再见高翔么？她打了他。他救了她。他们之间还能有什么？老谭悄无声息地回芝加哥去了，临走前做好了早饭。她在 GRE 的前途，难道有那么重要？

原来生活就是一锅粥，比“晚餐”糊涂多了。

.57

张红的确是个太普通的名字。

在百度里键入“张红”，有 2,670,000 条搜索结果；在 google 里，则有 553,000 条。

燕子再搜“张红”+“山西”，有 280,000 条结果。逐一看一遍，起码也得一个多月。

再搜“张红”+“万沅”：只有 6 条，没有相关的。

“张红”+“长佳控股”：一条结果都没有。

燕子继续变换着花样：“张红”+“金盛”；“张红”+“紫薇”；“张红”+“福佳”；“张红”+“永鑫”；“张红”+“梨山镇”；“张红”+“煤矿机械”；“张红”+“叶永福”；“张红”+“县领导”……

转眼两小时过去了。眼酸肩痛，依然毫无结果。Tina 在旁边叫：“晕哪！该死的诉讼记录！Ted Lau 有好几百条，也不知哪些是目标的，哪些是重名重姓的，哎呀我受不了了，香港人写的英语看多了要死人，我现在要改查刘玉玲了！”

燕子侧目去看 Tina。Tina 正在键盘上狂敲。燕子的目光再回到屏幕上，分明看见自己把“张红”+“紫薇”打成了“zhanghong”+“紫薇”。这个组合是不是已经查过了？而且输入也不正确。小手指却带着惯性，“回车”已经打下去了。

燕子索性靠在椅背上，闭上眼，等待百度打开没用的一页。

Tina 却突然一声惨叫：“天哪！这可叫人怎么活啊！你知道吗？好莱坞那个亚裔明星，Lucy Liu？”

“知道啊，她挺红的，怎么了？”

燕子一斜眼。Tina 的银屏上尽是 Lucy Liu 的照片。

“她也叫刘玉玲！百度上有七十万条结果！”

“呵呵，那也比我这个张红强，两百多万条呢！”

燕子凑到 Tina 身边，看她一页一页浏览 Lucy Liu 的照片。

“其实要按中国人的审美，她算不上漂亮吧？”Tina 边看边说。

“老外就喜欢这样的。大眼睛双眼皮之类的，老外不感兴趣。”

“哈！那你在美国不是很吃亏？咦？她这张照片眼睛怎么突然变大了，而且好像还年轻了好多？难道做手术了？”

Tina 指着百度照片里的一张。

“让我看看。这不是 Lucy Liu 吧？点进去看看？”

Tina 手指轻摁鼠标，弹出一个新窗口。是个博客。

博主姓名：刘玉玲，生日：1988 年 12 月 1 日。博客首页，是 2008 年 8 月的一篇博文：

“今天到纽约了。在美国的大学生活就要开始了。看这些摩天大厦，简直比北京高多了。不过和帝国大厦比起来，我更喜欢白金汉宫和大笨钟，可惜爸爸坚持不让我去英国，他非说英国的学校没有美国的好，真不知道那牛津和剑桥算什么。唉！也许不该抱怨，想想以前的同学们，还有不少人现在还留在大同呢，那地方比纽约起码要落后一百年吧……”

“她是大同的！”

燕子和 Tina 异口同声道。

“我现在就打电话，提取 1988 年 12 月 1 号出生的刘玉玲的户籍！”

燕子直奔电话机。叫“刘玉玲”的人再多，有了生日和照片，调户籍已非大海捞针。所谓户籍，就是户口本里的信息。刘玉玲二十出头，拿到她的户籍，她的父母或许就一目了然。谁也不会相信，一个二十出头的女孩，会成为大同永鑫的控制人，香港福佳的董事。真正的幕后控制人，很可能就是她的家长。

燕子心中一阵兴奋。两个董事里已经找到了一个。可“张红”又该怎么办呢？

燕子坐回自己的座位上。屏幕上密密麻麻的搜索结果，居然没有“张红”两个字。她这才想起来，刚才输入有误，用的是“zhanghong”和“紫薇”。

燕子把鼠标直奔搜索框，苦思着到底还能用什么关键词。就在她马上要点击“搜索”时，眼睛的余光中，却似乎有些什么引起她的注意。

燕子定睛一看：

“本楼主题：一年新奔驰 S350L 紫薇妹妹 个人积分：4,455 帖子总数：23 精华贴数：0 图片总数：0 奔驰 S350L 升级版，上牌时间：2008 年 11 月德国进口，因本人出国定居，忍痛出售爱车，别的不多说了，看照片吧！有意者发邮件：zhanghong11111@163.com 或 QQ 1352563324。”

难道这个发广告的紫薇妹妹，真名叫张红？

燕子忙把“紫薇妹妹”在论坛里发的帖子统统搜出来，一帖一帖查看。看到第五个帖子。有人在论坛里问：

“准备开车去大同，要多长时间，走哪条高速？”

“紫薇妹妹”回帖：

“走八达岭高速，到大同四个半小时。不过我老公有一次只用了不到四个小时。他在大同附近上班，每周末开车来北京看我。”

燕子又打开一帖。楼主问：

“买二手房，有没有办法避税？”

“紫薇妹妹”回帖：

“可以在英属处女岛注册一个公司，把房子放在那个公司名下。以后卖房子就可以直接卖英属处女岛的公司，就不用在中国交税了。”

楼主回帖：

“紫薇美眉好厉害哦！什么都知道。”

紫薇妹妹：

“嘻嘻，是俺老公告诉俺的。他对做生意的事情比较在行啦！他就在英属处女岛注册了一家公司，用我的名字命名的哦！”

燕子几乎要从座位上跳起来。

“紫薇妹妹”难道就是香港福佳的董事张红？“紫薇妹妹”的老公，难道就是紫薇控股的实际控制人？

但这些“难道”到底是不是事实？“紫薇妹妹”的“老公”是谁？在不在万沅？做什么工作？帖子里并没有“紫薇妹妹”的生日或身份证号码。全中国叫张红的人恐怕比刘玉玲还多好多倍，户籍终究是查不到的。

燕子又反复看了看那几个帖子，微微一笑。

.58

以地理位置而言，沅鑫洗浴中心在万沅县城的最中央。这里很久以前曾经是县文化馆，是全县的文娱活动中心。80年代后期，文化馆的主要功能变成电影院。90年代，叶老三承包了电影院，改成歌舞厅。然而万沅的老板们越来越发达，歌舞厅的生意反而越来越清淡。万沅的富二代开始转战北京、上海甚至是伦敦悉尼的夜总会。

21世纪，叶老板把歌舞厅改成洗浴中心，市场定位也从年轻人转移成各年龄段，提供的服务则从“摸小手”变成了解决根本的生理需求，生意立刻分外红火。洗浴中心虽然荤素都有，但装潢却好像一座庙，各路神仙菩萨低头不见抬头见，整座楼里烟雾缭绕，背景音乐是童声合唱的大悲咒。偶尔出现一两位膀大腰圆满脸横肉的人，也不知到底是吃斋念佛的，还是打家劫舍的。

沅鑫洗浴一共有三层。一层是浴池桑拿自助餐，二层是普通包房，三层则是VIP包房。在VIP包房里，有一间顶级VIP包房，两百八十平米，装修和大厦整体风格大相径庭。锦被丝褥，幔帐纱帷，好像皇帝的卧室，加上几路神仙和香火。中午时分，顶极包房里坐着三个中年男人，穿着浴袍，趿着拖鞋，吐着烟圈儿。

其中一个肥头大耳的光头，如果和门口的弥勒佛摆在一起，简直就是兄弟俩。光头说：“老刘，来了还不让找几个小妹来捏捏膀子，妈的，咱还真就洗个澡啊！”

另一个三十多岁戴眼镜的男人回答：“叶哥，刘总把咱们叫来，肯定有要事相商，怕别的地方不方便。是不是，刘总？”

眼镜男把头转向第三个男人。那人五十出头，马脸，鱼泡眼，眉间刀刻般的两道竖纹。马脸叹气道：“是啊，最近我有种不好的预感，总觉得有可能会出问题。”

“哎呀我说老刘啊！能出什么问题？我叶老三在万沅混了多少年了？这地方天上的神仙、地下的小鬼有哪个咱搞不定的？这梨山机械厂算个啥？更大的生意你老刘也做过，更猛的买卖我叶老三也接过，就这么一个小屁工厂，他妈的没死一个人，有个屁可担心的？”

光头胖子挥舞着烟头，在空中画着圈。

“老叶，我就是担心在这小河沟里翻了船。昨天混进厂里那两个人，是GRE的人。你知道GRE是干什么的吗？那可是全世界有名的调查公司。”

“嘿！我说老刘，你没开玩笑吧？就那两位，还什么世界有名的调查公司？我看顶多就两小记者。”

光头把眼睛眯缝起来，向空中吐了个烟圈。

“我的消息绝对可靠。我是有内线的。”

“要不然，我派俩兄弟，到北京去把那俩杂种干了？”

光头胖子迎空一砍，震落一大截子烟灰。

“那有个屁用？他们早回到公司了。你能把公司里的人都干了？GRE是专门调查商业欺诈的，不知道是谁盯上咱们了！”

马脸的两条眉毛眼看就要绕过两道沟，在脑门子中间相会。

“嗨！还能有谁啊？无非就那几个他妈的洋鬼子投资人呗！他们乐意买股票，买股票就是赌博，他妈的谁能保证赚钱？如今哪个上市公司没有猫腻？还别说他没查出什么来，就算他真的查出来了，又能怎么样？公安局听他的，还是法院听？就算到了他妈的太原、北京，也未必能把老子怎么样。”

胖秃用力挥舞手臂。如果空中挂着一只鼓，此刻早就被他敲破了。

“我担心的就是这个！昨天为什么那么巧？省里的领导早不视察，晚不视察，偏偏等调查师进了厂，就说要来视察？而且偏偏就赶个正着，把人带走了？”

马脸扭头问戴眼镜的男人：“黄秘书，你查了没有？昨天那辆警车的牌照，是哪里的？”

“查了，的确是省公安厅的车。昨天下午也的确有个省发改委的领导在大同。不过没打听到那一男一女的下落。省局的人都说没听说过，我也不方便多问，毕竟这厂子里的事，本来就不该我知道。”

眼镜男面露难色。

“老刘啊！你在外国混了几年，怎么变得这么婆婆妈妈的！万沅地处交通要道，天天有领导路过、视察。他妈的有人孝敬，干吗不视察？是不是，小黄？啊，呵呵，你回去问问周县长，喜欢不喜欢到咱厂里来视察？顺便到县城里来洗个澡，美不美？他妈的，哈哈，哈哈哈！”

光头朝着眼镜男挤挤眼。

眼镜男尴尬地笑了笑。马脸在一边低声叫：“老叶！”

“哈哈，说错话了，咱们县长可是清官，和咱这种不清不楚的人没来往！呵呵，他妈的！还真不知道省里有啥可怕的，不就新上来一省长么？给老子两年，不叫他省长也到咱沅鑫洗浴来美一美，咱就不姓叶！哈哈！哈哈哈……”

“老叶！”

马脸又低吼了一声。胖秃子好歹把笑声收住了。瘦子说：“我们还是要谨慎些，老叶，最近厂里得加派人手，看严一些，你那些别的生意，都收敛些。再坚持两年，风头过了，你再把这厂子买回来，那时候就不怕了。”

马脸扭头问眼镜男：“黄秘书，县工商局怎么样？”

“没问题。局长拍了胸脯的，只要不是中央派人来要，机械厂的档案谁也拿不走！”

“那就好，哦！还有你那辆奔驰车，解决了没有？”

“我老婆正卖着呢。”

光头胖子忍不住插话：“不就一辆车么，又不是房子不是地，而且还在他老婆名下，有什么可大惊小怪的？他老婆不是已经搬到香港去了？”

马脸沉吟片刻：“还是卖了吧，保险些。黄秘书，就委屈你太太了！”

眼镜男忙说：“呵呵，无所谓了，反正她也用不上。她现在住在香港，天天上街买东西，美还美不过来呢。”

“女人！就他妈一个字，钱！哈哈哈，哈哈哈！”

光头胖子又哈哈笑起来，头顶的丝绸幔帐跟着一起颤悠。

.59

香港中环，半山的一座小公寓。

黄太太正坐在书房里，看着电脑屏幕发呆。

黄太太没去逛街，她想去去不了，女儿醒了看不见她要哭。女儿哭了保姆会打小报告。婆婆远在山西，也知道儿媳妇如何不称职。

一岁半的女儿刚睡着，佣人也在睡午觉，偏偏她睡不着。她还不如佣人能享福。

小公寓好像个金丝鸟笼子，身个懒腰也能顶到房梁。北京有大别墅，出门有奔驰车。可香港不是北京。中环八十平米的小公寓，已经比大别墅还贵了。黄先生毕竟不是李嘉诚，只是个县长秘书。县城里若不是有煤矿，到现在还是全国贫困县。黄太太只能屈尊在这小公寓里。

香港是个好地方，可黄太太来的不是时候。三个月的身孕，逛街也得小心翼翼。要不是为了黄家的“香火”，她才不受这个罪。县长的秘书总不能违反计划生育政策。还不到二十五，眼看要成两个孩子的娘，嫁给有钱人也有坏处。以前在酒店工作多自在，吃饭唱歌跳舞泡酒吧。如今关在金笼子里，除了看电视就只能上网。上网有什么意思？这大中午的，该吃饭的吃饭，该睡觉的睡觉，该上班的上班，谁有心思陪她聊天？

黄太太打了个哈欠。

电脑“叽叽”叫了两声。有个叫“Lily”的申请加她的QQ，并在提示语里留言：“你好，想买车。”

黄太太忙接受了邀请。买不买车无所谓。聊聊天也不错。

Lily：“你好！请问是紫薇妹妹吗？”

紫薇妹妹：“嗯。你是在论坛里看到我的卖车广告吗？”

Lily：“是啊！你要卖车吗？”

紫薇妹妹：“嗯。我搬到香港来了，车就用不上了。”

Lily：“哦，是这样啊，请问你的车开了多少公里了？”

紫薇妹妹：“08年年底刚买的，不到1W公里。”

Lily：“卖多少钱？”

紫薇妹妹：“120W。”

Lily：“能再便宜点吗？”

紫薇妹妹：“这我不能做主，得问问我老公。你打算花多少钱？”

Lily：“不是我买，我有个好朋友下周从美国回来，他要买车，让我帮他看看。这样吧，我让你直接跟他联系？”

紫薇妹妹：“好的。”

Lily：“请问您怎么称呼？”

紫薇妹妹：“我姓张。您怎么称呼？”

Lily：“我姓唐，唐丽丽。”

紫薇妹妹：“你好，丽丽。”

Lily：“你好，张太太！”

紫薇妹妹：“呵呵。”

Lily：“你在香港工作？”

紫薇妹妹：“没。”

Lily："你是全职太太？"

紫薇妹妹："暂时是的，以后可能会找点事做。"

Lily："全职太太多好啊！呵呵！"

紫薇妹妹："很无聊的。我在等我的小宝贝出生呢。"

Lily："啊！要做妈妈了啊！好幸福哦！很兴奋吧？"

紫薇妹妹："我已经有一个女儿了。这是第二个呢。要不然也不会到香港来生。"

Lily："哈哈！马上就要有两个宝贝了啊！你老公一定特别爱你，每天围着你转吧？"

紫薇妹妹："才没有呢，我一个人在香港，他在国内呢。"

Lily："啊！他怎么没在你身边陪你？"

紫薇妹妹："他要工作，没办法了。"

Lily："那还挺难受的，不过为了赚钱，也只好忍一忍了。"

紫薇妹妹："赚啥钱啊，他是公务员。"

Lily："他是领导吧！呵呵。"

紫薇妹妹："不是。他是跟班的。"

Lily："哈！我不信。跟班的能买奔驰车？你逗我吧？"

紫薇妹妹："真的，他是县长秘书。呵呵，不过他比较能干了。"

Lily："是啊，那他自己肯定还做生意吧？"

紫薇妹妹："嗯。"

Lily："怪不得了！大老板呢。呵呵。"

紫薇妹妹："也不算啦，其实是帮着领导弄的。只是领导不能直接，呵呵。"

Lily："噢，呵呵。既然他直接出面，那他就是老板。"

紫薇妹妹："其实他也没直接出面呢。公司用的是我的名字。"

Lily："哇！那你是老板！呵呵，我舅舅也是公务员，有好多机会做生意，可他胆小，不敢注册公司。有人建议他用我舅妈的名义注册，他都不敢，说会被查出来的。"

紫薇妹妹："不要在中国注册。可以到英属处女岛，那里注册查不出股东。呵呵。"

Lily："真的？？"

紫薇妹妹："当然。我们的公司就是在那里注册的。"

Lily："太好了！我去告诉我舅舅！太谢谢你啦！"

紫薇妹妹："我也不懂了。听我老公说是这样的。"

Lily："呵呵。"

Lily："哇哇哇！我看见你的照片了！！就在你QQ的空间里，是你家的合影吧？你太漂亮啦！！还这么年轻！！你女儿好可爱啊！真的，你是怎么保养的？"

黄太太随手点开自己的QQ空间，浏览里面的照片。

紫薇妹妹："呵呵，没有啦，就是年轻而已。我比我老公小十岁呢。"

Lily："真的？看不出来呢。你老公也很帅啊！"

紫薇妹妹："呵呵。"

Lily："真羡慕你啊！我也想生宝宝，可惜现在没条件。你看上去真年轻！这么小就做妈妈啦？我猜你是86年的。"

紫薇妹妹："你真会说话。我是83年的。"

Lily："真的？我也是83年的！你是哪个月的？"

紫薇妹妹："8月的。"

Lily："天啊！！简直太巧了，我也是8月的！你哪天？"

紫薇妹妹："8月29。"

Lily:“哈哈！你比我大一天！我30号的！”

紫薇妹妹:“不会吧，8月的还比我小？”

Lily:“是啊，呵呵，不过你太漂亮了，我要是有你一半漂亮就好了。”

紫薇妹妹:“你一定在谦虚。”

Lily:“真的，不是呢。看你眼睛多大，皮肤那么好，太美了。和你的名字很般配呢！”

紫薇妹妹:“呵呵，我也很喜欢我这个名字。”

Lily:“真的很好听！我打算在淘宝网上开个小店，正在发愁用什么名字呢！可惜我不叫紫薇，不然我就给我的小店起名叫紫薇小店，多好听啊！呵呵。”

紫薇妹妹:“我的公司就叫紫薇。”

Lily:“真的啊！握手握手！英雄所见略同！紫薇集团？很别致很好听的名字啊！”

紫薇妹妹:“呵呵，是紫薇控股。”

Lily:“呵呵，比集团好听。不过，用你的名字你老公放心吗？”

紫薇妹妹:“这有什么。紫薇只不过是我的网名，又不是真名。他单位没人知道。”

Lily:“哈，原来如此！我还以为你叫张紫薇呢，呵呵。”

紫薇妹妹:“没有啦，我名字很俗的。”

Lily:“肯定没我的更俗。呵呵。我得去买菜了，回头我让我朋友加你QQ。”

紫薇妹妹:“好的。你真厉害，还会做饭。”

Lily:“哈哈，都是在美国念书时练的。88，美女！！”

紫薇妹妹:“嗯。88！”

黄太太关了QQ窗口，伸了个懒腰，心里突然有点小小的不安。一转念:又没透露自己和老公的名字，就连山西都没提。全国那么多个县，有多少个县长秘书在开公司?

黄太太放心了。

.60

燕子拨通服务提供商的号码：

“你好，我是 GRE 的 Yan，项目名称是 Dinner。请调取张红的户籍。女性，弓长张，红旗的红…… 我知道这名字太普通，我也没她的身份证号，不过，我有她的生日：1983 年 8 月 29 日。同一天出生的张红，恐怕没几个吧？”

“张红的生日查出来了？”Tina 在一边吃惊地问。

燕子挂断电话。

“不光生日，我还知道她老公很有可能是万沅县县长的秘书。还有，紫薇控股是以张红的名义注册的，但公司的实际受益人是万沅县县长。”

“天啊！！天啊，你怎么查出来的？”

Tina 张嘴瞪眼，好像要把眼珠子鼓出来，再用嘴接住。

“秘密。”

燕子微微一笑，关了电脑。

“切，切切切！还跟我保密。你穿外套干吗？你去哪儿啊你？这还上班呢！”

“今天我提前下班。呵呵，我去看看老方，然后回家睡觉！”

“你没发烧吧？才三点就下班？你不怕这周的有效工时都被扣光了？”

“有效工时？呵呵，”燕子拿起皮包，“让它见鬼去吧！”

.61

燕子去银行取了一万块钱，直奔友谊医院。

老方的儿子情况稳定，不久就能出院。燕子没在医院多待，老方送她往外走。

在走廊里，燕子把钱掏出来递给老方。老方后退了半步："这钱我不该接的，上次欠的还不知道什么时候能还上。"

燕子把钱硬塞进老方手里："这个项目我是 case manager，出了问题本来就该我负责。Steve 不该把责任都推到你身上。"

老方叹了口气："嗨！怎么不怪我啊，你还不是让我撺掇的。再说了，他炒我也不光是因为这次行动…… 嗨！反正也是迟早的事儿。"

"如果不让你回去，那我也不干了。"

"那何苦呢！这大下午的你跑到医院来，难道……"

"没有。我没辞职。不过我跟 Steve 说好了。如果这个项目做出来，他就让你回去上班。如果做不出来，那我也走人。"

"这…… 这……让我说什么好啊！唉！"

老方搓着手，全然不像以往的老方。

"哈哈，老方啊，居然也有你不知说啥的时候！"燕子拉住老方的胳膊，"真没关系的，其实这工作有没有，对我也无所谓。"

"你不缺钱，这是人就能看出来。可我知道你是真的打算干出点儿什么，不是随便找点事儿玩玩，而且 Steve 的确很器重你。你真的挺聪明，的确是干调查的材料，在 GRE 肯定有发展。而我呢，本来就是个没用的人，吃闲饭的，而且又上年纪了，你犯不着为了我牺牲自己的前途啊！"

"干吗把自己说的那么没用？这次去山西，我可真见识你的本事了！比电影明星厉害多了！呵呵，对了，还有您那凌空一脚，简直帅呆了！我看要真说实地调查，GRE 没几个调查师能比得上你。"

"嗨！那又有什么用！还不是什么证据也没拿到？我还真纳了闷儿了，难道他们能掐会算？"老方皱起眉头，"我觉得咱们身边肯定有内鬼。我一到万沅，第二天一早就被人关起来，这说明内鬼知道我要去，而且知道我姓方；后来咱俩一起进厂，像他们那样的厂子，经常有人去参观的。我化了妆，应该不会被看出来，所以我觉得这次多半是因为你。也就是说，那个内鬼不光知道我去了万沅，他还知道你也去了万沅！"

燕子点点头，也把眉头皱起来。谁既知道老方去山西，又知道燕子也去了山西？

难道是高翔？！

不正是高翔让燕子去的山西？除了高翔，根本没有第二个人知道。就连 Tina 她都没来得及通知！

而且，在小城餐厅，她的确提到打算派人去山西做实地调查。可她不记得，到底有没有提过"老方"二字。她早就习惯了这个称谓，或许自然而然地随口而出？

高翔的会计公司专门替人排忧解难，靠的就是关系人脉。难道他和大同永鑫的老板们也有关系？难道他们是一丘之貉？

难道高翔利用了她？

一阵凉意，来自骨髓深处。

既然如此，他为何又要救她？为了顾及往日情分？还是为了进一步赢得信任，以便日后进一步利用？不然的话，那些便衣为何别的都不拿，偏偏拿走老方的相机内存？

因为那是唯一的证据！

泪水已到眼眶，燕子拼命忍住。既然如此，那就走着瞧吧！

"Yan？"

老方低声叫。燕子如梦初醒，微微一笑：

"老方，你得帮帮我，好让咱们都留在 GRE。"

“当然！呵呵，瞧你说的，这不是主要是帮我自己么。你说吧，需要我干什么？”

“你不是说在万沅有熟人？能不能先帮我打听一下叶永福的背景？看看他最近跟谁来往比较多？”

“成！呵呵，我回去就……”

老方突然一愣，直直望向燕子背后。

燕子回头张望。住院楼大门就在眼前。门外是停车场，再往外是马路，车水马龙。看不出有何异常。

“怎么了？”

老方皱眉：

“刚才看见一个人，好像在哪儿见过…… 嗨！算了！想不起来了！”老方摇头苦笑，“果然老了，呵呵，干不了调查了！”

“得了吧，你还年轻着呢。呵呵，我可还指望你呢！”

燕子转身走向停车场。

她突然想起老谭，把围巾围在她脖子上。

她突然非常想念他。

.62

三四点的阳光，歪歪斜斜地穿透车窗。一年又快到尽头了。

时间总是不留情面。随随便便的，就把一切都带走了，就像这黄昏的斜阳。

只有傻子才会相信，过去的并没有过去。它还留在谁心里。

燕子手中的方向盘，结实而冰冷。她轻轻抚摸着它，就像当年，她轻轻抚摸那张被碎玻璃割伤的英俊的脸。

绿灯闪烁后熄灭，红灯紧接着亮起来。人群匆匆走过。

燕子轻轻闭上眼。她努力把他从心里赶走。

一滴泪，悄然地落在她胸前。

.63

燕子推开家门。有一种久违的感觉，尽管她只离开了不到三天。

三天前，这里除了她，还有老谭。

燕子扔了皮包，脱了鞋，光着脚上楼。她想趴倒在床上，不再起来。

床头柜上，却赫然放着一张纸。纸上歪歪扭扭的几行字：

“阿燕，我回芝加哥了。我知道你并不需要我，我在这里是多余的，只会和你吵架，让你难过。我走了，希望你能快乐一些。早餐在桌子上，牛奶在微波炉里。你要记得喝汤，汤料在橱柜里，干洗店里还有三件你的大衣，明天就可以取了。天冷了，出门要多穿一些。棕色的皮鞋鞋跟松了，要修过才能穿。”

燕子跳下床，赤脚跑进客厅。

电视关着，沙发空着。窗外夕阳西下。

其实燕子知道，信已在床头放了几天了。只是那天早晨，她醒来之后，过于匆忙地跑出卧室，没看见而已。

燕子站在客厅中央。头顶的水晶吊灯渐渐模糊，变成白花花的一团。好像十年前在机场，挥别父母时的感觉。

燕子快步走到电话机旁，按下芝加哥家里的号码。

铃声响过五遍，换作电话留言。燕子挂断电话，又拨老谭在美国的手机。铃声却根本没响。提示音用英语说：

“对不起，您所拨打的电话已关机。”

燕子看看表。北京时间下午五点。芝加哥是凌晨三点。老谭昨天就回到芝加哥了。但餐厅的活儿累。他又有时差，此刻也许睡熟了。燕子轻轻放下电话，好像生怕把一万公里以外的老谭吵醒了。

隐约的铃声却从楼下传来。

燕子飞奔下楼，从皮包里摸出手机。

“我想起来了！”老方在电话里兴奋地叫。

“想起什么来了？”

“想起那个人是谁了！”

“哪个人？你刚才在医院门口看见的那个人？”

“是的！我真的见过他！上次你从斐济回来，我去机场接你，在机场见过他！他跟你坐同一趟航班的！”

“真的？你不会记错吧？机场那么多人……”

燕子半信半疑。

“要在一般人，肯定不会记得。但我干调查干了这么多年了，对人脸过目不忘的功夫还是有的！”

“那人长什么样？”

“中年男人，四十出头吧也就，有点儿胖，留着寸头……”

员工餐厅和簋街饭馆，飞速滑过燕子脑海。

难道是他？

“可能我以前也见过他！”

“他会不会是跟踪你的？”

“不知道。”

燕子抬头四望。天马上就要黑了。窗外树立着很多黑乎乎的影子，好像身材怪异的巨人，正默然向着房子里张望。

“应该不是山西那伙人呀？不然不会那么早就盯上你。那会儿你不是还没开始做‘晚餐’呢！”

燕子也皱眉沉思。又能是谁呢？那些匿名的短信，到底又是谁发的？跳楼的财务总管？可跟踪在先，跳楼在后。难道另有他人？

“总之，你小心吧！晚上别出门，把门窗都锁好。”老方很认真，丝毫没有平常调侃的语气，“噢，对了，我已经找人去打听姓叶的了，明天应该就有消息。”

燕子把所有门窗检查了一遍，上楼走进卧室，把房门反锁了，拉上窗帘。

燕子和衣躺倒在床上。没过几秒，就沉沉地睡去。

芝加哥。微微散发着腐败气息的小公寓。燕子躺在小床上，书包扔在床边，工作服还穿在身上，她没力气脱，她根本没力气把眼睛睁开。午夜将近，今晚的“自习”尚未开始。警笛由远而近。那声音她早就听习惯了，警笛却得寸进尺，那警车仿佛眼看就要开进耳朵里……

燕子醒过来。床头的电话座机，铃声大作。

燕子抓起听筒：“你好！”

电话那端却一片沉默。

“喂？ Hello？有人吗？”

电话里依然沉默。燕子却听见对方的呼吸声。

“说话啊！你是谁？”

依然是沉默。呼吸声音却更清晰。

燕子“啪”地挂断电话。睡意全无。

四周漆黑一团。窗帘缝隙中渗着极微弱的光，好像绷带下的血迹。燕子背后升起一丝凉意。

电话铃声又响起来。

黑暗中，电话机犹如一只小怪兽，屈身趴在床头，伸长了脖子。

燕子踌躇了片刻，一把抓起听筒：“你到底是谁？”

“阿燕？是我。你怎么了？”老谭的声音疲惫而沙哑。

“是你！”燕子长出一口气，“刚才为什么不说话？”

“什么刚才？”

“就不到一分钟前，我接到个电话，没人讲话，不是你打的？”

“不是我啊，我才第一次拨给你。有人打给你却不说话？到底发生了什么？”

“没什么，也许是打错了。”

燕子了解老谭的脾气，山西的事情万万不能让他知道。她岔开话题：“你起床了？我刚才给你打过电话，你没接。”

老谭却愈发紧张起来：

“到底又发生了什么？出了什么问题？哎！我就知道不该让你去做这样一份工！每天调查人家！总归会得罪人的！阿燕啊，不要做了，好不好？回美国来吧？”

燕子沉默不语。老谭愤然道：“哎！我怎么又要管你了！好吧，你好自为之吧！”

“我答应你！”燕子突然开口，“等我做完手里这个项目，我就回美国去！”

老谭迫不及待：“真的吗？阿燕！既然要回美国，明天就辞职好不好？我马上给你订票，就订明天下午的票，好不好？”

“明天不行。我得把手里的这个项目做完。”

“为什么？”老谭失望道，“这一个完了，不是又会有下一个？什么时候算是头呢？”

“老板把老方炒了。我和老板立了军令状，如果把项目做出来，老方就回去上班，如果做不出来，我们都走。我一定要把项目做出来，让老方回去上班。项目一做完，我立刻辞职回美国。”

“如果做不出来呢？”

“现在已经大有突破了。”

“这只是你说的！你的项目永远也不会做完，你永远也不会回来！”老谭突然歇斯底里起来。

“真的！我没骗你！我们去过工厂，亲眼见过那些设备和厂房，根本不值那么多钱！那些幕后的骗子，也快被我们查出来了，真的，一个是黑社会，另一个是县长秘书，还有一个姓刘的，女儿正在纽约读书呢！用不了多久也就知道他是谁了！等这一切都水落石出，我立刻就辞职，真的，你相信我……”

“不要和我说这些，我不要听！”老谭气急败坏，“你不想回来就直接告诉我，不论是什么原因，我都认了。不要用工作做借口！”

“我愿意回去！我没有用工作做借口！”

“我就问你一句，明天辞职还是不辞？”

“我得把这个项目做完……”

老谭挂断电话。

燕子坐在卧室的木地板上，背靠在床沿。

周围出奇的静。仿佛这世界上的一切生灵，都已进入梦乡了。

.64

老方的朋友提供的信息并不多：叶永福在万沅黑白通吃。煤矿、工厂、餐厅、歌舞厅、桑拿会所，几乎无所不为。叶的社会关系极为复杂。叶在万沅有家桑拿会所，万沅附近的官员和老板，几乎没有没去过的。对燕子来说，这些也不算新闻。

老方的朋友有个远房亲戚，在叶永福的桑拿会所里打工。远房亲戚提供了一些人名，据说都是最近一两年会所常来的客人。但十几个名字都很常见，无法进一步深入调查。

倒是刘玉玲和张红的户籍，让燕子感觉大有收获。

叶永福、刘玉玲和张红都是香港福佳的董事，也很有可能是香港福佳那三家 BVI 股东的控制人。香港福佳把大同永鑫的一堆旧机器高价卖给了香港怡乐集团，叶永福、刘玉玲和张红很有可能就是这笔“坑人买卖”的实际受益人。

但刘玉玲才整二十，是个在美国留学的“富二代”，而张红则是在香港待产的无聊的年轻太太。两位背后肯定都另有他人。拿到了刘和张的户籍，就能看到他们的家庭成员，也许真正的幕后控制人就在其中。

张红的户籍里有她，她的爱人和女儿。张红的爱人姓黄，叫黄建刚，祖籍山西万沅，服务处所是“县政府”。看来，香港福佳的第二个控制人，就是黄建刚（第一个自然是叶永福），而且他与县政府有关。至于是不是像张红所说，是县长秘书，则需进一步找人核实。

刘玉玲的户籍里只有她和她的母亲。刘玉玲的母亲叫崔秀琴，山西大同人，服务处所一栏填的是“粮农”，文化水平是“小学”，照片上看绝对是农民，无论如何不像是能操控上亿元交易的人。

刘玉玲户籍里虽没有她父亲的信息，崔秀琴的婚姻状况一栏却是“已婚”，而配偶一栏是“刘满德”。在中国，一家人分成好几户的情况并不少见。“刘满德”这名字隐约有些面熟。燕子取出桑拿常客的名单，果然就有个“刘满德”。看来刘满德正是香港福佳的第三个控制人。

燕子把刘满德和黄建刚加到那关系图上：

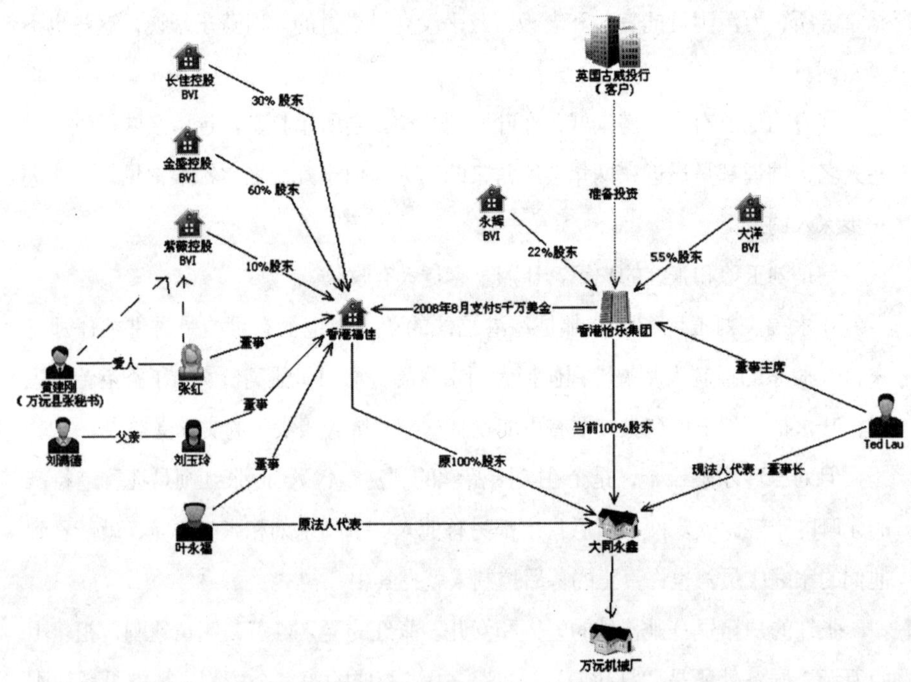

叶永福是地头蛇，黄建刚是县长秘书，那刘满德又是何许人也？

香港怡乐集团又不是傻子，为何要买一堆不值钱的旧机器？

莫非刘满德和香港怡乐集团有关？香港怡乐集团的董事长叫 Ted Lau。广东话中“刘”的发音，正是“Lau”。

难道刘满德和 Ted Lau 是亲戚？

燕子赶忙打电话给服务提供商，调取刘满德的户籍。服务商问有没有生日或身份证号。燕子说没有，不过应该是五十多岁的年纪。“刘满德”不像“张红”和“刘玉玲”那么常见，即便把全山西的“刘满德”都挨个查一遍，燕子也在所不辞。

然而十分钟没到，服务提供商就打来电话：并无年龄在 40 岁到 70 岁之间的“刘满德”。不仅山西没有，全国都没有。

可崔秀琴的配偶一栏明明就写着“刘满德”。服务提供商也没说出个所以然，只说不知是不是改名、死亡或者移民了。

燕子只好再打电话给老方，请他帮忙进一步调查刘满德的背景。特别要看看他有没有港澳或海外的关系。同时也帮忙打听一下，万沅县长的秘书是不是叫黄建刚。

Tina 掳着袖子跟电脑肉搏了两天，从香港证交所的数据库里打出一堆纸，都是和 Ted Lau 相关的上市公司通告。

Ted Lau 不但在香港怡乐集团当董事长，以前还在数家香港或新加坡上市公司里当过董事，而且他的出现总有个规律：每次必是“借壳上市”，上市前后必定要购买中国大陆的企业，一年半载之后，Ted Lau 从董事会里消失，再过不久，公司更换新股东，再次被借壳上市。以前购买的大陆企业也就没人再提了。

除了证交所的信息，Tina 还在 facebook 里找到一张照片，照片上也有个 Ted Lau，是个英籍华人，有位漂亮的洋太太，还有个混血的小儿子叫约翰。照片是在约翰的一位小伙伴的生日聚会上拍的。“Ted Lau”正跟他的洋太太脸贴着脸搂在一起，约翰则站在两人前面，拿着一块蛋糕。照片下的留言是：

“约翰和爸爸妈妈——约翰的爸爸居然也出现了，这位可是大忙人，一年有八个月不在英国。”

Tina 哼哼地说：“堂堂的上市公司董事长就这德行？脸长的跟驴似的，眼睛整个就俩豆腐泡儿，太太倒是个洋美女，还真让你说中了，老外的审美是和咱中国人不一样哈？”

燕子瞥了一眼那全家福似的照片：“英国叫 Ted Lau 的华裔估计多了去了，谁知道他是不是香港怡乐集团的 Ted Lau。”

燕子受了 Tina 的启发，继续埋头进行媒体搜索，目标是另外几家 Ted Lau 曾经任职的境外上市公司。在 Ted Lau 任职期间，一家购买了山东某地的林业公司；另一家购买了云南某地的稀有矿产开发公司；还有一家购买了四川的房地产开发公司。按照百度上搜出来的新闻，山东的林业公司所在地都是盐碱地，根本长不出什么像样的木材；云南的矿产公司实际的矿产储量也很少，据说先期的勘探失误了；而四川的房地产公司赶上了 2008 年的大地震，投资血本无归，但也有人说那些房子压根就没盖起来过。

看来大同永鑫的收购案，又是 Ted Lau 的杰作。Ted Lau 和刘满德果真串通一气？

香港怡乐集团的大股东们又是谁？怎能任由他胡作非为呢？

燕子记得以前查到过，香港怡乐集团最大的两个股东，一个叫永辉控股，持怡乐集团 22% 的股份，另一个叫大洋投资，持 5.5%。怡乐集团剩余的 72.5% 的股份，则由成千上万的公众股东们持有。

Ted Lau 既然能作怡乐集团的董事长，他起码应该是永辉或怡乐中一家的控制人。但另一家的控制人呢？大同永鑫的交易已经过了一年多，难道到现在仍毫无察觉？

燕子把“永辉控股”作为关键词，在 Google 里搜索。不搜不要紧，这一搜还真叫她吃了一惊：除了怡乐集团，永辉控股还在好几家上市公司里投过资，那几家公司的公告里都提到：永辉控股正是英国古威银行集团的子公司！

“真怪了！”燕子盯着屏幕，“英国古威银行集团不是咱们的客户么？”

“是啊，怎么啦？”Tina 在一边搭腔。

“可那个永辉控股，怎么会是英国古威银行的子公司呢？”

“哦？真的吗？”

Tina 把头凑过来。

燕子凝视着屏幕，喃喃道：“怎么过了两年才想起来对怡乐集团做尽职调查？尽职调查难道不该是在投资前做的么？”

“是不是本来没想起来，现在突然想起来了，所以决定补一个？”

“这怎么可能！几千万美金的投资呢！又不是……”

手机的铃声，把燕子打断了。居然是高翔。

接么？还是不接？他到底想要干什么？燕子起身跑进“匿名电话间”。

“是我。”高翔说。

“噢，有事儿吗？”

片刻的沉默。

“今晚有安排么？”

“有安排”就在嘴边，但那并非因为怕。她不怕他，哪怕他就是主谋，是黑手党、纳粹或者撒旦，她都不怕。在他面前，她不怕死亡，哪怕那死亡是他带来的。但她不想见他，如果真的被他利用，那她就傻得没脸见人了。她应该恨他，比当年多恨十倍。

他却等不及她的回答：“我就在你公司楼底下呢。”

突如其来。该怎么办？说自己不在公司？他却说：“我把车停在你的宝马旁边了。”

“我可能得加班……”

高翔轻声道：“没关系，我等你。多晚都没事儿。”

.65

办公大厅墙上的石英钟正指向七点半。

燕子很想插上一双翅膀，从窗户里飞出去。八年前她曾梦见自己变成一只燕子，展翅飞过太平洋，越过太行山。在梦醒前的瞬间，她看见高翔，牵着另一个女人，走在马路上。那是个无比幸福的女人。

“谁的电话啊，还偷偷摸摸地跑到里面去接？”

Tina 冲着燕子嬉皮笑脸。燕子假装没听见。

“嘿！还假装没听见是吧？快点儿吧，Steve 找你呢。”

“有进展了么？”Steve 是一副面无表情的老样子。

“有，我们在查福佳控股的几个董事的背景，有一个可能是县长秘书，另外一个叫刘满德，暂时还不清楚什么背景。另外，我们还发现 Ted Lau 以前也参与过其他上市公司，那些上市公司也都投资过大陆的企业，而且投资都很失败。我们还发现，香港怡乐集团最大的股东，是古威银行的子公司……”

Steve 眉头一皱：“古威银行是客户，你查客户干吗？”

“可尽职调查，难道不应该在投资前……”

“客户付款给我们，不是为了让我们查他自己的，明白吗？”Steve 再次打断燕子，“不要把时间浪费在古威银行身上。其他的几条线索都很重要，重点查查刘满德和 Ted Lau 吧。”

Steve 把目光转回电脑屏幕上。

燕子扭头走出办公室。迎面碰上 Tina。

“Yan，刚才老方打电话找你，他说他在万沅的朋友刚刚被车撞断了腿，估计帮不上什么忙了。”

燕子吃了一惊。果真是事故？打听点消息就被撞断腿，看来叶永福已做好充分准备。

燕子深吸一口气。高翔正在楼下的星巴克里，等着她。

.66

星巴克里超级拥挤。空座位早就没了，高翔只好在门口站着。

距离高翔七八米的地方，有个身材瘦小的男人，正小声打手机："干我们这一行的，哪儿能说成功就成功啊？那也得看天时地利不是？谁知道她突然间又离开北京了……大姐，您还真别提钱，就您这五万块钱，还不是我瞎掰的，您出去打听打听，这么点儿钱还有谁愿意接您这活儿，连打听带办事儿的，不得担风险不是？…… 唉，我知道，您也命苦。我们就当见义勇为了，这回您放心，肯定不会出错了。她前天就回来了，前天晚上我已经打电话到她家确认过，肯定就是她本人接的。我们的人一直在她家门口守着。她今天一早出门没带行李，所以晚上她肯定还得回家。我这儿都安排好了，今天晚上绝对给这婊子一点儿教训，让她乖乖地给您掏钱！……呵呵，大姐，瞧您说的，我们弟兄也不能白干啊，总得分点辛苦钱吧！……您放心吧，咱们手里有证据，呵呵，这婊子敢他妈的不认！"

瘦子越说越兴奋。好在星巴克里喧闹得要命，也不见得有谁能听见他说的。不过他身边正坐着一个看书的胖子，大半天没翻一页了。

大概是书看累了，胖子也掏出手机，心不在焉地拨弄。拨弄了没一会儿，轻轻一点"发送"键。一封短信悄无声息地发了出去。

那封短信的目的地其实并不遥远。他正站在星巴克门口，等着八年都不曾忘记的姑娘。

仿佛回到八年前。他把手插在裤兜里，耐心等着她下班。

也许是预感到了她的来临，他迈开大步，朝着电梯口的方向走去。

"快八点了，她前几天都这个点下的班，我得到电梯那边儿盯着去。您就安心等信儿吧！"

瘦子把手机塞进口袋里。胖子看书太入迷。一抬手，咖啡杯倒了。半杯咖啡都洒在瘦子的夹克衫上。

胖子惊呼一声，忙从书包里掏出湿纸巾，帮着瘦子擦衣服上的咖啡。

瘦子骂骂咧咧了一阵，转身要走。胖子却拉住瘦子的衣服不放，赌气似的，非要立刻去干洗店，掏钱替他干洗。

.67

电梯里挤满了人。

电梯门开启的一刻，在许多肩膀和头的缝隙中，燕子看见高翔。

他身穿黑色皮衣，双手插在灰色西裤的裤兜里，笔挺地站在电梯门外。就像八年前，在中餐厅门外的路边。他嘴角带着笑意，一双深邃的眼睛，在金丝边的眼镜框里闪着光。

燕子最后一个走出电梯。

电梯门几乎把她关在里面。多亏高翔走上前来，把自己的胳膊夹在门缝里。一瞬间，电梯里只有燕子，和高翔的手臂。她看见他白衬衫的袖口，和手背上蜿蜒的血管。那是一只有力的大手，她似乎再次感受到了它的温度。

电梯门重新分向两侧。迎面而来的，是微笑，和一股带着体温的皮革的气息。燕子屏住呼吸，侧身走出电梯去。

高翔侧过身来，肩膀好像一堵墙。让她跳不过去，也绕不过去。也许过不了多久，他又会消失得无影无踪，就像八年前一样。那时她已没有利用价值。

燕子抬起头，努力爽朗地笑：“不是说好了在星巴克见么，你怎么到这儿来了？”

她要做一只快乐的燕子，飞过他铸成的高墙。她是个调查师，虽然并不出色。幸亏她并不出色，不然的话，她说不定能反过来利用他。刘满德是谁？黄建刚是不是万沅县长的秘书？

“星巴克人太多了，反正也得站着。你不是说八点么，干脆到这儿站着。一眼就看见你。”

燕子笑：“怎么？难道还怕我放你的鸽子？”

高翔嘿嘿笑道：“是啊，我怕。”

“嘿！这可真没天理了！”燕子双手插腰，歪头看着高翔：“当年是谁远走高飞，杳无音讯？”

燕子忙把目光转向大理石的地面。本以为在掩饰，一张嘴，却是堵了八年的话。片刻的沉默。大理石地面忽地模糊起来。燕子尴尬地笑：“我一点儿都不饿，要不咱们别吃饭了，我想在外面走走，你陪我？”

餐厅的灯光太明亮。她宁可把自己藏在夜幕里。

路灯却把夜空都照亮了。无处可躲。

他们并肩走着，看着自己长长短短变化着的影子。

“对不起。”高翔小声说。

“对不起什么？”

“那天晚上，在我车里……”

燕子放肆地笑。

“笑什么？”

“我怎么记得，是我打了你啊！好像还挺使劲儿的，现在手心还发麻呢！”

高翔嘿嘿地笑，十足的傻孩子。燕子侧目，她不敢继续看那张傻笑的脸。

高翔却停住脚步轻呼：“燕子！”

高翔半张着嘴，滚滚的白气冒出来。时间倒转。他们仿佛又回到八年前，芝加哥那寒冷的街头。

两片雪花，优雅地从燕子和高翔之间飘落。“嗨！该我向你道歉。呵呵，再说，在山西还不是多亏了你？要不然现在还不知被人关在哪儿，是死是活呢！”燕子笑着，目光却流向天边。

“燕子！”

高翔的笑容却消失了。他的目光也严峻起来：“燕子，别再去山西了。真的！也别让你同事去了。那里很危险的。这项目你也别做了！”

“那怎么行？只做了一半呢。我不做，总得有人做的。”

“那就让别人继续做吧！你别做了。”

高翔炯炯的目光，把镜片上落的雪都融掉了。

燕子看一眼高翔。他果然了解内幕，但他不要燕子继续参与这项目了。燕子一旦退出，他又如何了解 GRE 下一步要做什么？

“我不干了，你给我发工资啊？”

“工资对你很重要么？”

燕子的心脏隐隐一痛。他有什么资格谈论她的生活？但今夜，她要努力做个出色的调查师。燕子笑道：“当然重要了。呵呵！怎么不重要啊！做有钱人的太太更需要自尊了，不是么？”

又是一阵沉默。高翔仰头凝视夜空，眉尖浮现出一丝痛苦。燕子却感到快乐。她索性收起笑容，一本正经地说：“真的，我特别需要这份工作。我不想让别人看不起我。我老板说了，如果这个项目能做好，他会提拔我的。所以，我怎能半途而废呢？”

几秒钟之后，燕子又说：“你真的不知道，我这些年，是怎么过来的。”

唯有在演戏的时候，才能把实话说出来。燕子浅浅地笑。城市的灯火融化在她眼睛里。

高翔抿住嘴唇，扭头去看楼顶的霓虹。痛苦的表情，在他眉间膨胀。片刻之后，他把手伸进皮衣里，摸出一个信封："给。"

燕子接过信封。里面有一沓照片。燕子把照片拿出来，分明就是万沅机械厂的机床和厂房！

除了照片，信封里似乎还有什么。燕子倒出来一看，是一块小塑料片——数码相机的内存！

"这些机器根本值不了多少钱。"高翔把手插回口袋里。

燕子的思路乱了。

"我知道你在想什么。"高翔转身，看着燕子："我跟他们不是一伙儿的。可我并不想惹他们。因为我知道他们是什么人。不过，既然你一定要惹，我也只能帮你。说吧，你还需要知道什么？"

燕子看着高翔的眼睛。她不知高翔说的是真是假。她并没有足够的时间思考。就好像一场赌博。燕子微微一笑："能帮我打听两个人么？"

"哪两个人？"

"一个叫黄健刚，一个叫刘满德。"

"黄秘书？"高翔问。

"他真是县长秘书？"

"是。县长前年上任的时候新提拔的。他也是你们的目标？"

燕子转换话题："那刘满德呢？你认识么？"

高翔摇摇头："他多大年纪？"

"大概五十多吧。他女儿去年刚上大学。"

"他是山西的？"

"应该是。他老婆和女儿的户籍都在大同。可他的户籍却哪儿都找不到，可能注销了。"

"哦。"高翔低头沉吟了片刻："就算他户籍注销了，只要他以前在大同——不，只要在山西——有过户籍，我明天就能发给你。"

燕子笑道："看来你还真是神通广大呢。不过我不光要他的户籍，我还想知道他到底是干什么的。"

"有时候，知道太多了反而不好。"

高翔仰起头，向着夜空吐出一团白气。

燕子则低下头，微笑不语。

就在燕子背后，有辆红色的北京现代，正从长安街的最内侧车道飞驰而过。开车的瘦子正忙着打电话。马路太宽，他根本没顾得上往路边多看一眼："大姐，我在楼底下等了一晚上，也没见她下来！不过您别急，我这就赶到她家去。我的人都已经到了！反正她今晚得回家不是？只要她一下车，我们立马……没事儿！停车场里我都安排好了，今天晚上都不会有保安的！咱是干什么的，您就安心等信儿吧！"

.68

周五晚上十点半，三环路并不通畅。

小宝马好像河里的一滴水，毫无目标地随波逐流。

燕子的心中也有一条河。千万条思绪汇聚成缓缓流动的河水。河道并不畅通，河水越流越慢，眼看就要停滞不前了。

高翔和他们到底是什么关系？朋友？熟人？还是同伙？

如果不是同伙，他又为何向他们提供情报？

可如果是同伙，他又为何要把照片和相机内存还给燕子？为何不假思索地告诉燕子，黄建刚是县长秘书？为什么打保票说明天就能弄到刘满德的户籍？GRE 的服务提供商都做不到的事情，高翔又有什么神通，能手到擒来？

他的情报可信么？莫非又是另外一个圈套？

燕子把车开进公寓地库。熄火，下车。停车场里仍然一如既往地寂静。没有保安的影子。

燕子的高跟鞋敲打着水泥地，这声音把她一路送进电梯。

电梯像只乌龟似的，缓缓把燕子送到 3F。

电梯门悠悠地分开，门外是昏暗的走廊。

燕子一步一步走向家门。

一周以前，也是在这楼道里，那奇怪的短信和家门里的声音，曾令她心惊肉跳，直到她看见老谭那健壮的身影。

已经一周没收到过那个号码发来的短信了。不管他是谁，或许已对燕子失去了兴趣。

老谭也回芝加哥去了。家门里什么动静都没有。

燕子突然有种预感，也许过不了多久，高翔也会消失。就像八年前那样，杳无音讯。

无所谓了。反正过不了多久，燕子也要回芝加哥去了。这是她的承诺。

燕子推开门，走进屋，拧亮了灯，脱了鞋子。她疲惫的身影，映在客厅落地的玻璃窗上。

一天又快要结束了。她就只剩不足一周的时间。

.69

此时此刻。在燕子公寓楼的楼顶上。

“哎哟！大哥啊！饶命吧大哥，下回您就算把咖啡直接泼我脸上，我也不敢多说一个不字儿了我！”

瘦子被留寸头的胖子踩在脚下。穿着皮衣的高个男人则抱着胳膊站在旁边。另外几个小混混落荒而逃。

胖子脚下暗暗用力。瘦子立刻咿咿呀呀地一串惨叫。在这六层楼的楼顶，叫声即便传出去，也难得有人在意。更何况值班的保安收了红包，早不知藏到哪里打牌去了。

穿皮衣的高个子男人走过来，冲着地上呻吟的瘦子说：“你小子，给谁干的？”

“我给谁干什么啊我？我什么也没干啊，我这不是就叫了几个兄弟聊聊天么我，就碰上你们二位英雄了，我真的哎呀呀呀呀呀呀！”

“不老实是不是？”

胖子随手从后腰拔出一副明晃晃的手铐，弯腰在瘦子眼前晃了晃：“知道我们是干什么的吧？你小子，是不是要跟我走一趟，然后才愿意说？”

“啊！大哥！不！大爷！我说，我说！是有个女的，她找我们帮忙来着。她男人在外面有了女人，后来她男人跳楼了，哎呀我真的说不清楚到底是怎么回事儿，反正她就让我查那女人是谁，我还劝她说，这人都死了，还查个什么劲儿，那女的他妈的还特较真儿，非得查出来不成！她说那女人拿着她男人的钱呢。真的不关我的事儿啊！我真的是看她孤儿寡母的可怜，真的……”

“那女的叫什么？”

“哪个女的？”

胖子脚底下使劲儿。

“哎呦！大哥，我真的不知道哎呀呀呀呀呀呀呀呀！！真的不知道啊我真的不知道，干我们这行的，从来不打听这些，真的啊！我只有她的手机号，我这就给你，我这就给你唉呦呦呦呦…….”

十分钟之后，那瘦子一瘸一拐地跑到大街上，气急败坏地钻进红色现代。手机正在副驾驶座上火急地响。瘦子一把抓起手机：“这婊子他妈的路子太野了！这活儿我没法儿干了……不是，您听我说，再干下去风险太大了，我劝您也别找别人干了，说不定过不了两天，连您自己也悬了…… 您还真别跟我急……退钱？人咱可给你查出来了，对不对？她住哪儿干什么的老子不是都告诉你了？你出去打听打听，要在别处，就凭你这五万块钱，能查出个鸟儿！她妈的那点儿钱给老子治伤还不够呢！你丫别不识抬举，给脸不要脸！你以后别再给我打电话了！小心老子把你给办了！有本事你就去报警去！看丫条子不感谢你呢，雇人行凶还自己主动投案自首了，你去告啊！”

瘦子把手机丢在椅子上，嘴里仍在骂骂咧咧的。

五十米开外，旧切诺基正停在路边。车里坐着那穿皮衣的高个男人和留寸头的胖子。香烟弥漫。

“老高，我也就只能帮你到这儿了。不然的话，王总那边，我也顶不过去了。”

“我知道，兄弟，谢了！”

“你真的太冲动了！”胖子说，“你胆子还挺大，居然敢背着王总，找人把那女的从万沅捞出来，王总发了多大的火儿啊，你要在他跟前儿，他能把你毙了。值么？就为了个女的？”

穿皮衣的男人狠命吸了一口烟，抬眼紧盯着胖子：“你说老实话，其实王总本来对我也不放心，对不对？”

胖子叹了口气，点点头：“你上次约那女的去小城餐厅吃饭，本来都是事先安排好的，没我的事儿，可王总临时给我打电话，让我也去了。不过，那也不能算是不信任你，毕竟你跟她以前有那么一档子事儿。按理说不能让你参与的，可这活儿又非你干不成，不然别人凭什么接近她啊，再说你也答应了。”

穿皮衣的男人默默地抽烟。

“我说老高，王总的脾气你知道。你要再不出现，下回你再见到我，我就不是来帮你的了。”

“我知道。你再给我些时间。我手头还有点事，办完了我就去找王总，负荆请罪去。”

“你可别让我为难啊！”

“知道。不会！咱们这么多年的兄弟了。你放心，再给我一天时间，就一天。”

“哎！”胖子叹了口气，把手放在老高肩膀上，“自己小心吧！”

胖子开门下车，留下老高独坐在车里，没命地抽着烟。

.70

“刘满德的情况查出来了。”

高翔果然没有食言。周五晚上托的他，周六傍晚就回信了。

燕子握紧手机，从屁股底下摸出遥控器，把电视的音量关小。厨房里一阵菜下了锅的声音。妈妈正在炒菜，不让燕子插手。

“刘满德老家在大同，文革时当过兵，复员后当过警察，80 年代辞职去深圳做了生意，据说后来来了香港，而且生意做得挺大。”

这就对了。不然的话，怎么和香港怡乐集团的人勾结起来？高翔还在继续：“刘满德后来换了国籍。中国的户籍十年前就注销了，他以前的老户籍我也找到了。复印件发到你邮箱里了。他虽然移民了，但在国内的活动一直很频繁，一年里有好几个月在中国，据说除了生意的原因，也因为老婆和孩子在国内。他自己移民，没把老婆孩子带走，这倒也少见，娘俩现在都住在北京呢！”

高翔的消息是可靠的，燕子判断得出。高翔的渠道果然很牛。

“那他都做些什么生意呢？都和谁合作？”

“他的生意五花八门的，据说前些年办过林场，挖过矿，也做过房地产。最近这几年常在大同附近的几个县出现，还常带着香港人和老外来‘视察’，和各方的关系都不错，尤其在万沅最吃得开，和叶永福来往密切。我想你也知道叶永福是谁了。”

Ted Lau 以前也投资过林场、矿业和房地产。刘满德果然和 Ted Lau 有关系！

“刘满德有没有什么兄弟姐妹？或者有堂兄弟姐妹和他一起做生意的？”

“那倒没听说。”

“有没有听说一个叫 Ted Lau 的？”

“Ted Lau？没有。”

这就怪了。既然刘满德和 Ted Lau 一起做过这么多生意，高翔的渠道怎会完全没听说过 Ted Lau 呢？

“燕子……”

高翔打断燕子的思绪。

“嗯？”

电话里一片寂静。

“喂？听得见么？是不是信号不好？”

“喂？呵呵，没什么，”高翔稍作迟疑，“以后要多加小心。”

燕子哈哈一笑：“我又不去山西了，有什么可小心的？”

高翔的声音却很严肃：“在北京也得小心！以后……以后尽量别加班，早点回家，太晚了在外面不安全。”

这话似曾相识。那些匿名短信？他听上去很诚恳。他的诚恳意味着什么？与她何干？燕子深吸一口气："哈哈，我又不是小孩子！谢谢你了！打听来这么多消息！改天请你吃饭！"

燕子挂断电话，顺理成章。如果不挂断的话，他又将说些什么？

她是想听，还是不想听？

燕子靠在沙发上，继续看电视，不知哪年的香港电影。窗外天色渐暗，厨房里飘出香气。

电影里有一个男主角，两个女主角。80年代的服装和发式，又叫又闹的香港喜剧：周润发同时爱上了空姐叶倩文和时装店老板王祖贤，周难以在两人之间做出抉择，只有瞒天过海，分别在法国和英国跟叶和王结婚，之后费尽心机，在两个女人之间竭力周旋……

燕子猛地从沙发上跳起来，抓起外套。

"马上就吃饭了，你又要去哪儿？"燕子妈妈攥着锅铲从厨房里追出来。

"我去公司查点东西，晚上不回来了，你们自己吃吧！"

燕子一阵风似的，消失在楼道里。

.71

高翔的邮件，果然已在燕子的邮箱里。

邮件有个PDF格式的附件，是个户籍的复印件：

姓名"刘满德"/性别：男/出生日期1955年6月19日/籍贯：山西大

同/婚姻状况：已婚/配偶姓名：崔秀琴/服务处所：无业。

复印件上还盖着“注销”的戳子，戳子旁边是一寸免冠的黑白照片：瘦长的一张马脸，鼓眼泡儿，倒八字眉，眉间有两条深深的皱纹儿。

这张脸在哪见过？

燕子闭幕凝思。Tina 不是说过，他长了一张驴脸，眼睛好像豆腐泡？

Facebook！

燕子一跃而起。打印着 facebook 照片的打印纸，果然就在 Tina 的“纸山”上。照片上是 Ted Lau，洋太太，还有那叫约翰的男孩和手里的蛋糕。

瘦长脸，鱼泡眼，倒八字眉。和户籍上的刘满德如出一辙。

燕子恍然大悟。原来刘满德就是 Ted Lau！怪不得自己移民，却把老婆女儿留在国内！

燕子把结构图拿出来，把 Ted Lau 和刘满德改成一人。

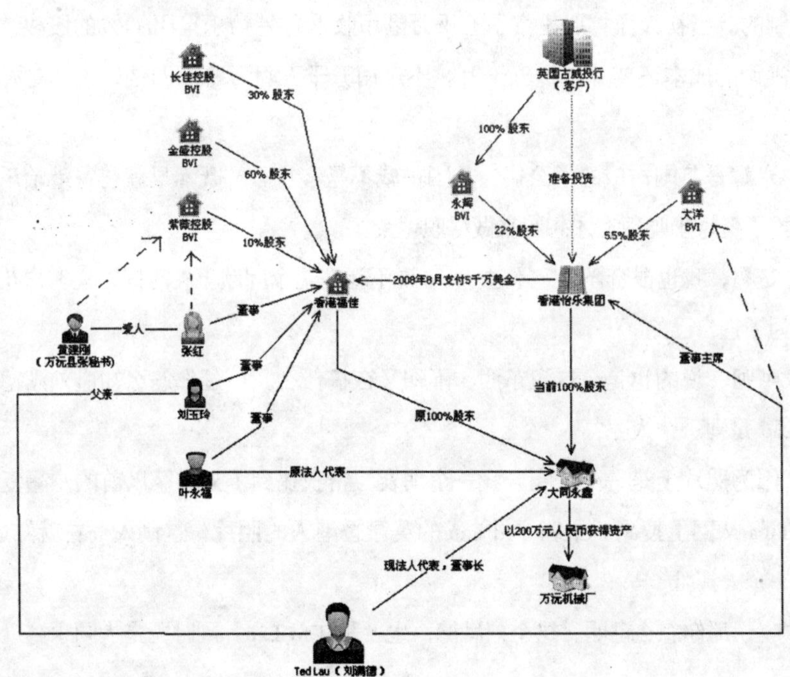

“老方！那个刘满德，就是香港怡乐集团的董事长，Ted Lau！这俩人其实是同一个人！这家伙还挺厉害的，把老婆和女儿留在中国，自己又到英国去娶了个洋太太，还生了个混血儿子。就这样来回跑了十几年，居然也能不穿帮！怪不得他不让女儿到英国去留学呢！呵呵！”

“等等…… 你说香港福佳那个叫刘玉玲的董事的爹，就是香港怡乐集团的董事长？”

“是的！ Ted Lau 先控制了香港怡乐集团，然后又串通了叶永福和万沅县长，用了四五百万人民币把万沅机械厂私有化，然后再转手卖给香港怡乐集团，用四五百万赚回四亿，真是空手套白狼啊！”

“几百万是不止了，为了控制香港怡乐集团，他也得花钱。”

“也是。香港怡乐集团当初是被两家 BVI 的公司一起收购的，一家是永辉控股，另一家是大洋控股；永辉是英国古威的子公司，所以大洋控股应该是刘满德控制的。当初大洋控股投资了五千万港币收购香港怡乐集团 11% 的股权，所以刘满德的成本还要算上这五千万。不过用五千五百万赚回四亿，也真是好买卖啊！”

“永辉是英国古威的子公司？英国古威不是客户么？既然早就在香港怡乐集团里投了资，干吗现在才想起来做尽职调查？”

“是啊，我也很奇怪呢。不过 Steve 说不让在这个问题上花时间，说客户花钱不是为了查自己的。”

“呵呵，说的也是。这鬼东西，不知又在搞什么。不过你怎么知道刘满德和 Ted Lau 是同一个人呢？”

“因为照片上是一个人啊。我一个朋友，帮我搞到了刘满德以前的户籍复印件，Tina 从网上搜到一个叫 Ted Lau 的英籍香港人的照片，这俩人一看就知道，是同一个人。”

“噢，那你怎么证明，这个刘满德，也就是 Ted Lau，同时既是大同永鑫以前的控制人，又是香港怡乐集团的董事长呢？”老方问。

“刘满德的女儿叫刘玉玲。香港福佳的董事里，有一个就叫刘玉玲，而且那个刘玉玲在博客里提到过自己是大同人。刘满德也叫 Ted Lau，还娶了个英国太太；而香港怡乐集团的董事长就叫 Ted Lau，媒体也说怡乐集团的董事长是英籍华人，有个英籍的太太。”

“但如果真的是巧合呢？比如香港福佳的董事果然就和刘满德的女儿重名？或者 Ted Lau 和怡乐集团的董事长重名但真的并非一个人？虽然概率很小，但还是有可能的。”

老方平时嘻嘻哈哈，逻辑居然如此严谨。毕竟是多年的老调查了。燕子问：“那什么才算是真凭实据呢？”

“嗯，要是能找到直接证据，证明刘满德就是大洋控股的股东，同时也是香港福佳的股东，那才能说明问题。”

“可大洋控股和香港福佳的三个公司股东都是 BVI 公司，根本查不出股东和董事来。除非他自己承认，或者找到原始的注册材料，那才证明得了呢，咱们又不能偷偷潜入刘满德的家里去，把他的电脑偷出来……”

两人一阵沉默。老方突然说：“对了！你是不是说，刘满德的大老婆还在中国？住在北京么？”

“是的。”

“有她电话么？”老方又问。

“有，家里的座机和手机，刘玉玲的户籍上都有。”

“你是不是还有刘满德和洋老婆的合影？”

“对啊？”

“哈哈，这就好办！”老方笑道，“不过明天，可能得麻烦你和 Tina，都出来加加班。”

.72

晚上十点，燕子从国贸地库把车开出来。

一切都已准备就绪。燕子接到老方的确认短信：

“刘满德不在北京，最近也不会回来。明天的行动按计划进行。”

这是燕子第三次参加实地行动。第一次在斐济，第二次在万沅，这次在北京。

和上次一样，她没向 Steve 请示。来不及请示，也没什么好请示的，反正她已经和老谭承诺过，做完了这个项目，她就要回美国去了。

老谭现在在干什么？

刷碗？洗菜？擦地板？算账？担心着燕子？他就是喜欢担心。他总把她当成个孩子，不给她自由。

身在福中不知福。这七个字好像不速之客，钻进燕子心里。

燕子走出电梯，打开家门，拧亮了灯。老谭没坐在地板上修箱子。

客厅里很空旷。

燕子缓缓转身，正要关门。楼道里却突然闪出一个人。

那人强行推开门，冲进屋来，险些把燕子撞倒。

燕子吃了一惊，倒退两步。面前是个三十多岁的女人，黑衣黑裤，戴着黑边的近视眼镜，乌黑的头发梳理得一丝不苟，唯有一张煞白的脸，毫无血色。她双手紧紧把一只牛皮纸袋抱在胸前，怒目圆睁：“你把我丈夫还给我！”

“你丈夫？谁是你丈夫？”燕子满头雾水。

“你别装蒜！你把我丈夫还给我！”那女人歇斯底里。

“您是不是找错地方了？我不认识你丈夫。”

“我呸！你不认识？”那女人上前一步，燕子被迫倒退一步。女人歇斯底里道：“噢，我明白了，你现在不认识了！是啊，他跳楼了，摔死了！你当然不认识他了！”

“你丈夫？是华夏房地产的……”

燕子心中一惊。

“哈！你终于想起来了，你这个婊子！你把我丈夫还给我！”

“你丈夫是畏罪自杀的，不是我叫他跳楼的……”

“畏罪自杀？他犯了什么罪？啊？你去打听打听，他人缘儿有多好？他犯了什么罪？”黑衣女人厉声打断燕子，“像他那么老实得连屁都放不出一个的人，能犯什么罪？说他贪污？他能贪污？他这种一辈子连一分钱的小便宜都从来不占的人，他也会贪污？他要真的贪了污，那一定是你这个婊子鼓捣的！狐狸精！我告诉你他犯了什么罪！他犯了通奸罪！那个奸妇就是你！”

黑衣女人手指着燕子的鼻尖。燕子恍然大悟：“你别血口喷人！我跟你丈夫没关系。”

“你现在当然不承认了！因为他用命换来的钱，都进了你的腰包了！你这个贱货！你把我丈夫的钱还给我！”

“我跟你丈夫没关系！我也没拿你丈夫的任何东西！”

“哼！我就知道你不会承认！可我有证据！你跟他坐同一架飞机去的斐济！跟他住同一家旅馆！我女儿就是证人！她见过你！你这个不要脸的婊子！你把我丈夫的钱还给我！”

“你真的误会了。我和你丈夫真的没关系！你再不出去，我叫保安了！”燕子抬手指向门外。

“想让我走？那容易，你把我丈夫的钱还给我，我就走！你要不给，我就……”

黑衣女人眼中闪过一丝寒光。燕子突然感到一股莫名的恐惧：“你想干吗？我没拿过你丈夫的钱！你出去！不然我打电话报警了！”

燕子转身向着门边的对讲电话。那女人尖叫一声，举起手中的纸袋子……

“燕子小心！”

门外突然闪入一个瘦高的身影，一掌击在黑衣女人的后背。女人“啊”地飞了出去，四脚着地跌在客厅正中央，纸袋子脱手而出。

墙角“哗啦”一声，紧接着一串嗞嗞啦啦的声音。

纸带顷刻间化成一团冒着泡的黑炭，空气中随即飘满了刺鼻的酸味。

燕子顿时醒悟：纸带里是一瓶浓硫酸，几乎就泼在自己脸上。墙角仍在嗞嗞作响。燕子双腿发软，忙伸手扶住墙。再看自己的救命恩人，他正一招擒拿，把黑衣女人牢牢按在地板上。

矫健的身躯。

高翔。

燕子的心脏狂跳，掀起满腹的酸甜苦辣。

黑衣女人歇斯底里地尖声咒骂。高翔大吼一声：“闭嘴！”

晴天霹雳。整个房间为之一振。黑衣女人不再吭声，只一个劲儿喘着粗气。

燕子关上大门，转身靠在门上。待心情稍稍平静，她对高翔说：“放开她吧。”

高翔松了手，黑衣女人要从地上爬起来，高翔厉声道：“老实点儿！别动！”

那女人浑身一抖，又坐回地板上。

燕子仰头深吸一口气，说道：“我和你爱人的确坐的同一架飞机，但那时他并不认识我。我也不算认识他。我只不过在完成一个任务。那个任务就是跟踪调查他。原因很简单，因为你老公的单位发现他有贪污巨款的嫌疑，所以雇用我们公司对他进行调查。”

那女人狠狠盯着燕子。

“我在斐济跟你老公聊过天，也跟你女儿玩过沙子，但除此之外，我没和你们家人干过任何其他事情。你老公的嘴很严，并没向我透露太多的信息。他就只告诉我，他公司有个领导也要到斐济去，他们会见面。就这么多。不过后来我对他电脑的硬盘做了复制，有价值的证据都在那里面。”

“你说的是真的？”那女人半信半疑。

燕子并没立刻回答。她快走几步抓过自己的皮包，取出名片夹，拿出一张名片递给黑衣女子：“这是我的名片，你看清楚了。我的职位，是初级调查师。”

“那个狐狸精，又是谁？”

“那我就不知道了，”燕子耸耸肩，“从斐济回到北京，我就没再参与过这个项目。”

“你骗我！”黑衣女人霍地站起身来。高翔一把扭住她的胳膊。

“你别以为你能骗得了我！就是你勾引了我丈夫！你想让他帮你贪污，然后你们俩好远走高飞！你这种贱女人我见多了！不要脸！喜欢别人的钱，喜欢别人的男人！”

“住口！”高翔厉声说。

燕子咬住嘴唇。泪水已猝不及防。

燕子抹了一把眼泪，高声说：“你说的没错，我喜欢钱，我也喜欢别人的老公！”燕子从茶几上抄起一个相框，举到黑衣女人眼前：“看！这是我老公！他一年能挣一百万美金！”

燕子丢下相框，又抬手指着高翔：“你再看看他！他曾经是我的心上人！八年前，他跟别人结了婚，八年了，我没有一天不想起他！我到底是缺钱，还是缺别人的老公？我为什么非要勾引你的丈夫？”

燕子的头嗡嗡作响，浑身上下却无比轻松，好像插上了翅膀。她惊讶地发现，他的名字，竟然就是她的理想：燕子，高翔。

高翔愣在原地，茫然地注视着燕子。双眼蒙着一层雾。

黑衣女人趁机从高翔手中挣脱出来。

高翔猛然一惊，一个箭步抓住那女人的胳膊：“你这是故意伤害未遂！走，跟我上派出所！”

那女人立刻浑身瘫软，哇地一声号啕大哭起来：“求求你！别把我送到那儿去！我男人已经死了，我要是再进去了，我女儿怎么办？我求求你了！”

燕子向高翔点点头。高翔松开手，那女人瘫坐在地板上。

燕子由她哭了一阵，把面巾纸盒扔到她面前：“别哭了。说吧，你怎么会找上我了？”

那女人抽出几张纸擤了擤鼻涕，哽咽着说：“我老公这个人啊，他真的是一辈子老老实实的，一丁点儿的坏事都不敢干的。你见过你是知道的，怎么好好的突然就去贪污了呢？我收拾他的东西，找到一个密码箱。我撬开一看，心里就全明白了。那箱子里有一封信，那是留给我的。信里说他知道他对不起我和女儿，他也知道他鬼迷心窍了，可事已至此，他只能走到底。他说他离开我们娘俩，也不都是为了那个女的，他也为了能让我们过上好日子，狗屁！”

黑衣女人猛喘了几下子，继续说下去：“他说他有一大笔钱，他说他到了地方就给我们寄钱来，还说女儿以后可以出国读书，说让我找个自己喜欢的人嫁了，再生几个孩子，我们一家他都包了。他这个没良心的，他这是准备好了要跑啊！”

黑衣女人呜呜哭了几声，继续说：“我找了个私人侦探，让他查那狐狸精是谁，他管我要了三万，后来就把你给查出来了，说你们一起去的斐济。他给我你的照片，我给我女儿看了，她也说的确见过你。后来他给我出主意，让我去跟我老公同事打听打听，他到底贪污了多少，有没有同伙。我去一打听，都说没听说有同伙，就他一个人干的，还说贪污了好几千万，一分钱都没找回来。那侦探就断定钱都在你手里，他出主意说要绑架你，然后逼你把钱交出来。他说你拿的也是贪污的钱，肯定不敢报警。我就又给了他两万，还答应他钱一到手，就跟他三七分成。可没想到，他们计划了好几次都没成功，后来又说你不在北京了，我就让他们退钱，可他不退，他说你又回来了，说马上就动手。可昨天夜里突然又给我打电话，说你路子野，有后台，他们不敢动手了，钱也不还给我。我……我就从学校拿了那玩意儿，我本来没想真的泼你的，就是吓唬吓唬你……呜……”

黑衣女人又哭起来。燕子打开大门：“走吧！”

那女人吃惊地抬起头。燕子又说了一遍：“走吧！快点走，以后别再干这种傻事了，想想你女儿。”

黑衣女人半信半疑地站起身，偷看一眼高翔。

“走！”高翔吼了一声。那女人拔腿跑出大门去。

燕子关上大门，转身靠在门上。

高翔已然就在她面前，一把把她死死地搂在怀里。

顷刻之间，高翔胸前的衬衫湿透了。燕子好像一块晶莹剔透的冰，渐渐融化在高翔炙热的怀抱里。一块全世界最甜美的冰。高翔则是全世界最贪婪的孩子。他用滚烫的唇，吮吸着冰上融化的每一滴水。滚烫的舌尖，从耳垂顺脖颈，一直滑向胸口。她仍像当年，如冰雪一般纯洁。

燕子用最后一丝力气，搂住高翔的头，在他耳边轻声说：“你怎么让我等了这么多年……”

.73

在清晨的微光中，燕子醒过来。

枕头分外舒适，床单柔软而光滑。晨曦躲在窗帘的缝隙里，仿佛害羞的小孩子，在偷偷往屋子里看。

大床的另一半却空着。一张字条，静静地躺在枕边：

亲爱的燕：

对不起。请你忘了我，努力幸福地生活下去。

一个一直爱你却又不配爱你的人

燕子跳下床，一把拉开窗帘。白光猛然跌在地板上，化作微薄的一摊。

两只网球，孤独地停在网球场上。

燕子垂下头。一头乌黑的长发，流水一般倾泻。

.74

五个小时之前。

高翔笔直地站立在会议室的正中央。

四个身穿警服的男人，分立在会议室两侧。其中一个，正是留着寸头的胖子。

在会议室的正前方，端坐着另一个穿警服的男人。他五十出头，腰板笔直，表情威严。

"你还有脸来见我！不是你拍着胸脯，说你决不会顾及儿女私情，一定能完成任务？"

"请求组织处分我！"

高翔面无表情，双目直视前方。自从那一夜，当他看见燕子含泪的醉眼，他就知道，这任务他完成不了。

“处分你？处分你能挽回损失么？”正襟危坐的男人拍案而起，“你的草率行动，已经打草惊蛇了！刘满德已经跑回香港了，叶永福也正在做逃跑计划，而我们还没有得到我们需要的东西。整盘计划眼看就要落空了！你让我怎么和上级领导交待？你让我怎么和香港廉政公署的人解释？让他们看中华人民共和国公安部经侦局的笑话吗？”

高翔沉默不语。如果时光倒转，他还会再做一遍。

“王局，我倒觉得未必全是因为高翔打草惊蛇。”胖子插嘴道，“老高找人去万沅捞谢春燕，是周二的事情。但据我们的线人说，刘满德昨天才去的香港，而叶永福也是今天上午向银行预约了明天提取巨款，有准备逃跑的迹象。所以我看，就在周二和昨天之前，他们又从别的渠道得到了消息。”

“强词夺理！不管叶永福到底为什么逃跑，高翔的鲁莽行动肯定已经惊动到了对方。不论导致什么后果，他这种无组织无纪律的行为，都是绝对不可原谅的！现在上级领导下了命令，让我们放弃原先的计划，提前行动，抓捕叶永福。但即便明天就行动，叶永福也已经有所准备，这对我们，就意味着更大的困难和更多的危险！也就增加了流血和牺牲的可能性！”

“王局！请组织派我参加明晚的行动！”

他要消失。彻底在她生命中消失。他没资格留在她身边。他的存在只会夺走她的一切！

“你？你什么行动也不能参加！先把你的枪和警徽交出来！”

“我了解万沅的情况，你就让我参加明晚的行动吧！”

“不行！”

“就给我一个将功赎过的机会吧！”

高翔剑眉倒竖，双目发出灼灼的光。

那目光正穿透会议室坚实的墙壁，飞越沉睡的北京城，最后一次投向那三层的窗。在之前的一个多月里，他每晚都在那窗下，向着它凝视。

就像八年前。他坐在二手雪弗莱里，仰头看着那扇窗。

等着灯光亮起来。

.75

都市里的人们，对星期天又爱又恨，仿佛面对即将分手的情人，幸福眼看就留不住了。

但刘太太没这种感觉。对她来说，每天都是一样的。

以前，她女儿还在北京的时候，周末多少还有些不同。女儿有时会请同学到家里来。当然女儿和同学聚会，是不需要当妈的参与的。但刘太太有参与的责任感。特别是当有男同学出现的时候。女儿是新潮的女儿，她却并非新潮的妈。在女儿请客的周末，她不去健身房，也不去打麻将，更不去做美容或者按摩。她就在家看电视，顺便看女儿，尽管看到的尽是横鼻子竖眼的女儿。

如今女儿去了美国，家里就只剩她和保姆。礼拜天也就不再有区别。

刘太太不睡懒觉。不是不想，是不会。以前在乡下，早起是与生俱来的义务。后来男人做了生意，更是没白没黑。再后来男人去了香港。钱是不需要刘太太赚的，可孩子需要照顾。这样又过了多少年，家搬到北京。刘太太有了保姆，住了洋房，学会了开车，女儿也留洋了。再没理由早起，刘太太偏偏没学会睡懒觉。

刘太太也不希罕学会睡懒觉，尽管健身房别的太太们都爱睡懒觉。刘太太喜欢早起，挎着篮子逛早市。她不高兴让保姆买菜。刘太太的确不缺钱，可她也不缺时间。少给菜贩子两毛钱，也让她自在好一阵子。

买完了菜回到家，下一个目的地就是健身房。这是刘太太所能接受的为数不多的几样新鲜事物之一。健身房里能认识别的太太，或许能陪她聊聊天。尽管别的太太们未必都看得起刘太太。

刘太太的文化不高，看不懂女儿衣服上那些洋文。在她眼里，洋文就和女儿的男同学一样，动机不良。尽管刘先生就是靠着跟洋人做生意发的大财，可是刘太太宁可男人少发点财，能在家里多露露面。十几年来，刘先生每年在家的日子，加起来还不到一个月。

如今刘太太也不在乎了。以前是男人在外面她心慌，她想跟着可男人不让。现在就算是请，她还不乐意去了。男人爱在哪在哪，爱干嘛干嘛。她不琢磨也不打听。反正她是名正言顺的刘太太，结婚证锁在她卧室的保险箱里。

早上九点，刘太太已经逛完了早市，吃完了早饭。星期天健身房热闹得晚。说不定连值班小教练都在打瞌睡。刘太太去健身房不是为了健身，就跟她去美容院不是为了美容一样。她的身材和容貌都不值当再多花钱。今天还早，她坐在沙发上看电视，耐心等着其他的太太们起床穿衣服。

不过除了刘太太，还真有人星期天一大早也不闲着。刘太太刚打开电视机，手机上来了短信：

“针眼相机，窃听器，专业调查服务：跟踪、银行账号、第三者，请接洽张小姐，159xxxxxxxx。”

这种短信刘太太常接。自从前年买了辆宝马，她的手机号码好像上了海报。卖保险的，卖房的，卖假药的，卖春的…… 卖啥的短信都有。昨晚十点还有人打电话卖保险，要找刘先生。刘太太不是每次都跟陌生人在电话里聊天。但昨晚格外无聊，所以顺便多说了几句。卖保险的就喜欢得寸进尺，刘太太只好跟他说：“这件事我不懂，你还是跟我先生说吧。不过呢，他现在不在北京，不，周末不会回来了。这个月都不回来了。真不好意思！”把电话一挂，似乎真有点意思。

其实跟踪窃听比卖保险有意思。可惜那只是一封短信。刘太太正打算把短信删了，家里座机又响了。别看是星期天，电话的声音此起彼伏。刘太太皱着眉去接电话，心里却暗暗庆幸，没有过早出门去健身房。

电话里是个细声细气的陌生女人，开口就讲洋文，叽里咕噜的。刘太太的好心情少了一半："什么啊！听不懂！打错了！"

刘太太正打算要挂断电话，对方却突然改口，大着舌头说起了中国话："你好，我是香港宝成保险公司的赵小姐，请问刘太太在不在？"

原来又是卖保险的，刘太太略感扫兴。不过对方的口音挺有意思，嘴里好像含着热豆腐。刘太太虽不如别的太太喜欢购物，香港还是去过几次。刘太太打算再多说两句："我就是。"

"噢？你也姓刘吗？"

"什么？我不姓刘，我姓崔。"

"噢，那刘太太在吗？"

"我就是刘太太！我不姓刘，可我先生姓刘。你到底有什么事儿？"

刘太太有点恼火。这香港人是不是缺心眼儿？

"你先生也姓刘？这么巧哦，对不起，可我找的是刘太太，Ms. Maria Lau。"

"什么马尾巴老？"

刘太太一头雾水。

"是啊，Maria Lau，就是刘满德先生的太太，能不能麻烦你帮我通报一下？我有事找她！"

香港人竟然还有点不耐烦。刘太太恍然大悟：难道把我当成老妈子了？！

"我就是刘满德的太太！你到底想干吗？"

"啊！真的吗？您的中国话实在太好了！您真的是刘太太？"

"废话！我没事儿冒充别人太太干吗？你是不是有毛病？"

"刘太太，真的抱歉，是这样，刘满德先生上个月为您购买了一笔人寿保险。

作为答谢，我们公司将赠送一份礼物给您。刘先生在登记单上填写的是英国伦敦的地址，留的电话却是北京的。我们想通过电话确认一下邮寄地址，好把礼物寄给您！”

“英国的地址？什么地址？”

“No. 1397 Hyde Park Road，London……”

“得得得，什么乱七八糟的！”刘太太打断对方，心中却突然冒出一个念头：“你刚才说刘满德说他太太叫什么？”

“Maria Lau，”香港小姐也疑惑起来，“您确定您是刘太太么？因为刘先生有拿他太太的照片给我看喔，是个英国人呢！”

“什么？他给你看他太太的照片？他给你看他太太的照片干什么？你不是卖保险的吗？”

“因为我是在酒会上认识刘先生的，刘先生当时正和几个朋友喝酒，他的朋友都说他太太很漂亮，让他把照片拿出来给大家看，刘先生就把他手提电话上的照片给我们看，哇，很漂亮的洋太太呢！我就向他推荐我们的圣诞情侣家人保险产品……”

刘太太心中“咯噔”一声。

老公在外面有情人，这她不猜也知道，不过情人居然是个洋人，而且还公开称作是刘太太，在伦敦还有地址，还给她买保险当作圣诞礼物……

疑惑立时转化成愤怒。刘太太敦实的身体，好像蓄势待发的航天飞机：“他给那婊子买了多少钱的保险！？”

“这个……您真的也是刘太太吗？”对方似乎突然醒悟，慌忙道，“真的sorry啊，我想也许是刘先生当时有一点醉了，他也许是在开玩笑！Sorry啊刘太太，您千万不要多想，刘先生一定是醉了，不然不会把电话……不不不！是把地址都填错了！没关系，我们想办法直接联系刘先生好了，Sorry啊！打扰您了对不起！”

对方不由分说地把电话挂了。

刘太太狠狠把电话听筒摔到桌子上。她只觉两眼发黑，一颗心咚咚地要往脑袋里跳。她使劲喘了几口粗气，很想再找些东西来摔。刘太太一屁股坐在沙发上，抓起手机，正要往外扔，手机却一下子亮了起来，屏幕上是那封要删没删的短信：

“针眼相机，窃听器，专业调查服务：跟踪、银行账号、第三者，请接洽张小姐，159xxxxxxxx。”

刘太太不假思索，立刻拨通了短信里的号码。

“你好？”对方又是女的，不过声音比较粗，操着地道的北京口音。

“能查么？第三者？我怀疑我老公在外面有女人。”刘太太直截了当。

“当然了，这是我们最拿手的。”

“在香港英国也能查？”

“您是说，您爱人的第三者，在香港和英国？”

“我老公在香港！那女的在英国！”一个第三者还不够啊，香港还要再来一个？

“那您想知道什么？”

“我想知道那女的长什么样，住谁的房子，我老公一年见她多少次面，给她多少钱！”

刘太太越说越气。

“您知道她叫什么吗？”

“叫什么老马尾巴？还是马尾巴老？反正是个洋名儿。我老公叫刘满德，刘备的刘，满意的满，德行的德！”

“您有她英国的地址么？”

“什么什么疙瘩什么的，唉，我不知道！就听了一耳朵，我又不懂洋文！你们自己查不出来么？到底成不成？外国的？”

“您先别急，我们当然能查得出来，外国的也没问题。不过得稍微贵一点。”

“多少钱？”

“五万。”

“五万！你抢劫啊？”刘太太尖声叫道。

“您想想，您连名字和地址都不知道，我们虽然能查，可也得从头开始啊！我们得先跟踪您的爱人，一直跟到那女的出现，然后再跟踪她，直到把她的住址和电话啥的都弄到手。如果按照您说的，她人在英国，那我们还得派人去英国，那花费肯定少不了的。不过呢，您要是能事先提供一点线索，那我们也许能少收些。”

“我能提供什么线索？”

“您有您爱人的信件么？特别是有外国地址的？”

“信件？好像有几封印着洋文的，不过不多，那个死人！一年到头不回家，什么都不带回来！不过家里有台计算机，小的那种，能折叠的。他去年带回来的，女儿说要，他就留下了，没带走。有用么？”

“有啊！当然有用了。这样吧，您把这些信啦、电脑啥的这些东西，都拿来给我们看看，如果能用得上，我就给您便宜点儿。”

“能便宜到多少？”

“三四万吧。”

“说个死数！几万？”

“三万。”

“两万！”

“两万五！”

“就两万！不然我找别人。这种广告到处都是！”

讨价还价是刘太太的本行。

“我们可是专业的，别的有好多是骗人的！”

“我怎么知道你们不是骗人的？”

“我们就只收五千块定金，等查出结果来，我们才收全款。”

“你们要是骗人的，五千块也不少啊！”

刘太太精明着呢。

“那您就先过来，带着东西，钱带多少无所谓，怎么样？”

.76

刘太太下午三点半走进上岛咖啡。

侦探公司没有正经的办公室，这刘太太能理解。毕竟不是光明正大的生意，没有办公室没关系，只要真能办事就成。

刘太太把“折叠计算机”紧紧抱在胸前。咖啡厅里人不少，还不至于光天化日强抢豪夺。刘太太故意没带多少钱，钱包里一共一千块。计算机值钱，刘太太犹豫着要不要交出去。

侦探公司一共来了两个人，一男一女。

女的姓张，二十多岁，虎头虎脑，看不出能有多大本事。男的姓王，四十多岁。王先生笑而不语，好像肚子里有些货色。

刘太太开门见山：“我可没带现金。等你们查出结果了，一手交钱一手交货！”

张小姐面露难色。王先生想了想说：“好吧！我们这回就不收定金。”

“老板，这怎么行？”张小姐吃惊道。

“没关系的，这位大姐看上去就是守信的人。”王先生转向刘太太，“电脑和信件您带过来了吧？”

刘太太心里有点犹豫。

“您要是不放心，就在这儿等着，两个小时以后，我们就可以把电脑还给您。”

“谁知道你们会不会还啊？”刘太太嘟囔了一句。

“我们都是专业的，客户多着呢，我们可犯不着骗您一台电脑。”

张小姐噘起嘴来。刘太太反驳：“我怎么知道你们是专业的？”

王先生微微一笑：“刘太太，您说您爱人叫刘满德？”

“是啊？”刘太太点头。

“您看看这个，他是不是您爱人？”王先生边说边从包里掏出一张白纸，递给刘太太。

居然是一张黑白照片。虽然不够清楚，但人脸都不难识别：有个七八岁的洋小孩，正手举奶油蛋糕。小孩身后站着一男一女，体态丰盈的洋女人正和瘦小的中年男人脸贴脸搂在一起。那长脸的中年男人，不是自己的老公又是谁！

刘太太虽然早有准备，可还是一时间感觉天旋地转：“这孩子！这孩子是谁的？”

王先生却一把夺走打印纸，放回包里：“那我就不知道了。也许明天，或者后天，您就什么都知道了。”

刘太太忙把电脑和信件都交给张小姐。才三个小时不到，就把照片都搞到了，看来还真有点本事。

王先生果然没有食言。不到两个小时，张小姐把电脑和信件都还给刘太太。刘太太问查到了些什么。张小姐耸耸肩，说电脑里什么都没有，这些信也用不上。刘太太问那怎么办？张小姐说自然还有别的方法，只不过时间会久一些。刘太太又问会不会涨价。张小姐摇头道：“老板说了，只要您多给介绍几个活儿，这次就当打折了。”

刘太太抱着电脑走出上岛咖啡，心想那王先生和张小姐说不定已经发现了什么，只不过不肯告诉她。不告诉也能理解。她不是一分钱定金都没交么？等明天再给张小姐打个电话，答应交上一点钱，说不定就有消息了。刘太太恨不得立刻坐飞机去英国，找那洋女人拼命。

刘太太却没想到，从此以后，那位张小姐的电话，就再没开过机。

.77

燕子、老方和 Tina 共同举杯。

老方表扬 Tina，说她第一次参加高难度的“角色扮演”，就一举成功完成任务。燕子也在旁边敲边鼓，说今天你立了头功了。小饭馆里的灯光虽然昏暗，却遮不住 Tina 眼里的光。她就像贫困山区的孩子坐上了波音 747：“也别光鼓励我了，呵呵，其实 Yan 姐最棒了！别看你没直接露面，香港口音简直没治了！ Yan 姐，你是从哪儿学的啊？”

燕子想起老谭，心中有些异样。

“那当然了，人家 Yan 可是久经沙场了，国际行动也单枪匹马地执行过呢！”

“什么国际行动？”

Tina 瞪圆了眼睛。老方难堪地笑。

“别听老方瞎吹。我就是去了趟斐济而已。”

“什么时候去的？”

“两周以前。”

“你不是请病假了？”

“不是病假，是公差。”

“去斐济干吗？”

“拿财务处长的硬盘。”

燕子轻描淡写。Tina 惊呼道：“我的天啊！原来那位高人就是你！哦哦哦！我终于明白了啊！怪不得我把你带去华夏公司，Steve 气得要开除我！罪魁祸首果然是你啊！”

“是啊，都是我。”

燕子黯然一笑。财务处长一尘不染的皮鞋，又出现在她眼前。可怎么说他自己贪污，没有合谋？第二天要见的那个“领导”，难道和贪污没关系？

“Tina，还记得吗？Steve 让你查过从首都机场出境去斐济的旅客名单？里面有没有一个华夏房地产公司的？”

Tina 摇头：“怎么了？”

“我在斐济的时候，那财务处长跟我说过，他在等一个领导。我感觉那领导有点儿可疑，干吗要大老远的跑到斐济去见面？那财务处长也不像是能自己贪污几千万的人，可后来又说是他自己干的，没有同谋。我总觉得有点儿不对劲儿。”

“噢？这就怪了。”老方也皱起眉。

“嗨！管它呢！那又不是咱们的项目。呵呵，让 Steve 自己操心去吧！”Tina 嘻嘻哈哈地说：“今天真来劲儿！都能拍电视剧了！这集就叫‘燕姐智取刘满德电脑硬盘，老方和 Tina 跟着升官发财！’”

燕子点了一下 Tina 脑门子：“真是财迷！”

Tina 把头一闪：“我可没开玩笑，眼看就到年底了，按照公司的惯例，下周就要年终总结了。”

“怎么个总结法儿？”

“就跟 Steve 谈话呗！他告诉你过去的一年干的好不好，然后明年会不会提级或加薪。提级我是没份儿了，不过你大有希望啊！让你当了两周有名无分的 case manager，现在刘满德的电脑硬盘到手，呵呵，你就请好儿吧！”

燕子笑了笑，没说话。提级加薪还有意义么？老方能回 GRE 就够了。

小饭馆的电视机里，正播放天气预报。一朵朵的雪花，把全华北都占满了。燕子扭头看着窗外，片片雪花正纷纷地飘落。

燕子一时间看得痴了。

北京的冬天，何时也变得这般多雪了？

.78

三百公里之外。

五辆旅行大巴，在数辆小轿车的引导下，借着夜色悄然驶入的万沅县城，慢慢靠近沅鑫洗浴中心。车里坐满荷枪实弹、全副武装的特警和武警。

高翔正坐在带头的一辆轿车里，一身特警的装束，和漆黑的夜浑作一体，唯有一双明亮的眼睛，在黑暗中闪烁着严峻的光。

这是属于他的行动，他必须参加，而且他要冲在最前面。

他已经从另一个战场败下阵来，这是他最后的机会。他本以为，多年的从警生涯，早已将他锻炼成冷血动物。生死都已置之度外，更何况儿女私情。

可他错了。因为那只归来的燕子。

不是因为她的美丽，尽管她的美貌尤胜当年；也不是因为她的纯洁和善良，尽管那双眼睛仍和当年一样的清澈。他的失败，只因她目光中的那一丝忧伤。只有微微的一丝，却是用刀刻入灵魂深处的。别人可以看不见，但他却不能。

当他在 GRE 的门前，再次见到她的一刹那，他的失败就已注定了。

一败涂地。

因为他知道，她并不快乐。尽管已经时隔八年。从她的目光中，他仍能看到，那由他造成的伤。

就如同他心中的伤一样，是永恒的。

十分钟后。万沅县城里突然热闹起来，年三十儿似的。

县城的许多居民，都被一阵噼噼啪啪的声音惊醒。有个孩子问父亲：外面是不是在打仗？睡眼惺忪的父亲嘟囔着说：好好的打什么仗？兴许是谁家死了人，在放鞭炮。

就在县城最中心的地段，一群身着黑衣的身影，正匍匐在沅鑫洗浴中心楼门外。楼里没有灯光，子弹正呼啸而出，划出一道道闪电似的光。

行动不如预期顺利，遭遇了顽强抵抗。叶永福想必已有所准备。在洗浴中心门前的僵持，已经持续了二十分钟。有几名警员已经受了伤。

院子外面的高音喇叭不停重复着："叶永福！你被警察包围了！不要再负隅顽抗了！缴枪投降吧！"

突然间，枪声嘎然而止，楼里鸦雀无声。

夜，变得死一般的寂静。

有个矫健的身影，纵身而起，向着楼里冲进去。此刻他只有一个信念：速战速决，减少伤亡。一切都该结束了。

片刻间，枪声突然又起。

"掩护高局！！"

有人高声喊。几个身影跟着跃起，冲进楼里。枪声愈发密集起来，子弹的轨迹是双向的，织成一张密不透风的网。

.79

高翔仰面跌倒的一刻，并没感觉到疼痛。

他只觉小腹被人猛然一击，身体随即失去了重心。

高翔的后背，紧贴着冰冷的水泥地。他想再站起来，可突然间一点力气都没了。那坚硬的地面，仿佛具备强大的磁场，正把他往下吸，沉入地壳深处。

四周变得越来越黑。唯有头顶斜上方，有一小片殷红色的天空。那是一扇打开的玻璃窗。一些晶莹剔透的碎片，正纷纷地穿过那扇窗，随着他一同下落。他竭尽全力不让眼睛闭上，他想看清那些碎片。它们看上去美极了。

风是在激战将要结束时起的，风中夹杂着雪花。

当第一片雪花落在高翔额头时，他的视线已彻底模糊。

透过眼前那一片混沌，他仿佛看见一整片广阔无垠的夜空。许多纷飞的雪花，正朝着他和燕子落下来。

他们依偎着伫立在冬夜的街头，仰望雪花纷舞的夜空。他们的手指正紧紧纠缠在一起，仿佛一辈子都不会分开。

.80

凌晨时分，燕子突然从梦中惊醒。

其实算不得是噩梦。燕子站在深夜的街头，看着一个瘦高的背影，一步一步渐渐走远。

她没追赶他，也没呼唤他。她穿了白色的裙子，裙角随风飞舞。夜很冷，夜空里也没有星。

燕子醒过来。眼前同样漆黑一片。

梦是反的。也许明天天一亮，他就会出现在她面前。

就像多年前，在中餐馆门外，他站在铺着薄雪的街道上，微笑着。

她闭上眼，似乎能感受到他的体温。

一滴泪，从眼角滑到耳边，痒痒的。

.81

星期三中午，燕子完成了“晚餐”报告的初稿。

距离 Steve 的最终期限还有两天。最关键的证据还没到手，刘满德的电脑硬盘仍在分析中。

报告初稿共一百五十页。燕子只用了两天。这在 GRE 的调查师里已属神速。

报告里详细叙述了大同永鑫的发展历史，以及三位初始控制人——叶永福（万沅地头蛇），黄建刚（县长秘书及代言人）和刘满德（重婚的英籍华人）的背景和历史。

报告还叙述了万沅机械厂的国有资产如何转移到大同永鑫，大同永鑫又如何被翻倍卖给香港怡乐集团的过程。在 GRE 所有的尽职报告中，“晚餐”的报告算得上超详尽，几乎能和预算十万美金的欺诈调查报告相提并论了。

GRE的每份报告开篇，都有一段概述，总结概括后面一两百页的内容。“晚餐”初稿的概述是这样的：

据客户（英国古威银行投行）提供的信息称：怡乐集团，一家香港上市公司，于2008年8月以五千万美金成功收购大同永鑫煤炭机械有限公司，一家位于山西大同的采煤机械零配件制造公司。古威银行拟于近期购入怡乐集团30%的股份，遂聘请GRE对大同永鑫的背景做独立而秘密的调查，以便进一步了解该企业的背景和历史，及其是否存在任何未披露的不良信息，以及对其投资将面临的任何其他风险。以下为该项目调查结果的概要：

怡乐集团于2001年在香港证交所挂牌上市，曾经历数次借壳上市，更换实际控制人和投资行业。其当前的主要控制人是2007年获得该公司控制权的。2007年十月，古威银行（客户）所控的永辉控股以2亿港币收购了怡乐集团60%的股票；另外一家在BVI注册成立的公司，大洋控股，同时以五千万港币收购了怡乐集团15%的股票；收购之后，公众股持股量为25%。据进一步调查显示，大洋控股的真实控制人或为英籍华人刘满德（有待确认，证据尚在收集过程中）。永辉投资和大洋控股成为香港怡乐集团的主要控制人之后，刘满德随即担任香港怡乐集团的董事会主席。此次收购之后，怡乐集团进行了新一轮的融资扩股，发行新股价值4亿余元港币。新股发行之后，永辉控股和大洋控股分持怡乐集团22%及5.5%的股份。剩余72.5%的股份为公众股东持有。2008年八月，香港怡乐集团以5千万美元购入大同永鑫。

大同永鑫于2008年1月在山西省大同市万沅县注册成立。原始注册资金三千万元人民币，法人代表及执行董事为叶永福（万沅当地具黑势力背景的商人）。香港福佳控股为大同永鑫成立时的唯一股东，拥有其百分之百的股份。香港福佳控股又分别被三家BVI注册的公司控股：长佳控股拥有香港福佳30%的股份，金盛控股拥有其60%的股份，紫薇控股则拥有其10%的股份。香港福佳控股同时拥有三名董事，分别为叶永福、刘玉玲和张红。

据查，张红为紫薇控股的实际控制人。而张红同时又是万沅县县长秘书黄建刚的妻子。张红在香港福佳（也就是大同永鑫）中所持的10%原始股份的最终受益人，或为万沅县县长。刘玉玲是刘满德的女儿。因此，大同永鑫的初始控制人，或为叶永福、黄建刚（或万沅县县长）及刘满德三人（有待确认，证据尚在收集过程中）。因此，2008年8月香港怡乐集团收购大同永鑫的交易，实为关联交易，即刘满德将其部分控制的公司大同永鑫的全部股份，销售给了自己担任董事会主席的香港怡乐集团，然而该关联关系并未以任何形式披露。

进一步调查显示，大同永鑫的前身为万沅县梨树镇机械厂。该厂于70年代建厂，为国有企业。自2000年以来经营困难，于2007年申请破产重组。叶永福及刘满德等人，伙同当地政府官员（万沅县县长），出资两百余万元安置原厂职工，买断工龄，之后重新注册一家新公司大同永鑫，并将原机械厂的设备及财产划归新公司所有，从而将其变成几人的私有财产。于2008年1月至8月期间，叶、刘及当地政府官员又先后数次低价购入旧机械设备，并在香港怡乐集团高层（刘满德）的配合下，通过不实审计，将工厂的设备、房产和土地加倍折算资本，遂将万沅机械厂的注册资金改为三亿元人民币。据现场调查结果显示，万沅机械厂的全部设备、房产和土地使用权的价值不超过两千万元。更需说明的是，大同永鑫的几个实际控制人在获得该两千万元的财产和设备时，除出资两百万元买断工人工龄之外，再无任何其他投资，因此其行为涉嫌非法侵吞国家财产。2008年8月，大同永鑫的初始控制人（叶永福、刘满德、黄建刚）成功将大同永鑫以五千万美元（即约三亿四千万人民币）的价格卖给怡乐集团，从中谋利达三亿三千八百万元。即便扣除大洋控股（刘满德控制）当初收购怡乐集团 15% 股份时所投入的五千万港币，刘、叶和黄（或为万沅县长的代言人）所获取的实际利润亦接近两亿九千万元人民币，几乎达到初期投入的六倍。

结论：刘、叶和黄涉嫌非法侵吞国有资产，并将国有资产非法外移；而在香港怡乐集团对大同永鑫的收购项目中，存在严重的关联交易及欺诈。大同永鑫为香港怡乐集团的核心运营子公司，但该公司的实际财产不超过两千万元人民币；而怡乐集团当前的股票市场价值高达约六亿元港币，另外怡乐集团的董事会中存在严重的内部欺诈现象，因此对怡乐集团的投资具有极高的风险。

概述后是关系图：

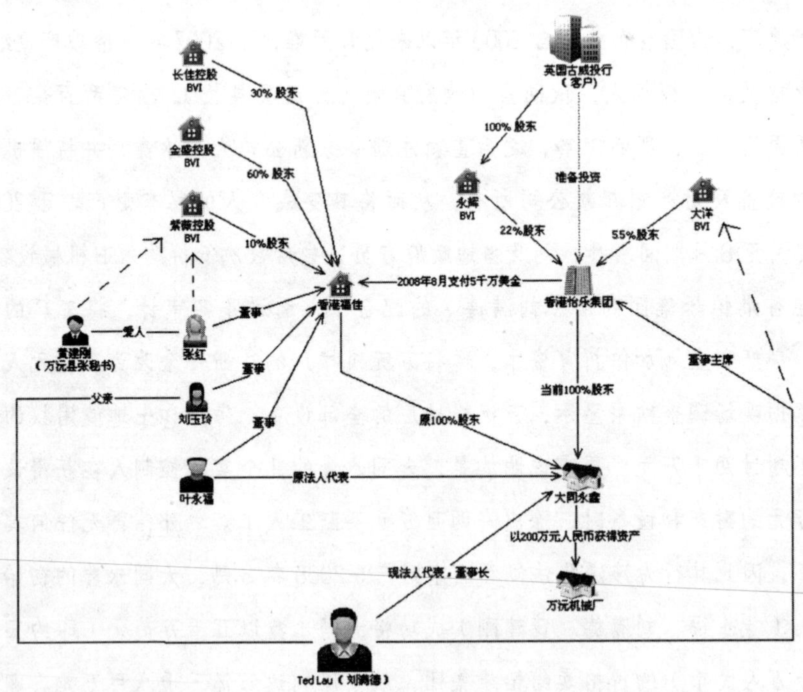

报告初稿虽已完成，但其中几项推断尚未铁板钉钉。成败与否，全在刘满德的电脑硬盘。

燕子把报告初稿发给Steve。倦意瞬时铺天盖地。两天半的时间，完成一份一百五十页的报告，早已超越“废寝忘食”的程度。白天黑夜混作一团，过去的不必回忆，未来的也不必设想。

中午十二点，报告终于发走了。燕子只想回家睡一觉。

手机却突然狂叫。燕子从包里掏出手机。

133035xxx33！

久违的号码。燕子曾因为它提心吊胆。其实那些短信又有何可怕？它们只不过在提醒她早回家。作为预谋绑架的对象，早回家肯定是必要的。发信人在暗中保护着她。除了高翔，又能是谁？

燕子把手机举到耳畔，那边却并非高翔的声音：“你好，请问您是谢春燕么？”

已经很久没人如此称呼过燕子了。

“是的。你是谁？”

“我……”对方沉吟了片刻，“我是高翔的同事。我现在用的这部手机，就是高翔的。”

果然是他的。

“高翔的？那些短信都是他发的？”

“是的。”

“他为什么不用另一个手机发？”

“为了保护你。这个手机别人都不知道。”

“保护我？他在哪儿？他为什么不直接打给我？”

对方忽略燕子的问题：“听着，我这里有些东西，是高翔让我转交给你的。今天下午，你有时间么？”

“有。”

“下午一点，在你公司楼下。我在车里等你。”

“好的。”

对方把电话挂断了。他开的什么车？

燕子拨打高翔的号码。已经停机了。

燕子有种不祥的预感。她再拨打那133的号码。居然也关机了。

手机上显示的时间是12:55 pm。

燕子穿上外套，提起皮包。Tina拉住她的胳膊，小声在她耳边说：“你去哪儿啊，别去了。今儿Steve年终总结谈话，下午可能就要轮到你了……”

.82

切诺基就停在路边。

燕子朝它快跑几步。高翔来了？他为何叫别人打电话？难道是要和她开个玩笑？

车里却并非高翔。是个三十多岁的胖子，留着寸头。燕子认识他。

“怎么是你？”

“是的，是我。”

“高翔在哪儿？”

“他没来。”

“他在哪儿？”燕子又问一遍。

“你真的想见他？”

燕子使劲点头。

胖子沉思了片刻，向着燕子一挥手："上来吧！"

.83

切诺基以每小时百公里的时速，穿过分外拥挤的都市。

"你带我去哪儿？"

"去找高翔。"

"他在哪儿？"

"到了你就知道了。"

"你一直在跟踪我？"

"是的。"

"为什么？"

"到了你就知道了。"

切诺基驶上京承高速，如脱缰野马，向北飞驰而去。最好再开快一点，她要早些看见高翔。她想当面问问他，让她如何才能忘了他。

远山逐渐清晰。

切诺基终于驶离了高速，转入一条狭窄的公路。笔直伸向田野深处。

公路变成土路，蜿蜒着穿过山脚下的村庄。燕子愈发紧张起来，十指紧扣，默默地注视着路的前方。

切诺基钻过一座铁路桥，顺着山势绕过一道弯，一座鲜花绿树簇拥的大门，豁然就在燕子眼前——“龙山公墓”。

忽然之间，天昏地暗，世界可以忽然什么都没有……

.84

周围的墓碑都是花岗岩的。高翔的却是汉白玉，似乎有些过于单薄。就像他瘦高的身躯，穿着白色衬衫，站在芝加哥飘雪的街头。

墓碑上的字是新刻上去的：

“高翔同志，中华人民共和国公安部经济犯罪侦查局副处长，于二零零八年十二月二十一日，在参加某项特殊任务时壮烈牺牲。”

燕子没有流泪。就像多年之前，在高翔临别前的夜晚。有生以来，她第二次感受到，在最伤心的时候，泪水未必会流下来。

胖子手提黑色的电脑包，在燕子身边垂首而立，一言不发。

许久之后，燕子幽幽地问：“他执行的什么任务？”

“在万沅，抓捕叶永福。他很勇敢，冲在头一个。”

“他在调查大同永鑫的案子，对吗？”

胖子点点头。

“他到 GRE 来做审计，其实是为了通过我，了解更多有关这个案子的情况，对么？”

胖子仰起头，长叹一口气：“这些重要么？”

燕子低头黯然一笑："不。不重要了。"

"给。这是你的。"

胖子把手里的黑色电脑包交给燕子。

"给我的？这包不是我的。"燕子疑惑地看着胖子。

"包不是你的，可里面的电脑是你的。"

燕子半信半疑地接过电脑包，拉开拉锁。里面正是她从美国带回北京的手提电脑。

"它怎么会在你这儿？"

"它本来在高翔那儿，他……"胖子哽了哽，"他临走前，特意嘱咐我把这个交给你。"

燕子恍然大悟。那一夜，他竟偷走了她的电脑！

"你的电脑不在了，你都没发现？"胖子皱着眉头问。

"呵，"燕子一声苦笑，"这台电脑我早不用了。"

燕子望向那崭新的墓碑，墓碑终于模糊起来："我怎么会用自己的电脑做公司的工作呢？你这个笨蛋，何苦费这么多心机……"

燕子咬住嘴唇，抬起胳膊，向着空气一挥，小声说："混蛋……"

她什么也没摸到。掌心却微微地疼。她仿佛再次感觉到他那温热的面颊。

"住口！"

胖子在一边厉声说："可他并没有把你的电脑上交！他临走前做的最后一件事，就是在我耳边小声告诉我放电脑的地方，求我把它亲手交给你！你有什么资格责备他？知道吗？要不是因为你，他现在也不会躺在这里！"

燕子惊视胖子。

胖子激动地说下去："要不是为了你，他也不会违反纪律私自让山西公安厅的同志去万沅把你救回来，以至于惊动了叶永福。要不是为了你，他也不会受到处分，行动也不会提前，他更不会为了将功赎过坚持参加这次行动，而叶永福也不会事先做好准备！他也就不会牺牲！”

胖子喘一口气，继续说下去：“要不是因为你，他也不至于连个烈士都评不上！一共就只有五千块的丧葬费，就连这块碑，还是大伙儿一起凑钱给他买的！唉！”胖子长叹一声，“除了我们，连个能给他扫墓的亲人都没有！”

“他父母呢？他……他的爱人……和孩子呢？”

“他父母早去世了。他五年前离婚了，没有孩子。”

燕子心中猛地一颤：“可他说，他爱人在山西……”

“那是骗你的。”

“离婚……是为了工作？”

“不，不全是。”胖子深深叹了口气，“为了什么，你心里该清楚。”

燕子闭上眼。

是的，她清楚。她还清楚他为何要坚持参加行动。

高翔留给她最后的话，再次浮现在她脑海中：

亲爱的燕：

对不起。请你忘了我，努力幸福地生活下去。

一个一直爱你，却又不配爱你的人

泪水终于如洪水决堤一般，倾泻而下。

.85

燕子在国贸门口下车。她浑然不知自己身处何方。

燕子木然穿过大厦前厅，走进电梯，按下 28 层的按钮。一台没有意识的机器，执行着执行了千遍的程序。

她推开公司大门，穿过前厅，把手指放在指纹识别器上。

她穿过狭长的走廊。

“哎！你怎么才回来？”

燕子猛然惊醒过来。Tina 站在 12 米远的地方：“Steve 找了你好几回了！怎么回事儿啊你，跑哪儿去了？不是告诉你今儿下午 Steve 要找你做年终总结？你还不赶紧去？”

Tina 夺过电脑包，帮燕子脱下外套，把她推到 Steve 办公室门外：“要升官儿发财了！还不赶紧的？”

.86

Steve 依旧精致无瑕，也依旧面无表情。

燕子同样面无表情。

两人好像庙宇墙壁上精致的佛像，被侵略者削去了面颊，毫无生机地相对着。

“最近这两周，你的有效工时偏低了。不到三十个小时。还有两次，在上班时间无故缺勤。”

“我的报告，你看过了么？”

“我在谈考勤的问题。”

“我的报告，符合要求么？”

燕子的目光平静而柔和。Steve 眯起眼：“你的报告，我正在看。”

“那等你看完了，我再进来。”燕子转身。

“Yan！”

燕子停住脚步。

“从明年一月一号起，你就是高级调查师了。你的月薪是一万五千元。”

燕子转回身来：“Dinner 算是按要求完成了？”

Steve 看着燕子，不置可否。

“那老方呢？他什么时候能回来上班？”

“我自有安排。”

燕子点点头。

“Yan！”

Steve 沉吟了片刻：“Thanks for the hard work. I really appreciate it.（谢谢你的努力工作，我真的很感激。）”

Steve 微微一笑，眼中闪过一丝光。

第三次见到他的微笑。

燕子快步走出办公室。她想起另一张笑脸。它不如 Steve 的精致，是另一种粗犷的英俊。在喧嚣的后厨，他曾微笑着在她耳边说：“卖给我一半儿，成么？”

.87

第二天中午，GRE 在香港的电脑法证技术员，把电脑硬盘分析结果发进 Tina 的电子邮箱。

“晚餐”虽由燕子负责，她却只是初级调查师。Tina 是中级调查师，和电脑发证团队的联络由 Tina 负责。这是 GRE 的规矩：职称高的负责和其他部门外联。在别的项目组，项目经理一定职称最高。但“晚餐”工作组只剩两名成员，燕子的级别最低。

“哇！”

Tina 欢呼一声，跳起来抱住燕子的胳膊：“证据！证据都找到了！刘满德就是大洋控股 100% 的股东！公司注册资料居然都存在他电脑里！上面还有他的签名呢！”

无需燕子挣脱，Tina 已回到自己电脑前。好像过冬之前的胖松鼠，在光秃秃的枝杈间跳来跳去。

“啊哈！金盛控股的注册资料也有！刘满德也是金盛控股的股东！嘿嘿！居然连紫薇和长佳的注册资料也都找到了！看来三家 BVI 的注册都是刘满德办的！你的判断完全正确！张红就是紫薇控股 100% 的股东！叶永福是长佳 100% 的股东！完美啊！这下子所有的证据都找到啦！”

Tina 抓过燕子桌上的结构图，添上两笔：

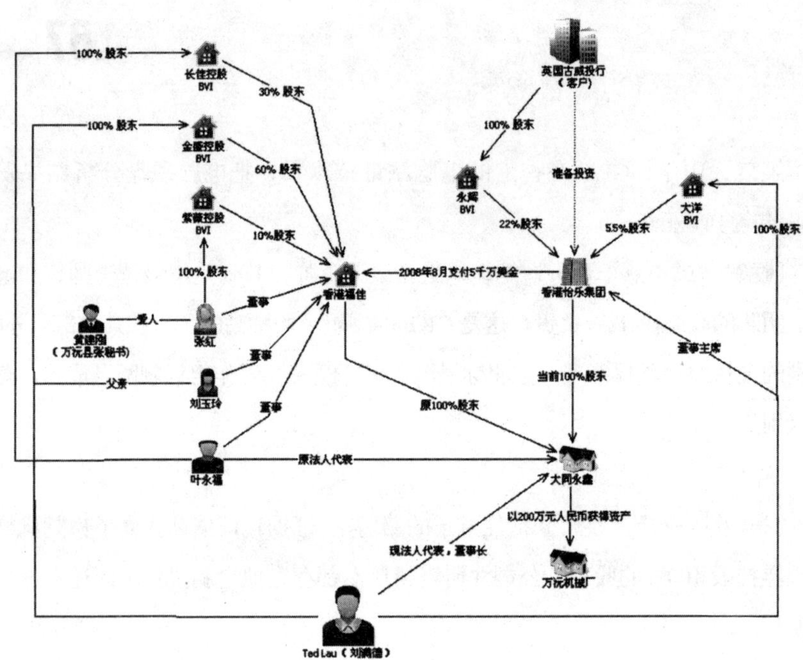

“把结果发给我。”

燕子猛回头。Steve 不知何时出现在身后。燕子问：“要不要把这些结果加进报告里？”

Steve 摇头：“不必了。我自己加。”

“那这项目算是完成了？”

Steve 没回答。他转身走进办公室，关上门。

Tina 吐吐舌头：“这家伙可真抠门儿！满意了也不能给人个笑脸儿！他肯定正琢磨要给你啥新项目呢！你现在可是名副其实的项目经理了！呵呵！”

“如果真算是完成了，我也快该辞职了。”

燕子低头一笑。

“辞职？”

Tina 双目圆睁。

手机响了。号码是芝加哥长途，想曹操曹操就到。燕子跑进“匿名电话间”。

“你好，我能和谭太太讲话么？”

地道的美式英语，中西部口音。居然不是老谭。

“我就是，我能帮您什么？”

“你好。我是谭先生的律师。谭先生委托我给您打这个电话。”

“他的律师？我怎么没听他说过？”

“他新近才委托的我。谭夫人，我给您打电话，是为了通知您，我已经给您订好了明天上午十点从北京飞往芝加哥的 UA850 次航班。是商务舱，请您提前两小时到首都机场的 T3 航站楼。我订的是电子客票，您只需携带您的护照就可以了。”

“可……明天是不是太急了？我需要些时间收拾东西。”

“谭夫人，那就请您现在立刻开始收拾吧！因为我和谭先生都希望你能马上回来。”对方并无通融的余地。

“对不起。我明天走不了。机票能不能推迟几天？”

燕子有点恼火。凭什么命令她？

“谭夫人，这恐怕不行。一个月以前，谭先生已向法院提出离婚申请，文件也早已递交到法庭了。法庭在等着您的回复，下周一是最后期限，所以您需要明天就动身返回芝加哥，这样才来得及去法庭做陈述。当然您明天也可以不上飞机，那样的话，法庭将认为您自动放弃陈述的机会。而那也就意味着，您已无条件接受离婚。那样的话，您的先生对您也就没有任何责任和义务了。”

燕子有点发懵。难道听错了？律师慢条斯理地重复一遍，好像按下“重播”键的电话留言机。

一个月以前？

难道老谭千里迢迢到北京来，只是为了跟她一起度过最后的时光?!

“所以我建议您，还是明天就去搭乘UA850次航班。记住，上午十点，T3航站楼。”

对方礼貌地道别，挂断电话。燕子呆立在原地，手机也还在耳边。

.88

“我请求辞职。”

“这真遗憾。”

Steve没问为什么，他只凝神看着她。她避开他的目光。

“今晚下班我就把一切收拾好。”

“按规定，你应该提前一个月通知公司。”

“可以扣掉我的薪水吗?”

“可以重新考虑吗?”

燕子轻轻摇摇头:“对不起。”

“你现在就可以走了，不必等到下班。”

“谢谢。”

“请把钥匙、电脑和门卡交给Linda。”

“谢谢。”

办公室的木门无声地关闭。

Steve把手指贴在唇边，侧目瞥了一眼窗外。一切都在他预料当中，并无第二种选择。否则，也许他会把她留下。

窗外夕阳西下。

.89

燕子飞速把一切属于她的东西装进纸箱子。

Tina 哭丧着脸站在她身边："真的要辞职啊！不能先请两个礼拜假么？非得明天就走？机票不能改期吗？ Yan 姐姐，你还回来吗？你要走了我会想你的！"

Tina 撅着嘴，似乎要掉泪。

燕子拉住 Tina 的手，微微一笑："我以后会回来的。这儿有我的家啊！哦！对了！今晚到我家来吧？呵呵，我想送你点什么，可没时间去买了，你到我家来，喜欢什么就拿什么吧！"

"真的？你不是逗我玩儿吧？"

"当然不是。"

"我想拿什么就拿什么？"

"是啊！"

"你不心疼？"

燕子微笑着摇头。

"就连 Hermes 的皮包你也肯给？"

"你怎么知道我有 Hermes 的皮包？"

燕子微微一皱眉。自从星巴克的面试，她就只用过一次 Hermes 的皮包，在斐济回北京的路上。而且并非面试时用的那个。

“你背过啊，你忘了？呵呵，怎么啦？不舍得了吧？我就是说说玩儿呢，嘻嘻！”

Tina 嘻嘻地笑。燕子在公园没背过，她记得很清楚。

“有什么舍不得的？这是我家地址！今晚记得来啊！”

燕子随手抽了张纸，飞速写下自己的地址。

“你真的要把那个包送给我？”

Tina 睁圆了眼睛。

“不就一个包么，那算什么？我不是你亲姐姐么？”

燕子拨了拨 Tina 的头发，把她头顶的“喷泉”往下捋了捋。

Tina 的眼睛这回真的红了。

燕子哈哈一笑：“你别夸张啊！一会儿 Steve 还要跟你总结谈话呢！”

“Yan 姐姐…… 我……我帮你！”

“别！没事儿！晚上记得来找我！”

燕子抢着搬起纸箱，仰首微笑着走出公司去，许多人抬头看。Linda 把脖子伸长了。

电梯门缓缓地关闭。纸箱有点沉。杯子、字典、耳机、CD，一株仙人掌，结着毛茸茸的小白团，得把它送到爸妈家去，尽管它不用如何照料。它就像老谭，浑身带着刺。

起码要当面跟她说清楚，不要找什么鬼律师。

燕子下低头，鼻子酸酸的。她什么条件都不要。全世界曾有两个真正关心她的男人，现在只剩一个了。

她知道她伤害过他，她相信他会原谅她。

电梯门无声地开启。夕阳分外灿烂。

.90

“为什么我不能有 promotion（提级）？”

Tina 站在 Steve 办公室里，瞪眼看着他。

“你上个月刚刚 promote 到中级调查师，按照公司的规定，是不能这么快提升的。”

“可你说过，这个项目做完了，就给我升高级调查师的！”

“我说如果你在这个项目中的表现令我满意，就可以升高级调查师。” Steve 微微抬了抬眉毛。

“你对我有什么不满意么？”

“没有满意到破格提拔的程度。GRE 从来没有三十岁以下的高级调查师。”

“你出尔反尔！” Tina 大声说。

Steve 不动声色：“我有我的标准。”

“那老方呢？你答应过让他回来上班的！”

“公司不能聘请一个被解雇的员工。”

“你这个骗子！”

“很遗憾。” Steve 耸耸肩。

“你不能这样对待我！”

Tina 歇斯底里，眼泪一下子流下来。

“你如果对公司的决定不满意，可以向纽约总部投诉，也可以辞职。”

“辞职就辞职！”

“批准了。你现在就可以走了。”

“我不走！凭什么让我走？你这个骗子！呜——”

Tina 呜呜地哭。

Steve 站起身："对不起。我现在要出去开个会，不能奉陪了。"

Steve 绕过 Tina，走到办公室门口，手指即将触碰门把手："等我回来的时候，希望你已经不在了。请别把公司的任何东西带走…… 你也知道我们公司是做什么的。"

Steve 打开门："请吧？"

Tina 一跺脚，走出门去。

Steve 关上办公室的门，扬长而去，背影潇洒而飘逸。

Tina 狠狠看一眼 Steve 的背影，把鼻涕和眼泪抹在手背上。

她把目光转向 Steve 办公室那扇紧紧关闭的门。

是的，她知道 GRE 是做什么的。

Tina 紧咬嘴唇，一双眼珠子好像正打算要跳出来咬人。

.91

夜色阑珊。

燕子坐在客厅中央的木地板上，看着一只半空的皮箱发呆。

一只皮箱，带不走这房子里的东西，也带不走几个月的时光。

她还是得再回来的。明天之前，她卖不了房子，也卖不了汽车。鞋柜里的高跟鞋，一只皮箱也装不下。

可老谭到底是为了什么？在一个月前，莫名其妙地开始申请离婚？

会不会是老谭的恶作剧？他给她订好了飞机票，找个借口让她赶快回来？老谭常常像个孩子。

燕子站起身来，慢慢踱到窗边。树叶都落光了，在突兀的枝杈间，有几颗星，在寒冷的夜空中闪烁着。

在墙壁和木地板接缝处的 T 角线上，有一道黑色的疤痕。那是浓硫酸灼烧后留下的痕迹。

那疤痕好像是生在燕子心肌上的。

燕子缓缓地穿过客厅。门外更是寂静无声。

在过去的几周里，都曾经有一个人，在暗中跟随着她，保护着她。他会像童话里的英雄，从天而降。

可现在，他在另一个世界。

大门外却传来一阵细微的声音，电梯门幽幽地敞开。

然而在这单元的三层，除了燕子家，是没有其他住户的。

细碎的脚步声，正向着大门走过来。

燕子立在原地，一动不动，屏住呼吸。如果他来自另一个世界，她不想把他吓跑了。

门铃突然嘹亮地响起来，惊心动魄。

“谁？”

“Yan，是我，Tina！”

是啊！又能是谁呢？燕子黯然一笑，拉开大门：“老方？！”

老方笑眯眯地站在门外：“Yan，Tina 她有件事儿要告诉你。”

老方一闪身，露出背后的 Tina。Tina 把双肩背包反背在胸前，低头咬着手指甲。

燕子把老方和 Tina 让进客厅。

客厅里灯光很明亮。燕子这才发现，Tina 的眼圈儿正红着。燕子一把挽住 Tina 的胳膊：“怎么了？谁欺负你了？”

Tina“哇”地哭出声来。燕子把她拉到沙发上坐下，又抽了两张面巾纸递给她：“Tina，乖，别哭了，呵呵，我这就给你拿包儿去，呵呵，Hermes 的包我有两个呢，给你挑！你见过的是哪个？”

燕子作势要起身，Tina 反手拉住燕子不放。

Tina 哭得更凶，变本加厉。

老方不耐烦道：“哭个什么劲儿啊，你说不说？不说我说了啊！”

老方的话立竿见影。Tina 用面巾纸擤了擤鼻涕，抬起头来：“Yan 姐，是我对不起你，是我害了你，你可别恨我！呜——”

Tina 的眼睛好像失灵的水龙头，用面巾纸也关不住。

“别哭了，慢慢说，怎么了？”

燕子的手轻轻落在 Tina 肩头。

“Yan 姐，昨天我跟你说，刘满德的电脑硬盘分析结果出来了，那几家 BVI 公司的注册文件都找到了，记得吗？”

燕子点点头。

“其实，刘满德电脑硬盘好几天前就分析完了。里面什么都没有！”

“什么？”燕子一惊，“所以，什么证据都没找到？”

“不是，”Tina 摇摇头，“证据都找到了。只不过，不是在刘满德的电脑硬盘里找到的。”

燕子没吭声，她屏住呼吸，耐心等待。

“那些文件，都是……都是在你的电脑里找到的！”

“我的电脑？我的电脑怎么会有那些？”

燕子有点发懵。

Tina 点头道：“是的，你的电脑！不是你公司的电脑，是你电脑包里的那台。昨天…… 昨天我趁着你跟 Steve 谈话的功夫，偷偷复制了那电脑的硬盘。”

Tina 扣着手指头，不敢抬起头来。

“你？这太不可能了！你什么时候学会复制电脑硬盘的？哦！我明白了，你是不是联合了老谭在逗我呢？你们演得还真像啊！哈哈！”

燕子笑出声来。

“没有逗你！我说的都是真的！”Tina 急道，“我本来就会的。Steve 在你来上班之前，就教给我怎么复制硬盘了！”

“噢，呵呵，Steve 是不是还教你跟踪，教你窃听电话了？”

燕子嘴上说笑，心里却有点不踏实。

“Yan 姐，我真没跟你开玩笑！”

“好吧，可那是我从美国带回来的电脑，自从到 GRE 上班，我就再没碰过它。而且不光我没碰过，这几个月压根儿也没别人碰过它啊？”

“你是没碰过，可你老公碰过！”

燕子的笑容凝固了。

“你爱人在大概两周前用这台电脑登录过他在 yahoo 的邮箱，他用的登录名和密码都还在硬盘里。”Tina 认真看着燕子。

“那又怎样？”

“他的 yahoo 邮箱里有几封从香港发来的邮件。那几家 BVI 公司的注册文件，就在邮件的附件里！”

“这怎么可能呢？干吗要把邮件发给他？”

燕子的声音有点发颤。

“因为刘满德并不是大洋控股和金盛控股 100% 的股东。他就只有那两家公司 50% 的股份。另外的 50%，由你老公拥有！而且，他还是这两家公司的董事！不信你看这个。”

Tina 从书包里翻出几张纸来。BVI 公司注册文件的复印件。

燕子一屁股坐在沙发上。复印件在她指间微微抖动。

燕子抬头看看 Tina，低头看看手中的文件，再抬头看着 Tina，半天才说出话来：

“这……这到底是怎么回事？”

“Yan 姐姐，我真的对不起你！你抽我一顿吧！”

Tina 又抽泣起来。

“你也知道，我在 GRE 算是垫底儿的，是个人就比我有前途。我都在 GRE 快四年了，没提过级，没长过工资，谁都不愿意用我，结果变成 Steve 御用的，我跟你不一样，我变成御用的，那就和走人不远了……”

Tina 低头扣手指头，一边吸着鼻涕。

“可就在两个月以前，Steve 突然找我谈话，说现在有个特大的项目让我参加。他说如果这个项目成功了，他就给我提高级调查师。他还给了我一本电脑法政的说明书，让我一周内把自己电脑的硬盘复制出来给他。那东西真晕啊，我熬了十天的夜，才好歹交了差，我那叫费劲儿……”

“别跑题啊，说那个大项目！”老方打断 Tina。

“嗯，那个项目……就是‘晚餐’。”

“晚餐？！是咱们刚做完的这个？”燕子惊道。

Tina 点点头：“不过这项目和你了解的不太一样。”

“怎么个不一样？”

“就是这不是三万美金的尽职调查项目。这其实是个二十万美金的项目，是投资后的反欺诈调查！就跟你后来发现的一样，英国古威银行 07 年就和 Ted Lau 合作，投资入股香港怡乐集团，收购了大同永鑫。后来古威听到传言，说大同永鑫根本不值多少钱，所以就找人做了内部审计，发现果然存在虚报资产的问题。英国古威当初是 Ted Lau 拉进这个项目里的。古威怀疑是他从中欺诈，就顾了 GRE 来做调查。所以就有了‘晚餐’这个项目。”

“这些都是 Steve 告诉你的？”老方皱着眉问。

“切！他才不会跟我说这么多呢！这些都是我今天刚刚发现的！他当时就只说这是个欺诈调查，说目标人是 Ted Lau，英籍华人。应该是以前从大陆出去的，不过在大陆的历史不清。他说 Ted Lau 有个熟人在芝加哥开饭馆，那个熟人的老婆刚回北京……”

Tina 怯怯地看看燕子。

“他说的就是我？我老公和 Ted Lau 是熟人？”

Tina 点点头。

“那猎头公司给我打电话，还有后来的面试，都是 Steve 一手策划的？”

“那我就不清楚了，不过我想应该是吧。反正 Steve 跟我说你有可能会来 GRE 工作，让我想办法通过你了解一些 Ted Lau 的底细。后来，你就来面试了。”

“面试时你也在场？”燕子恍然大悟，怪不得 Tina 见过她的 Hermes 皮包！

“嗯。Steve 让我远远儿坐在旁边，观察是不是有人跟着你。”

“Steve 这小子！果然有两手啊！”老方频频点头，“看来自打你面试那天起，‘晚餐’的实地调查就开始了啊！”

“有人跟着我么？”燕子问。

“嗯，还真有。”Tina 点点头，“记得在食堂和簋街见过的那个胖子吗？留着寸头的那个？你面试的时候，他也进来排队买咖啡，你面试了没两分钟就走了，他付了钱，可咖啡还没好，他没拿咖啡就走了。”

“嘿！我就知道是他！”老方一拍大腿，“我不是后来告诉过你，那家伙我在机场接你的时候就见过？看来除了 Steve，还有别人早就一直盯着你了！”

Tina 接着说：“嗯。你上班之后，我又在公司附近看见过他几回，就更加确认他在跟踪你。后来，工商局推荐了一家公司来做审计。以前工商局很少主动介绍审计公司的，而且是那么小的一家公司。Steve 怀疑那审计公司和跟踪你的胖子是一伙儿的。他让我查了查那个审计公司的老板，就是那个姓高的……”

燕子心中隐隐一痛。

“结果什么也查不出来。手机新开设的，使用的身份证号码不存在，全国所有叫高翔的三十多岁男性的户籍都查了，也没有他的。Steve 猜他可能也是冲着你来的。所以姓高的到公司的第一天，Steve 特意让你早到公司，支开 Linda，他就是想给你们制造一个单独相遇的机会。他躲在办公室里用监控镜头看你们的反应，主要是想看他是不是冲着你来的。如果是的话，他的表情和反应，总会和陌生人之间的偶遇有所区别。当时我也在他办公室里。一看就知道，你们俩以前认识。Steve 就跟我说，让我想办法通过你接近姓高的，以便调查他到底什么来头。这时候 Linda 来了，Steve 就出去了。”

原来如此。螳螂捕蝉，黄雀在后。

Tina 继续说：“可没想到，你和姓高的都故意躲着对方，一点儿没接触。我也就更没机会接近姓高的。Steve 就让我想办法，让你注意到有人跟踪你，看看你有什么反应。他说也许你一慌，姓高的也会有反应。结果那天在簋街，你真的就慌了，还拿出一个号码儿让我拨。Steve 让我查了那个号码。是神州行，刚刚开通的，没有机主信息。没打过电话，只发过短信，都是给你的。那手机是专门为了和你联系才开通的。”

“那还是没弄清楚那姓高的底细了？”老方问。

“不是的，后来查出来了。是通过汽车牌照查出来的。”

“姓高的牌照难道有记录？”老方诧异道。

“当然不是他的。他的牌照我们早查过，根本没有记录。有一天中午，我和燕子在电梯门口儿碰上他。他在打电话，说让什么人给他送文件过来，他拿到文件就出发什么的。我就偷偷跟着他下楼，在门口儿看见一个开丰田车的女孩，把什么东西交给他。我就把丰田车的牌照记下来了。是个私人牌照，车主姓蔡，应该就是那个女孩。牌照登记档案里有她留的手机。Steve 让我把那个手机的通话记录也查了，在里面找到了公安部经侦局的座机号码。”

“原来是给警察盯上了！也是啊，侵吞国有资产，腐败案啊！”老方说。

“嗯，”Tina 点点头，扭脸对燕子说，“Steve 本来还想让我找机会来你家，看看能不能找到点儿什么，发现经侦局也在调查这个案子，他就不让我来了。担心落个‘妨碍司法调查’。他说要把主动权交给你，我们从旁观察。你还真挺厉害，把县长秘书和刘满德都挖出来了，还发现刘满德就是 Ted Lau，这些都是你给 Steve 的意外惊喜。”

“Tina！”老方瞪了 Tina 一眼。Tina 忙停住嘴，偷偷看一眼燕子。

燕子瞪着 Tina，声音微微发颤："我还给了他什么？"

“没别的了！剩下的就不是你给的了。是……”

“是你这个鬼东西偷的！”

老方搭话道。Tina 低下头，压低了嗓门儿："就是你的电脑硬盘里的 Yahoo 账户和密码。大洋控股和金盛控股的成立文件，都是 Ted Lau 通过电子邮件发给你老公的，你老公签字后再用电子邮件发还给 Ted Lau。那些文件你老公都没删，还都存在他邮箱里。”

燕子咬住嘴唇，脸色愈发苍白。

“姐，对不起！我真的是没办法！Steve 以前的御用调查师，后来全都被炒了！你说都到这份儿上了，那肯定是老板让干什么就干什么，是吧，老方？”

“嘿！别把我往一块儿拉啊！你跟 Steve 的阴谋，我可一点儿都不知道！”老方辩解道。

“得了吧！你倒把自己推得挺干净？Steve 叫你去机场接 Yan，没嘱咐你观察一下儿都有谁盯着她？”燕子顿然醒悟。难怪老方记得，在机场见过胖子。他是留了心的。

Tina 继续说着："你去山西之前，难道没得到过 Steve 的批准？你在山西没偷偷给他打电话汇报过工作？没他的批准你敢化妆进厂？他开除你，那不是演戏给 Yan 姐看的？只不过假戏真做罢了，趁机把你这块心病给除了。这种事儿，用脚趾头都能猜得出来！”

“可我不知道 Yan 跟这项目有关系啊！我更不知道 Steve 这是给 Yan 下了个

套儿！Steve这孙子真鬼啊！他可算是调查干到家了。你也够能演的，不是从头到尾都知道得清清楚楚的？"

"切！"Tina用鼻子哼了一声，"你这根老油条，会连这都想不清楚？谁信哪！再说了，谁从头到尾都知道得清清楚楚？你用大脑想想，Steve这种人，他能告诉我多少？"

老方撇撇嘴没吱声。Tina转向燕子："一开始我真的不知道，你老公跟Ted Lau是一伙儿的！真的！我就以为跟Steve说的似的，你只是个'熟人的老婆'，调查你只是为了侧面了解Ted Lau的事儿呢！真的！直到今天早上拿到你硬盘的分析结果，我才知道，你老公也是有份儿的……"

"那你刚才说的那些，什么古威银行对永鑫做了审计，发现虚报资产，但Ted Lau不认账，说他也是被害者那些事儿，难道也是在Yan的电脑硬盘里找到的？"老方眯起眼问Tina。

"那当然不是了！你成心是吧？"Tina在书包里翻了一阵，拿出一沓子纸来，"给！这是'晚餐'的项目建议书！你们自己看吧！"

Tina把那摞纸仍在茶几上。燕子一把抓起来。

项目名称：Dinner II（晚餐——第二期）；

客户：Great Venture Investment Bank（U.K.）Inc（英国古威银行投资银行公司）

目标：Ted Lau——Edward Tan

项目开始/结束：2009年10月9日/2009年12月8日

项目类型：内部欺诈调查

项目预算：US$ 200，000

项目介绍：

……

Edward Tan。老谭。

原来老谭是调查目标之一，“晚餐”正是包含着“中餐馆”的含义！

项目介绍的部分满满的英文字，比 Steve 给燕子的项目建议书多出许多页。

燕子试图继续往下读，脑子里却是空空一片。

“嘿，行啊你，连 Steve 也敢偷？”

“切！有什么不敢？像他这种小人，就得用其人之道还治其人之身！想用完了就把我扫地出门儿？想得美！我趁他不在办公室时，把他的办公室翻了个遍……”

Tina 边说边继续在书包里翻着：“别看咱不是什么好调查师，就他抽屉上那把小锁，还挡不住咱！我不光有这个，我还有…… 我还有……”

Tina 手上用力，头顶的“喷泉”也跟着摇晃：“在这儿呢！终于找到了！我还有这个！”

Tina 掏出巴掌大的一块金属块，放在桌子上。

“乖乖，这东西我还真认识！这就跟上回 Steve 让我从燕子手里取回来的那玩意儿长得一样。难道是……Steve 的电脑硬盘？”老方把小眼睛睁圆了。

“这是他硬盘的拷贝。我没把他原来的那块换出来，时间不够，不过有这个也够了，我倒要看看，他电脑里有些啥！”

Tina 扭头看着燕子：“Yan 姐，你记得吗？上次那个华夏房地产财务处长的贪污案？你说得一点儿都没错，Steve 的确让我查过从北京出关去斐济的乘客名单，而且我还真找到一个姓赵的女的，是华夏房地产的副总。你说一个副总好好的跑到斐济去跟会计约会，能有好事儿么？可后来 Steve 那儿居然就没下文了，也不让我继续查了。后来，那总管跳楼的那天早上，我听 Steve 和那帮华夏房地产的老板那意思，说贪污都是那总管自己干的，我心里就一直纳着闷儿呢！我看这里面一定有文章！”

“可你拿这玩意儿有什么用？总不能发到 GRE 在香港的实验室去吧？”老

方问。

“嗨！用不着！中关村的能人多的是！我今儿晚上就去找我哥们儿，破解这块硬盘的密码对他是小菜一碟。先把华夏房地产的报告拿出来看看！我还打算找人查查那小子的手机，别以为别人不知道他有好几个手机，锁在抽屉里别人就不知道号码了！老方，你认识能查通话记录的么？肯定不能用 Steve 用的。”

“嘿！那可是违法的。”老方眨眨眼。

“切！还跟我来这套！有没有吧？”

“你掏钱？查一个六千！”

“我掏！”

“好！爽快！我这就带你去找人！呵呵，他们这种人，好夜里干活儿。”

老方站起身。Tina 转身拉住燕子的胳膊，噘起嘴：

“Yan 姐，你真的别恨我啊！”

燕子却好像没听见似的，呆坐在沙发上，喃喃道：

“怪不得！”

“怪不得什么？ Yan 姐姐，你没事儿吧？怪不得什么？”

“怪不得我们的计划，他们都知道！”燕子抬头看着老方：“可他为什么不告诉我？”

“谁啊？不告诉你什么？”Tina 一脸疑惑。

“难道他不相信我？难道我会出卖他？”燕子的大眼睛里，瞬间蒙上了一层雾。

“你到底在说谁啊！ Yan 姐，你没事儿吧？”

Tina 着急地看看燕子，又看看老方。

老方没搭理 Tina，他叹了口气：

“别怪你老公，他不告诉你，那是为了你好！”

“为了我好？”

燕子呆呆地看着老方。

“哎！走吧！让她清静清静。”老方拉起 Tina，“Yan，别想太多了，赶快回美国吧。公安部也在调查这个案子，你最近别回来了。”

.92

‘晚餐’的项目建议书里是这样写的：

英国古威银行于 2007 年 10 月与港商 Ted Lau 共同投资收购香港怡乐集团的股份。古威出资三千万美金，Ted Lau 所控制的大洋控股则出资七百万美金。香港怡乐集团随后发行新股募资，并以五千万美金收购了位于中国山西的大同永鑫煤炭机械有限公司。古威银行后来接到消息称，大同永鑫存在虚报资产的问题。古威银行遂对大同永鑫进行了秘密内部审计，证实虚报资产属实。因 Ted Lau 为此次投资并购的主要发起人，古威怀疑 Ted Lau 对其存在欺诈，因此聘请 GRE 对 Ted Lau 进行秘密调查。

该项目的第一期调查由 GRE 伦敦办公室在 2009 年 8 月进行。该期调查除获取了 Ted Lau 在英国的信用记录，显示他在 05-07 年期间存在巨额债务。因此 GRE 推断，其用来投资香港怡乐集团的资金，应另有来源。GRE 伦敦办公室遂查询了 Ted Lau 宅电的通话记录，获得了他近年来在全球范围内频繁联系的人员名录，其中包括数个国家的几十名人员。GRE 对这些人进行了基本的背景调查。由于地区和经费限制，未能对远东地区的人员作完善的调查。但在对美国境内人员的调查中，GRE注意到一位Edward Tan，和Ted Lau的联系尤为密切。此人为美籍华人，在芝加哥经营中餐厅，经济实力雄厚，有为Ted Lau提供资金支持的可能。GRE的纽约办公室随即对Edward Tan进行了深入调查。除获知其在美国的个人及家庭信息外，还通过秘密的银行账户调查，发现Edward Tan曾于2007年初将700万美金汇入某香港银行的户头。由于GRE纽约办公室无法进一步调查香港非美资银行账户的信息，而对Edward Tan的调查亦无新的进展，遂将该项目第二期转到GRE北京办公室，进一步调查Edward Tan是否亦参与大同永鑫的欺诈案，并尝试获取Ted Lau与Edward Tan进行欺诈的证据。

燕子手指一松，几张纸飘落到木地板上。

老谭？欺诈？

老谭是不会欺诈的，他还没学会。他是个吝啬的人，可他也是个胆小的人。他就只会朝着他的伙计和燕子发脾气。

老谭是个好人。

“他不告诉你，那是为了你好！”

老方的话又在燕子耳边响起。

“赶快回美国吧！公安部也在调查这个案子……”

下一步将会是什么？老谭既是股东，又是董事。按照公司法的规定，他对公司的行为负有全权责任。

中国警方已经介入了。国际警方呢？美国的财产？那可是他十几年的心血。用他结满老茧的双手，在那嘈杂的后厨里，一分一分赚出来的。

他会不会进监狱呢？！

燕子从沙发上一跃而起。她飞奔到电话机旁，拨下一长串的号码。

“您拨打的电话已关机。”

电话里永远重复着同样的声音。平静而冷漠。

燕子丢下电话，跑回客厅，开始飞速地整理箱子。

“原谅我，请原谅我！我这就回来了！我马上就回来了！”

燕子自言自语着，泪水落进箱子里。

.93

老谭站在窗前。窗外是璀璨的灯火。

他从衬衣口袋里掏出几张纸，又仔细地看了看。都是银行转账的收据，一共两千五百万美元。这些钱，是一分一厘积攒的。在骄阳下，在风雨中，在烟熏火燎的厨房里。那是他的血汗，是他一生的成就。

然而此刻，这些都不再属于他，也许永远都不再属于他。

这是一场赌博。但他别无选择，其实赌博的输赢，对他已经没什么意义。无论结果如何，一切都该是值得的。过去的几年，他的心中被一个人填满了，那是他一生中最快乐的时光。 那已是老天对他额外的恩赐。

但他一直都知道，那为他带来快乐的天使，内心并不快乐。

老谭坐回床头，为自己点燃一根烟。

也许，鸟儿总归要飞出笼子，哪怕那笼子是用金子铸成的。

如果真是如此，他也该送她一双金色的翅膀。让她飞的高一些，远一些，也许那里才有真正属于她的快乐。

老谭突然很想看一眼阿燕，然而玻璃窗里只有他自己的影子。

烟雾在玻璃窗前弥漫。璀璨的都市灯火，慢慢变作模糊一团。

.94

“Steve！我收到你的报告了！天啊，简直不敢相信！你真是个天才！”

电话机里传出查理斯兴奋的声音。

“谢谢，Charles，我只不过兑现我的承诺而已。”

“哈哈！我亲爱的 Steve，你的承诺总是能够兑现的！对了，那位叫做 Yan 的项目经理呢？我该请她喝一杯！”

“真遗憾，Charles，她辞职了。”

“什么？她辞职了？为什么？ GRE 难道不该留住这样的人才吗？”

“她有个人原因。Charles，我也很遗憾。”

“是嘛！呵呵，Steve，我一直想问你一个问题。”

“什么问题？”

“Yan 是她的姓，还是名？呵呵，请原谅我，Steve，你们中国人的名字，我一直没完全弄明白。”

“Yan 是她的名字。她姓 Xie。”

“噢，呵呵，对了，那个 Edward Tan 的妻子，是不是也叫 Yan？”

“是的。”

“噢！那真是巧了。”

“是的，的确很巧。”

“Yan 在中国是常用名？”

“是的，Charles。Yan 在中国的确是个常用名，那是个很美的名字。”

Steve 把目光投向窗外。午夜的灯火，宁静如一幅照片。

“Steve，呵呵，我想你知道，向目标嫌疑人泄露任何有关公司的信息，都是严重违反公司的安全保密条例的，更不要说让目标嫌疑人进到公司里。”

“是的，Charles。我和你一样清楚。”

“哈哈，好吧，管它呢。反正我拿到我的报告了！我想我最好不知道别的！这是我见过的最精彩的一份报告！呵呵，谢谢你，Steve！下次我得请你喝一杯！”

Steve 放下电话，拉开抽屉。

抽屉里井井有条。就和他上次打开时没什么区别。

Steve 却眉头一皱。精美的脸扭曲了。

“Shit！”

.95

十几个小时之后。

燕子坐在 UA850 的商务舱里。

机舱外阳光明媚，机舱里却很昏暗。小窗板都拉上了，日光灯也都关闭了，只有零星的几盏阅读灯还亮着。

燕子的阅读灯正亮着。她手中有厚厚一摞纸。

那是“晚餐”的报告，但并非燕子发给 Steve 的版本。

就在登机前半个小时，燕子收到 Tina 发来的短信。Steve 的硬盘成功破解了，里面不但找到了华夏房地产项目的报告，而且还找到了‘晚餐’的报告。最终版本出自 Steve 之手。机场的贵宾厅里有供乘客使用的电脑和打印机。燕子赶在登机前，把报告打印了出来。

燕子只读完了概要的部分。内容虽然和她写的版本大相径庭，对她却已没什么新奇了。

过去的一个多月以来，发生的每一件事，对她都没什么希奇了。

从猎头公司打来的第一个电话开始。

星巴克的面试。

斐济的任务。

让她管理的新项目。

她和高翔的重逢，所谓的“邂逅”竟然只属于她一个人。

行动的泄漏，老谭的愤怒：一份见不得人的工作！

为什么？

自以为能成为出色的调查师。她竟是世界上最傻的人。

GRE 已授权英国古威把报告交给香港廉政公署，和中国大陆、香港、英国和美国的法庭。这在 Steve 的报告里已经注明了。

老谭躲在美国，或许可以躲避牢狱之灾。但英国古威仍可在美国提出民事诉讼，她和老谭仍将一无所有。

都是那台电脑！那台被她忽略，却让别人如获至宝的电脑！

燕子把阅读灯关了，把自己藏进黑暗里。

有个想法，却突如其来：高翔是第一个拿到电脑的人。他曾离成功近在咫尺！可他却没有把它交给领导。原来，他比她更明白，那将给她带来什么！

请你忘了我，努力幸福地生活下去。

燕子睁开眼。她周围那些原本明亮的阅读灯，变成一团团昏黄而模糊的光团，渐渐地扩大，融化。

.96

中午12点。

Linda打算去吃午饭，正拿着镜子补妆，突然听见门铃响。

Linda一抬头，老方正站在门外。Linda把玻璃门打开一条缝："我怎么不记得你是在这儿上班的？"

"不在这儿上班，就不能来找人了？"老方嘻嘻笑着。

"找谁？"Linda眉毛一扬。

"找Steve。"

"预约了吗？"

"当然了！"

"那我得先问问！"

Linda直奔电话机。老方趁机跟进公司："别打！呵呵，你就让我见见他吧，我真的有事儿！"

老方给Linda鞠躬。

"没门儿！"Linda哼了一声。

"别介啊，帮帮我吧！呵呵。"老方凑近Linda，压低声音："知道么？马上又要有人事变动了。"

“什么？”Linda皱眉问。

“人事变动啊！你没见么？最近人事变动特多？我走了，Yan走了，Tina也走了？下一个是谁，你知道么？”

“是谁？”

“嘿嘿，”老方微微一笑，“你让我进去，我就告诉你！”

.97

“谁让你进来的？”Steve面无表情地看着老方。

“这很重要么？”老方嘻嘻笑着。

“你想让我打电话叫保安，还是直接叫警察？”

“我就占用你一分钟。等我说完了，你就不会打了。当然除非你想直接让我去跟警察说。”

“你要说的事情，最好能让我感兴趣。”Steve眯起眼看着老方。

老方清清嗓子：“我就是想跟你探讨一下，咱们公司——不——你们公司的营业执照上都写了些什么？”

“这个好像和你没关系吧？”

“是吗？现在也许没有，可以前有。呵呵，我想知道我以前做了那么多次盯梢、偷拍，打了那么多匿名电话，到底是不是合理合法的？”老方抱起胳膊。

“有什么不合法的？”

“我怎么记得，咱们的营业执照，就只容许做咨询啊！我怎么还记得，中国的法律，压根儿就不让任何私企或外企做秘密调查啊？那不是公安局和法院的事儿么？”

“哈哈！”Steve 笑了两声，突然又绷起脸，“你果然在浪费我的时间。你要是现在不立刻出去，我就打电话叫警察了。有关你以前做了什么违法的事儿，你可以自己去跟他们说。”

Steve 伸手去拿电话机。

“哦！呵呵，看来你不在乎这个！就算有人真的要没收你的营业执照，你也有办法摆平，是不是？呵呵，而且现在又多了个赵总，她路子挺野的啊，中央领导也认识？呵呵，要不你先给她打个电话？问问她有人要是从你的办公室窗户里跳出去，摔个血肉模糊，她有没有办法也帮你摆平？”

老方笑得更殷勤，一张圆脸好像盛开的牡丹花。

Steve 微微抬了抬眉毛：“你有什么证据？”

“你写的报告啊！”老方说，“呵呵，赵总真的很走运呢，居然写报告的人把她坐飞机去斐济约会的事儿给忘了，只字儿没提呢！你说她运气是不是很好呢？”

Steve 微微一笑：“老方，你也知道她有背景。对于有背景的人，我们的报告里是不能提的。这是公司的惯例。”

“是吗？呵呵，就只因为这个原因？那为什么有人从那个可怜虫跳楼的前几天开始，就一直跟赵总通电话？而且一直通到前天。哦，让我想想，对了，前天晚上十一点。呵呵，一聊就是半个小时？哦，不过你别担心，这个电话号码可没在 GRE 员工员登记表里登记。是个很秘密的手机吧？可得把它放好了，千万别让别人看见。更别让人家知道号码，不然的话，公司说不定有一天能查出来，有人和被调查人暗中勾结，篡改报告，呵呵，哦，对了，警察可能也会非常感兴趣呢！”

老方仍面带微笑。Steve 也面带微笑。两人沉默着对视，好像久别重逢的老朋友，在互相打量对方有什么变化。

五分钟之后，老方从前台经过。

Linda 忙站起身，截住老方的去路。

“呵呵！你还没去吃饭？”

“你想要我？”

“哪儿敢啊！呵呵，我这就告诉你新的人事变动是什么。”

老方使一个眼色。Linda 把耳朵凑近些。

“新的人事变动，就是下周一我回来上班！呵呵，把我的办公桌收拾干净啊！”

老方大摇大摆地走出公司去，留下 Linda 站在前厅里，目瞪口呆。

.98

“老谭呢？”

燕子走进中餐馆说的第一句话。

“老板娘？”

餐厅的小经理正在门口等着待客，看见燕子吃惊道：“您不是在中国么？怎么突然回来了？”

“你别管我怎么回来了，老谭呢？他在哪儿？”

燕子向着后厨长驱直入，经理跟着燕子一路小跑：“老板他不在啊！他不是去北京了么？没跟您一起回来？”

燕子猛停住脚步："他不是早就回来了？"

"没有啊！他两个礼拜前说要去北京，然后就再也没到店里来啊！"

"这怎么可能？"

燕子一步跨进后厨。厨房里忙忙碌碌，热气腾腾。唯独没有老谭的影子。

"老板真的没回来呢！"小经理又说一遍。

"经理，有个电话，是找老板娘的！"穿马甲的小侍者跑进厨房来。

燕子拔腿跑到前台，拿起电话机。

"谭夫人？您回到芝加哥了？"是老谭的律师。

"我先生在哪儿？"

"他不在美国。"

"那他在哪儿？"

"谭夫人，我就在您餐厅隔壁的咖啡厅里，您能过来一下么？"

.99

尖锐的电话铃声，把老谭从梦中惊醒。

天还没亮。窗外的维多利亚港，还沉浸在灯火之中。

老谭摸起床头的电话。

"你怎么还在香港？"电话里的男人火急地叫

"我昨晚刚办完事情。今天上午的飞机。你在哪儿？"

"我已经离开香港了！你也早该离开啦！唉！贪那点房产干吗？保人更重要啦！"

“不是你叫我来香港，卖掉房子，把钱汇走？”

“唉！那是上个礼拜，那时他们还没拿到证据，现在不一样了！我刚刚接到可靠的消息！廉政公署也许很快就要找你了！”

“廉署找我做什么？你们当时做了些什么，我又不懂！”

老谭猛地从床上坐起来。

“阿谭，那两家公司里，你既是股东，也是董事。文件你以前都签过字的！”

“我知道。我看过那些文件。可那又怎样？”

“按照公司法，你对公司的行为是要负责任的。”

“可你不是说过，公司都在海外注册的，资料只有我们手里有，别人不会拿到注么？”

“我正要问你呢！你上次是用哪里的电脑给我发的 email ？”

“用我家的。”

“你老婆的？”

“是。但她很久不用了。”

“哎呀阿谭啊！你真是越老越糊涂了！为什么要给我发邮件？还要用家里的电脑？”

“我着急嘛！调查的人到山西了，我要通知你嘛！你的电话又拨不通！我只好给你发 email 啦！不过我没有让别人看到过我的密码啦！”

“你肯定吗？你老婆没有看见么？”

“当然没有。她正调查这件事，我怎会让她看到？”

“但只要你用过那台电脑，都会留下痕迹啦！别人总有办法知道的！唉！你真是老糊涂了！”

“你还怪我！我还没怪你呢！我怎么知道你做的是犯法的事？我怎么知道那些注册文件都是见不得人的？要不是你叫我继续从我老婆那里探听消息，我早就逼她辞了那份工作！拉也把她拉回美国了！你开始的时候还骗我！说什么是你的仇家在调查你，想在你的公司里鸡蛋挑骨头，让你的股票贬值！”

“我不这么告诉你，我说什么？我告诉你你投资了一堆垃圾，转手高价卖给别人？还不吓死你？一辈子只会靠炒菜和洗盘子赚钱，你以为钱是这么好赚的？你投七百万，没过一年，我就给你两千五百万，让你在香港买这么多房子？再说我看到势头不妙，不是立刻打电话，把实情告诉你了？不是我告诉你，你能及时把房子都卖掉，把钱汇出香港？”

“哎！”老谭深深叹一口气，“我也后悔啊！就是太贪！听信你的鬼话，把钱借给你做投资！你说的一点都不错。我这辈子就只会靠炒菜和洗盘子赚钱！，我早就不该相信你的。以前在香港，你就是几个兄弟中歪点子最多的一个！结果就你混得最差！表面风光，背地里被债主追得到处跑。你说你需要赚钱还债，那么可怜，我看在兄弟情份上，才把大半生的积蓄都借给你投资！”

“正因为兄弟情份，我才不想白借你的钱啊！我给你公司的股份，兄弟一场，有福同享嘛！你给我七百万，我还你两千五百万，这还不够意思？我怎么知道会弄成今天这个样子？”

“哎！算了，阿德啊，我也不怪你，是我自己太贪。”老谭长叹一口气，“你叫我来香港处理房产的时候，我就猜到会有这一天了。唉！”

“谭哥，别的不多说了，你赶快离开香港吧！”

老谭正要挂电话，门铃突然响了。

“谁？”老谭用英语问。

“先生，我们是酒店的服务人员。”门外是清脆温柔的女声。

老谭放下电话，缓缓站起身。最近这些日子，奔波劳顿，腰腿明显不听使唤了。已过天命，花甲不远了。

老谭打开门。门外却站着几个西服革履的男人。

为首的一个说：“您是 Edward Tan 么？我们是香港廉政公署的。请您跟我们走一趟。”

.100

中餐馆隔壁是一间华人开的咖啡厅。一个伙计趴在柜台上看电视，电视中正在转播凤凰卫视的中文新闻。

咖啡厅就只有一位客人。

那是个四十出头的白人，高个子，浓眉，让人想起林肯。他端坐在咖啡桌后，面前摆着一摞文件。

“谭夫人，您能及时赶到真是太好了。我这里有好多文件等着您签呢！”

“我先生在哪儿？”

“您能先把这些文件签了吗？”

燕子拿起那摞文件。离婚协议书：燕子和老谭自愿离婚，离婚后双方对各自名下的一切财产分文不取。协议书的最后有老谭的亲笔签名。

燕子的双眼瞬间潮湿了。她把离婚协议书丢在桌子上：“我不签。我不想离婚。”

“可您的丈夫想和您离婚。”

“那就让他亲自来跟我说吧！他在哪儿？”

一滴泪，自顾自地从眼角滑落。

律师耸耸肩，“恐怕来不及了。您丈夫已经向法庭申请了离婚，而且就像我在电话里跟您说的，那个申诉马上就要到期了。”

燕子冷冷一笑：“算了吧。我咨询过了，这不符合法庭的程序，因为法庭的通知没交到我手里。在我不知情的情况下，到期了也只是你们的申请作废。”

“哦？您下飞机还不到两个小时呢！”律师吃惊地看着燕子。

“两个小时足够做很多事情的。”

“哦，您真聪明。”那律师微微一笑，“那好吧，那我向您坦白。离婚的想法，您先生是一周前才有的。所以他还没来得及向法庭提出申请。他希望你们俩一起提出这个申请。谭先生相信您会愿意在这份协议上签字的，然后好聚好散，这样不是更好么？”

律师再次把离婚协议书递给燕子。

“你让他亲自来跟我谈！他在哪儿？”

“这样吧，咱们做一个交易。您在这些文件上签名，我告诉您，您的先生在哪儿，好吗？”

燕子接过协议书，把它撕得粉碎。

“实在太糟糕了！”律师摇摇头，“这样的话，我就只好用这一份了。”

律师冲燕子挤挤眼，转身从皮箱里取出另一份文件。

燕子接过来一看，内容和刚才的一份一模一样，但区别在于，那上面居然有燕子的签名！

“这是假的！伪造的！”更多泪水，夺眶而出。

“哦，是吗？那真遗憾。”律师耸耸肩，“不过这份文件早就提交了。您手里的只是复印件而已。也就是说，您和您的先生，哦，错了，您的前夫，已经是自由的了。不过您当然还是可以去法庭，但他们说不定会觉得，您是因为没分到财产，反悔了。”

燕子这才注意到，协议上落款的时间，竟然是一周以前。

“这太可笑了！”燕子仰起头，一把摸去泪水。她不是为了财产，但她不能如此不明不白：“我有办法证明我没签过这份文件！太容易证明了！”

“是啊，也许的确容易证明。呵呵，不过，那得经过司法程序。在您准备做这些之前，您先生让我把这个交给您。”

律师递给燕子一封信。小学生般的字体：

阿燕，对不起。为了我们的未来，请相信我。请记住这个号码：

#13BL356U12594005

“这是什么？”

“是一家海外银行的账号。账户是用您的名字登记的。”

“用我的？”

“是的，用您的，所以只有您能取得出来。不过您不用担心，除了您和谭先生，没人知道您有这个账户，包括美国或者香港的政府。我这里有个查询电话，您要不要打一下试试看？”

电话里是电脑合成的枯燥声音。

一长串的单项选择题：生日，出生地，身高，父母的姓名，最爱喝的饮料，最喜欢的小说，09 年 5 月在芝加哥购买的 Gucci 皮包的价格……

燕子默默地在电话上按入正确答案的号码。她的一切，都在老谭心里。

“恭喜您！您已通过身份认证。您的账户余额为：两千五百万美元。”

US$25,000,000

燕子吃惊地抬起头：“他为什么不直接告诉我？”

“您忘了吗？他一周前就已经和您离婚了。他当然没理由继续和您保持联系了。再说了，您并不了解您前夫的生意，他什么都没跟您说过。不是吗？而且在您离婚之后，从您前夫那里，一分钱都没拿到，对吧？”那律师眨眨眼：“请您别辜负谭先生的一番苦心。”

燕子咬住嘴唇。

“希望谭先生已经离开香港了。上帝保佑。”律师一脸遗憾。

“他在香港？”

燕子一颗心猛然提了起来。

律师点点头。

“可那很危险啊！他怎么能去香港？！”

“我什么都不知道。”

律师耸耸肩，起身提起皮箱：“好啦！我的事情都办完了。谭夫人，哦，不，谢小姐，您该出去旅游一下，周游世界。呵呵，不过，顺便说一句，谭先生的确是个好人。”

那律师冲燕子一笑，转身走出大门去。

咖啡厅里只剩燕子一人，伙计都不知跑到哪里去了。

电视机显得格外聒噪。

凤凰卫视的新闻主播朗声读着：

“……据称此次案件涉及数千万美元的上市公司欺诈，同时亦涉及大陆国有资产的盗用和外流，因此香港廉政公署同大陆公安部经侦厅展开联合调查，数月来却未能获取有力证据，直至日前，怡乐集团的大股东向警方提供了其通过私营调查公司获取的有利证据，警方才正式发布逮捕令。至发稿时截止，该案的主犯英籍华人 Ted Lau 尚下落不明，但另一名从犯，Edward Tan，今晨已在中环的一家酒店被警方逮捕……”

老谭的身影在屏幕上一闪而过，像个风烛残年的老人。

电视机屏幕顺间变得模糊一团。

燕子走在芝加哥的大街上，漫无目的，朝着一个方向。

风起了，带着三三两两的雪花。

路尽了。

燕子抬起头。

一片浩瀚的湖。碧蓝的湖水，一直伸向天的尽头。

.100.1

两周之后。

北京时间，晚上十一点。

Steve 正从办公室里走出来。公司里除了他，早已空无一人。

Steve 穿过办公大厅，穿过狭长的走廊，走出公司的大门。

他的手机响起来。

“赵总，有事么？”

“讨厌！不是告诉你了，别叫我赵总。”

“那叫你什么？”Steve 微微一笑。

“叫我菊，菊花的菊。呵呵，那是我小时候的名字。除了你，没有别人知道。”

“好吧，菊，不是告诉过你了，以后不要打这个号码吗？”Steve 走进了电梯。

“可你没把新号码发给我啊。”

“我不方便。”

“你可别想耍我。是不是我调到上海了，你就不爱搭理我了？”

“怎么会呢？”

“这可难说！一看就知道，你是个花心大萝卜，是不是？”

“咱们才认识一个月。就算我花心，新鲜劲儿也还没过呢。”

“好啊！你果然花心！快说，心里是不是还想着你那个小调查师呢？要不赶快把人家追回来？”

Steve 微微一笑：“还别说，她走了，还真有点可惜。”

“好啊！我就知道！我这就找人，让她永远进不了中国！”

“哈哈，别那么小气么！哪儿有这么对待媒人的？”

“什么媒人？”

“要不是她到斐济把你给挖出来，我哪能认识你？”

“呵呵，谁要你认识？还不知道你心里打的什么主意。”

“好了好了，我得挂了。呵呵，我的司机来了。”

电梯门缓缓分开。大厦的门外，有个穿皮夹克的帅小伙，正站在一辆奔驰跑车旁，微笑着朝着大堂里挥手。

就在距离奔驰跑车不远的地方，有辆小丰田车正从长安街上飞驰而过。

开车的是个姓蔡的女孩。她是一家会计公司的秘书兼会计。如今给私企小老板打工，就好像做了使唤丫头。每天从睁眼到闭眼，没有一刻不是工作时间。小蔡举着手机：“王总，您放心吧，我这儿正朝机场赶呢。”

“你开到哪儿了？你们高总的飞机再过二十分钟就降落了！”

“知道王总。我晚不了！不带这样的啊，不是说下礼拜才回来吗？怎么突然又改今天了？提前半个小时打电话通知接机？我都准备上床睡觉了！”

“你还不知道你们高总？就他那个急性子，能在医院里待得住？只要听说有活儿干，打着绷带也得往外跑啊！”

“得，我怎么听着这么不自在啊，又有什么活儿啊？是不是我们又得换地方了？我说王总，北京的被窝可还没捂热乎呢！”

“你这个小鬼，真聪明！呵呵，放心，这回不是穷乡僻壤。”

“好吧，那是哪儿？”

“上海。”

“那还成。呵呵，哪家公司需要顾会计啊？不会又是调查公司吧？”

“你这个小鬼，问题还真多！这回是房地产！等你见到你们高总，就都知道啦！”

小丰田在国贸桥上逗了大半个圈，沿着三环，向着机场高速的方向飞驰而去。

几座灯火通明的巨大玻璃楼，在夜空之下，静静地伫立着。

全文完

2010 年 4 月 18 日于京